SALLES OBSCURES

COLLECTION TERREUR
dirigée par Patrice Duvic

TIM LUCAS

SALLES OBSCURES

POCKET

Titre original :
THROAT SPROCKETS

Traduit par Simon Lhopiteau

ISBN : 2-266-06793-1

A tous ceux qui m'ont donné une chance
Et toi en particulier, PERK

REMERCIEMENTS

Salles obscures est l'accomplissement d'un roman en bandes dessinées resté inachevé. Sous cette forme, il n'eut que trois chapitres de terminés : « Gorge perforée » et « Transylvania mon amour », dans des illustrations de Mike Hoffman, ont paru respectivement dans *Taboo* #1 (1987) et *Taboo* #3 (1989) ; « La Zone sinistrée », dans des illustrations de David Lloyd, est encore inédite. Je remercie Stephen R. Bissette, éditeur-rédacteur en chef de *Taboo,* de m'avoir constamment soutenu et encouragé dans ce projet pendant toutes les phases initiales de développement, y compris mes blocages, et le reste.

Merci aussi à Bill Kelley pour une ou deux anecdotes qui se sont glissées dans la version finale, à Jeanne Cavelos, Lori Perkins, ainsi qu'à la regrettée Cathy Mahar pour m'avoir fait bénéficier de l'énergie motivante de leur enthousiasme.

Et mes remerciements les plus sentis à Robert Uth pour m'avoir initié à la valeur incantatoire du café noir, à la magie des balades sentimentales en voiture et à l'aventure du roman.

T. L.

I

« Le cinéma prend vie dans les ténèbres – comme Dracula. »

David Thomson,
America in the Dark

GORGE PERFORÉE

La première fois que j'ai vu *Gorge perforée*, c'était au vieux cinéma l'Eros ; il y a longtemps qu'il n'existe plus, mais je le visite souvent dans mon souvenir. Je vois encore l'inscription APPELEZ LE CINÉMA POUR LE PROGRAMME sur sa façade battue par les vents... j'entends le grincement des fauteuils... je me représente son écran verdâtre ondulant doucement au courant d'air d'une fenêtre cassée, dans le fond... je sens le jus de fusain marron dispensé par la machine à café du hall. Toutes ces choses sont à jamais liées dans mes sens à l'aventure dont elles furent le présage.

L'Eros était la honte du quartier d'affaires de Friendship (Ohio), situé en plein milieu, à trois blocs au sud du Sutton Building où je travaillais. J'aimais bien passer ma pause-déjeuner dans sa solitude assombrie. La rousse du guichet ne râlait jamais si, en levant les yeux par-dessus les montures pailletées de ses lunettes à la Catwoman, elle s'apercevait que j'avais mon casse-croûte sous le bras. L'ouvreur, son antique acolyte, n'était jamais à plus de quelques pas, dans un costume qui avait connu ses plus beaux jours sous la présidence Eisenhower, le bain qu'il avait pris une semaine plus tôt momifié sous le talc et la brillantine. Il était toujours prompt à m'indiquer si le film avait déjà commencé.

Il n'y avait jamais d'affluence l'après-midi à l'Eros, pas de conflit pour les fauteuils, aussi – en tant que publicitaire – je prenais plaisir à examiner les petites affiches encadrées sur les murs du hall. L'ouvreur avait souvent déchiré mes tickets et il se sentit assez à l'aise, quand il me vit allumer une cigarette dans son petit musée, pour se lancer dans ses souvenirs. Tandis que j'étudiais l'affiche de *Bande et fais-moi jouir*, avec son portrait à l'acrylique de la bouche extatique d'Andréa Bazin, il me dit que je me tenais dans le plus vieux ciné-palace encore en activité (à une exception près) dans l'Etat de l'Ohio. Cet âge vénérable de la salle était plus qu'évident dans le hall, où des colonnes en faux marbre qui n'avaient pas été lavées depuis des années étayaient une mezzanine depuis longtemps fermée. J'appris que l'accès à l'étage avait été condamné, du jour où on avait découvert que quelqu'un avait coulé un bronze entre les sièges du balcon, et s'était essuyé sur l'une des tentures rouges en velours frappé. J'écoutai avec patience toutes les anecdotes sur l'Eros que l'ouvreur avait en réserve et qu'il m'avait déjà toutes racontées au moins une fois : quand au tout début le cinéma s'était appelé le Pica Theater, comment dans les années trente il avait servi d'asile à des numéros célèbres de music-hall, et la légende, caractéristique de la vanité de l'ouvreur, selon laquelle Tyrone Power avait, lui aussi, travaillé là autrefois comme ouvreur.

J'aimais tirer une longue bouffée sur ma cigarette, renverser la tête en arrière et envoyer la fumée dans les hauteurs vertigineuses du dôme de bronze de l'entrée, qui tel un gigantesque œil inversé fixait sévèrement un tapis de Chine rouge, taché de café versé, maculé par des chaussures boueuses, et saupoudré d'éclats et de flocons métalliques. En me rapprochant des portes de la salle, m'arrêtant seulement le temps d'admirer l'affiche du film de Debbie W. Griffith, *Les Miches brisées*, j'entendis mon cicérone qui se plaignait – à moi, à lui-même, au fantôme de Tyrone ou à tout autre auditeur potentiel – « Cet endroit avait vraiment de la classe autrefois... Maintenant c'est tout des poivrots venus mater de la chatte. »

Il faut que j'explique que les films à caractère pornographique – les films X, triple X, ou quel que soit encore le nom qu'on voudra leur donner – ne m'ont jamais particulièrement excité. Au contraire, si je me suis senti entraîner vers ces films, c'est que j'étais las des films grand public ; j'en avais marre, je n'en pouvais plus de tous ces films que je voyais régulièrement, qui étaient faits par l'argent et pour l'argent. Le cinéma américain était devenu un art dont le principal artiste était le directeur du casting ; l'absence de préoccupations adultes sérieuses lui était imposée par un système de classification dépassé et irréaliste qui refusait de laisser s'exprimer librement des œuvres contenant des idées originales ou minoritaires. Cette attitude me conduisait vers le circuit du porno, où les chances d'être satisfait par une intrigue adulte m'étaient légèrement plus favorables – même s'il n'y avait qu'une chance sur mille, au moins il existait *une* chance. C'est aussi que, bien mieux que les films soi-disant « sérieux », les porno avaient un talent particulier pour rendre l'inanité que je rencontrais au cœur de la vraie vie. Quand vous avez atteint trente ans, comme moi, soit vous apprenez à peine à apprécier les vertus anesthésiantes du cinéma de divertissement, soit vous commencez à trouver ses effluves nauséabonds. Je me situais tellement dans la seconde catégorie que j'avais complètement perdu tout intérêt pour les acteurs, pour l'art de l'interprétation. Je ne supportais plus la retransmission annuelle de la nuit des Oscars. Une fois que vous avez vu un échantillon représentatif de films porno, vous commencez à vous rendre compte que l'abîme qui sépare les aptitudes à jouer des interprètes d'un mégasuccès estival à quarante millions de dollars de ceux d'un film de cul à soixante-quinze mille dollars, filmé en douce en un seul week-end dans une suite d'Holiday Inn fermée à double tour, n'est pas si immense. En fait, s'ils étaient réalisés à quelques années d'intervalle, les distributions pourraient être les mêmes – ici et là du moins. Si, si, vous ne pouvez pas savoir.

Je trébuchai dans des ténèbres qu'allégeait seulement la grâce d'une faible lumière marquant la sortie d'urgence et je trouvai un siège situé comme je les préfère – sur l'allée centrale vers l'avant mais pas plus près que la septième rangée – au moment même où l'écran s'éclaircissait, diffusant sa lumière dans tout l'intérieur vaste, autrefois luxuriant, du cinéma. Deux femmes, trois peut-être, batifolaient dans la lumière projetée, ce qui poussa un des spectateurs du fond, éméché, à gémir dans une souffrance à moitié feinte : « Où c'est qu'ils les *trouvent* ces gonzesses pour faire ça ? Merde, elles sont vachement mieux que ma *femme* ! »

La voix éraillée d'un compagnon, qui s'amusait beaucoup, le fit taire : « Tu veux qu'on s'fasse fich' dehors ? »

Comme m'en avait prévenu l'homme qui avait repris le flambeau de Tyrone, le film avait déjà commencé. C'était typique, une parodie hardcore d'un gros succès commercial récent; vous avez tous vu ça : *Le Clito de Beverly Hills*, *Tendres frictions, Les Années coup de cul*, *Edouard aux couilles d'argent*. Le style *Mad Magazine* pour adultes débiles. Dans celui-ci, Chat'girl s'était lancée aux basques de son pire adversaire, le Branleur. Le chef de la police, Brackmar, faisait clignoter le Chat' Signal dans les cieux de Gode City. En réalité, Gode City était une transparence à peine acceptable, intégrant dans la série de ses gratte-ciel un certain nombre de tours imposantes de forme obscène, et ce spectacle avait depuis longtemps cessé d'amuser le public de matinée. Après quelques minutes de cette mascarade, même le sigle du fast-food imprimé sur le sac en papier qui contenait mon déjeuner suggérait une allusion grossière.

Je me laissais passivement amuser par le film, qui était évidemment une combine d'un groupe d'étudiants en cinéma, habiles mais égarés, pour régler leurs frais de scolarité. Mais son contenu érotique me semblait aussi loin de moi que mes années de fac. Les images trop familières de grosses pattes d'homme, toutes poilues, luttant avec de la chair féminine, la soulevant, l'ouvrant et la retournant, repassant sur ses buttes et dans ses replis, encore et encore, dans des positions redondantes, le tout associé au manque de respect roublard des cinéastes, me laissaient dans un état d'indifférence flasque. De temps en temps, mes yeux quittaient l'écran pendant les séquences plus éclairées du film, qui permettaient de voir les antiques ornements baroques du plafond délabré de la salle, où des diables dansants et des angelots modern style regardaient des femmes sans visage, interchangeables, en train de faire juter des hommes. Ils conservaient sur leur visage les mêmes expressions joyeuses qui avaient été sculptées pour apprécier les culbutes de Buster Keaton et les acrobaties de Harold Lloyd sur son gratte-ciel.

Mon déjeuner englouti, et ayant refusé de prêter une de mes serviettes en papier à un de mes voisins de rangée, je m'enfonçai dans mon siège et laissai errer mes yeux sur des images abstraites de mouvement racialement bigarré, l'esprit rendu maître, par l'omniscience du spectacle d'inconnus se livrant à des actes intimes, de dériver à sa guise. Malgré la liberté dans laquelle j'étais d'imaginer n'importe quoi, et d'explorer ce fantasme avec une autorité totale, je me surpris à laisser revenir mes pensées vers une certaine petite affiche que j'avais entrevue dans l'entrée. Cette affiche représentait une gorge de femme – mince, la peau raréfiée par le pinceau de l'artiste jusqu'à en être translucide, et tendue à se rompre dans une pose d'élongation – cadrée depuis la courbe de la clavicule jusqu'à la fossette dans le menton, en forme de cœur. Par une touche macabre, les contours extérieurs de son cou avaient été percés de rangées de perforations comme une pellicule de cinéma, et de chacun des petits trous s'égouttait un mince filet de sang vermeil. Le titre sur l'affiche était *Gorge perforée*, et elle avait été posée dans un cadre marqué CETTE SEMAINE. J'avais à peine jeté un coup d'œil sur l'affiche en fumant ma cigarette, mais j'étais maintenant en mesure de me rappeler avec clarté chaque détail, chaque couleur, chaque coup de pinceau. Le peintre n'avait pas apposé sa signature, mais quel qu'il puisse être, il ne faisait pas de doute qu'il en connaissait un rayon sur la publicité. A y repenser, c'était peut-être sur moi qu'il en connaissait un rayon.

Le premier film au programme s'acheva sur l'inévitable partouze dans la Chat'Cave de Chat'girl : tous ses acolytes masqués, ses chefs de la police ventripotents, avaient subi une vasectomie, comme le révélait à coup sûr la petite marque derrière les testicules, et ils déchargeaient tous à blanc. Le film fut suivi d'une paire de bandes-annonces – tellement explicites qu'on se demandait comment les films proprement dits pouvaient en montrer davantage – puis le deuxième film commença. Je regardai rapidement ma montre et décidai que je pouvais probablement investir encore une vingtaine de minutes dans la cause de mon éducation cinématographique.

Le moins qu'on puisse dire, c'est que le début du complément de programme fut de mauvais augure. Il n'y avait aucune date de copyright, mais la couleur avait viré au rouge et la copie était très amochée. J'identifiai aussitôt la musique, une vieille partition instrumentale passée dans le domaine public, suggérant une impression de danger et d'intrigue, et utilisée dans d'innombrables films cochons depuis la grande époque de James Bond. Le carton tout simple, presque rédigé à la main, annonçant LA LOTUS FILMS PRÉSENTE ne fut pas suivi immédiatement par une image de cul destinée à tenir soudés sur leurs sièges un public d'exhibitionnistes masturbateurs ; on avait coupé le reste du générique comme superflu. Quels qu'aient pu être les vrais motifs, l'indignation qui persistait en moi contribua à me faire apprécier à sa juste valeur ce soudain accès indistinct, parce que ce refus intransigeant de tout nom – équivalent à un refus du mensonge – m'avait touché d'une manière bien plus personnelle que l'habituel défilé de pseudonymes foldingues. La coupe, aussi visible qu'une fissure dans un trottoir, me faisait savoir que, dans les limites de cette nouvelle expérience, on n'allait rien me dire, me montrer, me demander de partager, qui ne soit vrai à cent pour cent. Mon esprit bouillonnait tandis que sous mes yeux l'histoire commençait à prendre forme.

L'histoire ?

Il n'y avait pas d'histoire.

La narration du film était assurée par la voix off d'une femme, sèche et fluette, mais je me demandai si ces apartés poétiques, avec leurs temps liquides et fluctuants, étaient dits par un personnage déterminé de la liste tournante des personnages du film. Dans *Gorge perforée*, les hommes et les femmes apparaissaient seulement assez longtemps pour créer de fausses attentes chez le spectateur. Certains acteurs se détachaient des autres parce qu'ils avaient reçu un nom au milieu d'une foule d'anonymes – et puis ils disparaissaient, escamotés du plan d'ensemble tandis qu'un autre nouveau-venu, qui s'avérait bientôt un leurre, passait au premier plan. D'autres personnages, par contre, n'apparaissaient qu'à travers un détail, telles des mosaïques humaines – une nuque courbée, un coup d'œil pensif, une bouche sèche, une coiffure monumentale – autant d'images mystérieuses qui laissaient le spectateur frustré, en quête de nouvelles informations. On ne montrait jamais en entier le visage d'aucun personnage, et ce truc de mise en scène permettait aux participants du film de demeurer parfaitement anonymes, donc parfaitement sincères. *Gorge perforée* avait été filmé MOS (« *mit out sound* », sans le son – selon l'expression forgée par les pères allemands du cinéma), et quoiqu'il ait été tout à fait possible que les acteurs parlent anglais à l'origine, les bouches, de manière typique, se détournaient toujours quand ils prenaient la parole, rendant donc impossible de décider si le dialogue avait été doublé, post-synchronisé ou inventé *ex nihilo*. Après le thème initial du danger, la musique était passée à une douceur calmante et séduisante, qui ressemblait assez à la *Muzak* d'ambiance qui vient servir de moquette à notre sens de l'ouïe dans les centres commerciaux. Aucune prise de vue révélatrice en extérieur, aucune image fugitive d'un monument célèbre ne venait trahir l'emplacement des lieux où le film avait été tourné. Les sites visibles étaient presque exclusivement épidermiques. Des séquences entières tournaient autour d'implacables gros plans inquisiteurs sur des sourires interrogateurs, des muscles du cou qu'un massage était en train de détendre, des lèvres assoiffées, rouges et charnues, qui se contractaient en cul de poule et se faisaient lécher. Mais le but des images ainsi accumulées ne s'articulait jamais tout à fait; au lieu de cela, il se dérobait continuellement dans un flou plein d'agaceries.

Les participants ne retiraient jamais leurs vêtements. La façon dont le script évitait tout rapport sexuel suggérait que cela aussi était superflu. Chaque séquence avançait inexorablement jusqu'à un point de tension suggestif et provocateur, puis elle passait allègrement, sans autre explication ni assouvissement au diagramme implicite suivant. C'est ainsi que de la concupiscence prometteuse de deux bouches qui se murmuraient mutuellement des confidences, se rapprochant toujours davantage l'une de l'autre – coupe : on passait au prochain conflit oral, encore en gestation dans les formes que dessinaient les ombres projetées par deux parfaits inconnus. Le film dégageait une aura qui était d'un érotisme palpable, et pourtant innocente en surface; il aurait pu passer à la télévision. Tout y était suggéré; tout était réel *sauf* ce qui s'y passait.

J'avais toujours été un fan des gros nénés (comme on disait autrefois), je préférais les grosses paillardises tétonnantes dans le genre allemand aux foufounneries d'ébène, made in Brooklyn, que l'Eros programmait régulièrement. En dépit de cela, je me trouvai titillé, intrigué, et je m'aperçus que *Gorge perforée* et l'insistance tranquille de son fétichisme central et différent finissaient par *ne pas me laisser indifférent.* Arrivé au bout des deux premières bobines, la véritable fixation du film m'était devenue claire plus que nécessaire.

Le metteur en scène avait un truc pour *les gorges de femmes.*

Une fois ce fait entièrement dévoilé, on se retrouvait soudain sous l'emprise de quelque chose de plus vigoureux et de plus décisif qu'un degré d'intérêt personnel. Chaque fois que le film ralentissait assez ses digressions fétichistes, bizarrement cadrées, pour permettre à ses interprètes d'échanger quelques répliques – ou quand le cameraman procédait à un traveling arrière sur des mouvements de déglutition pour permettre la vision moins focalisée d'un corps entier de femme –, on se trouvait occupé à faire un zoom avant, à fabriquer ses propres gros plans personnels, impuissant qu'on était à absorber cette vision plus large. De ces gorges, impossible de détacher les yeux. Du moins, impossible pour moi.

Pour être parfaitement honnête, je n'avais jamais accordé beaucoup de réflexion au cou des femmes auparavant, je n'avais jamais vraiment pris la mesure de la diversité des séductions qu'ils pouvaient déployer. *Gorge perforée* les montrait toutes : il y en avait des lisses, qui voilaient les mécanismes plongeants de la parole, des sanglots, du chant et de la déglutition sous des bandes de velours relevées de points pigmentés ; d'autres étaient translucides, comme une écharpe tendue dans le soleil ; et j'appris comment certaines habitudes, taper à la machine, lire, tricoter, même la simple timidité – toute activité machinale qui impliquait de baisser la tête sur de longues périodes de temps – tendaient à froisser la peau de la gorge en formant des plis attirants ; comment un grain de beauté ou une tache de naissance stratégiquement placés faisaient toute la différence sur la texture de cette toile...

De fait, c'est tout un monde de différence que je découvris à ma sortie de l'Eros en cet après-midi d'été. Je ne pus pas rester jusqu'à la fin du film – le travail me faisait signe au cadran de ma montre –, mais ayant été privé de la détente émotionnelle que devait procurer la dernière bobine, je fus hanté pendant le reste de la journée par l'angoisse de l'accumulation d'images de ce film. Sans avoir appris comment les tensions croissantes de ces images aguicheuses se résolvaient en définitive, je sortis dans un monde où, à mon ravissement, pratiquement chaque femme à portée de regard semblait exhiber sa sexualité ouvertement, sans crainte, sans voile ni sans honte.

Les trois pâtés de maisons qui me séparaient de mon bureau, situé dans l'immeuble de Sutton Perry & Ingersoll, furent une révélation. Je ne me satisfaisais plus d'en rester à la surface des choses ; au lieu de cela, je me trouvai réagissant aux implications cachées, sous-jacentes aux surfaces de la vie. Je dus avoir l'air idiot, à marcher en riant tout seul tandis que mes yeux sautaient des autres piétons aux couvertures des magazines, dans les kiosques à journaux, pour accrocher ensuite les réclames sur les flancs des autobus passant dans la rue, et trouvaient dans chaque cou dénudé une forme de pornographie osée que j'étais le seul à pouvoir voir. Le caractère provocateur des visions entraperçues avait des racines profondes, mais aucune ne me toucha de façon plus aiguë que la question majeure que posait le film lui-même : *Qu'est-ce qu'un film comme* Gorge perforée *faisait dans la programmation d'une salle X* ?

La plupart des femmes chez SPI avaient les cheveux en chignon, plus par concession à la mode que par souci de confort. Assis à ma table à dessin, dans mon petit coin, je sentais s'évaporer ma concentration sur le storyboard d'un message d'utilité publique, à la chaleur d'autres préoccupations. A de nombreuses reprises je levai les yeux de mon semblant d'activité pour étudier un rayon de soleil qui soulignait les poils follets auburn sur la nuque de Colleen Sangster. Elle dut sentir mon regard vrillant sa chair, car elle se retourna sans crier gare pour me fixer et nos yeux se rencontrèrent une fraction de seconde avant que je ne puisse reprendre un semblant d'intérêt pour ce que j'étais en train de dessiner.

Colleen attendit que Barry Castleman ait quitté son poste de travail tout proche pour engager la conversation. Elle était relativement nouvelle à SPI, et quoique nous connaissions de vue, nous n'avions jamais vraiment parlé auparavant.

« C'est moi ? »

Sans être bien sûr de ce qu'elle voulait dire, sa question me fit me tourner vers mon bloc de croquis. Et évidemment, les lignes que j'y avais tracées dans ma distraction pouvaient bien s'interpréter comme un portrait d'elle façon camée. Plus précisément, c'était un camée détourné, une mosaïque tout à fait dans le style des fragments féminins rencontrés dans *Gorge perforée*.

« Peut-être », concédai-je.

Elle baissa la voix.

« Je suis flattée, dit-elle en m'appelant par mon nom. Vraiment. Mais vous savez, si M. Ingersoll vous attrape à passer le temps de cette façon... Ses mots étendaient entre nous une aile de complicité ; un voile sous lequel se devinaient des avances.

– Il ne dirait rien, lui dis-je. Vous voyez, je sais *des choses*. Des choses qui pourraient me garantir ma place. Indéfiniment. »

Ses yeux brillèrent, avides de ragots ; je les aimais bien.

« Vous savez des secrets gênants sur le Vieux ?

– Mieux que ça, lui répondis-je. Je connais des secrets gênants sur son fils.

– Racontez ça ! C'est quoi, ces secrets sur son fils ?

– Il se trouve simplement que je sais...

– Oui, oui ?

– ... qu'il fait des dessins cochons pendant ses heures de bureau, des dessins de filles, qui ont la tête penchée juste, comme, là.

– Quel escroc ! Vous n'êtes pas son fils.

– Non, mais je suis *comme* son fils.

– Et je n'appellerais pas exactement ça – et elle montra du doigt le croquis – des secrets gênants. »

Son visage était si joli que j'eus un mouvement de recul en voyant la laideur de ses mains. Ses doigts étaient des boudins, avec des ongles vernis rouge foncé, couleur de sang caillé.

« Non, mais c'est *tout comme* », lançai-je la supposition.

Le silence qui suivit, au lieu d'être lourd de sous-entendus, faillit bien être définitif.

Elle me reposa la question, les yeux braqués – un homme sent ces choses-là – un peu au-delà du dessin, sur mon alliance, comme essayant de déterminer la valeur qu'elle avait pour moi.

« Allez, avouez. C'est vraiment moi ?
– Pas vraiment.
– Bah, vous savez, *pas de problème...* »
Je saisis l'occasion, où nous nous trouvions tous deux bien trop tôt au bord d'un précipice bien trop vertigineux, pour lui dire que j'étais marié.
« Bah, là non plus, pas de problème. On dit, de nos jours, que les hommes mariés, ça n'est plus une telle galère... »
Je suppose qu'on en resta à peu près là.

« J'ai perdu six amis proches ces derniers dix-huit mois, monsieur Koppel. Deux étaient des compagnons. Ce que notre groupe essaye de faire, c'est d'aborder de front le fait que nous les homosexuels nous allons devoir nous exercer pour arriver à créer de nouvelles formes d'érotisme. Nous devons affronter ce qui est la réalité pure et simple : nous devons renoncer – pour le moment, et peut-être à long terme – aux contacts génitaux. Oui, y renoncer jusqu'à nouvel ordre... »
Cette nuit-là, tandis que les échanges d'une soirée spécial-info faisaient entrer dans notre appartement, au cœur du pays, des nouvelles de la crise qui frappait les grandes villes, j'étonnai Paige en lui faisant le meilleur massage du cou qu'elle ait jamais reçu. Ce n'était pas un service que je n'avais pas l'habitude de lui rendre – de temps à autre, elle me demandait de pétrir de mes doigts les tensions qu'une longue journée assise à son bureau avait accumulées sur ses épaules –, mais commencer sans qu'elle me le demande, je savais que c'était d'une rareté irrésistible. C'était une obligation dont je tendais à m'acquitter dans un état de distraction qui touchait à l'absence, même dans le cas où la télévision n'était pas allumée.
Pendant cette phase de notre union, les massages étaient devenus un rituel du soir plus régulier que les séances où nous faisions l'amour, et souvent un massage décidait, mieux que nous n'aurions pu le faire par des mots, si nous allions ou non faire l'amour. Si elle me demandait de la frictionner sans qu'il y ait dans sa voix la moindre trace d'épuisement, j'y lisais un signal de réceptivité éventuelle ; je me tenais derrière elle, détendant de mes pouces ses tensions souterraines après quoi l'une de mes mains glissait sur sa paume ointe d'huile

sous le devant de son peignoir pour aller chercher sa récompense dans l'un de ses seins. Cette fois-ci, toutefois, je me surpris à examiner son cou avec les yeux aussi bien qu'avec les mains, avec un sentiment d'excitation aussi grand que si j'étais neuf non seulement à cette coutume, mais à Paige elle-même.

Je l'arrosai généreusement d'une huile dorée, lubrifiant la surface de sa peau, jusqu'à ce que son cou et ses épaules fussent comme transparents à mon toucher. Je pus immédiatement localiser les nœuds qui lui causaient de la gêne, et je me concentrai sur les défauts de ses vertèbres cervicales, jusqu'à ce qu'ils cèdent sous une pression également insistante. Un soupir brûlant accompagna cette libération, me donnant la permission d'aller plus loin. Sans réfléchir, je changeai complètement de cap pour prendre une route toute différente. Les mains ointes qui s'abaissaient traditionnellement pour ravager le devant de son peignoir remontèrent cette fois-ci de chaque côté de son cou, guidées par mes yeux qui brûlaient à force de mesurer la grâce et le contour de son cou. Après un temps plein de respect où je me contentai d'explorer ces parties de Paige que j'avais toujours jusque-là reçues sans y faire attention, mes doigts commencèrent à glisser doucement le long des rebords de sa gorge, la caressant avec une délicatesse attentive, amplifiant chacune de ses pentes, chacun de ses sillons dans ma mémoire, ses accidents, ses plis et ses défauts – jusqu'à ce que derrière mes yeux clos, les possibilités s'élargissent pour former un royaume qui leur était propre. Mes pensées galopaient. Je me rendais compte que la gorge de Paige était la tendre jointure où ses pensées rejoignaient ses sentiments pour ne plus former qu'une voix commune, une voix agréablement rauque qui m'adjurait : *Quoi que tu fasses, ne t'arrête pas*, emmaillotée dans une dépouille résultant du croisement aléatoire des cellules de ses parents, dans une carte où se croisaient les autoroutes artérielles en bleu et en rouge. A l'une de ces intersections, je trouvai un point au creux de son cou où mon toucher déclencha une poussée délicieuse de chair de poule. Paige me coinça les doigts entre sa mâchoire et son épaule ; les yeux qu'elle tourna vers moi à ce moment lançaient un regard agressivement sexuel, allumeur, d'une manière qui était plus faite pour me défier que pour m'encourager.

« Il n'en est pas question ! souffla-t-elle. Pas là !
– Pas là ? demandai-je. Mais alors... *où ?* »

Cette nuit-là, j'acceptai l'offrande du corps de ma femme avec une gaucherie inexplicable ; je me comportai entre ses bras comme un puceau qui se lance pour la première fois, et sans apprentissage, dans des relations sexuelles adultes et accomplies, incapable d'exprimer mon désir avec des démonstrations plus ardentes qu'un baiser chaste à bouche fermée. Après quoi, Paige me tira à l'improviste de ma distraction en me pinçant la joue, tandis qu'un sourire joueur animait son visage. Quand je lui demandai ce qu'elle essayait de faire, elle répondit :

« Te *démasquer* !
– Comment ?
– J'ai dormi avec le même homme pendant huit ans. Tu ne m'as pas tripoté les lolos *une seule fois* cette nuit, imposteur !

Je trouvai impossible de dormir après qu'elle m'eut fait cette observation, et je me dis qu'un bon bain pourrait peut-être m'aider à me détendre. Je me laissai aller dans la baignoire avec, plaqué sur le visage, un petit gant de toilette mouillé pour ne pas voir l'éclat des carreaux des murs, du chrome et de la lumière. Je pris dans ma bouche l'ourlet détrempé du gant pour le mâchonner. Dans le noir derrière le tissu, j'eus l'impression d'attendre le lever d'un nouveau rideau. La température de mon bain devait être de 37 degrés – celle du sang humain – parce que je ne pouvais sentir les limites de mon corps disparaître dans ce berceau où il se laissait aller à l'eau. Je me réveillai une heure plus tard, suffoquant parce que la plus grande partie du tissu éponge m'était rentrée dans la bouche, où mes dents en avaient fait une boule.

Tu ne m'as pas tripoté les lolos une seule fois, imposteur.

Honnêtement, je n'ai pas le souvenir de l'avoir jamais refait depuis.

Gorge perforée passait encore un jour à l'Eros. J'avais espéré sortir du bureau à temps pour la séance de cinq heures, mais Ingersoll, le Vieux, pénétra dans mon coin au moment où j'allais enfiler mon blouson et se lança dans des anecdotes sur ses partenaires décédés qui me menèrent jusqu'à une heure où le film était déjà presque fini. Pendant que passait la deuxième partie du programme, je traînassai chez Sarno sur un grand plat de fettuccini, pour ne sortir du restaurant que quelques minutes avant le début de la dernière séance.

La rouquine qui tenait la caisse me scruta avec curiosité en me voyant acheter un nouveau ticket à vingt-quatre heures d'intervalle. Ce soir-là, la fréquentation était bien plus importante à l'Eros, gonflée sans aucun doute par des gens qui, comme moi, ne croyaient plus pouvoir continuer à se regarder dans la glace s'ils ne savaient pas pourquoi un film comme *Gorge perforée* s'était retrouvé programmé dans un cinéma X. Pendant que les lumières s'éteignaient, j'éprouvai un sentiment lénifiant de compensation.

Voir les scènes du début de *Gorge perforée* pour la seconde fois c'était comme prendre une deuxième leçon dans une seconde langue : se rappeler certaines « expressions » de la vision précédente rendait plus facile de saisir les nouvelles. Assis dans l'obscurité, j'analysais les images rosées, à peu près comme on se rejoue dans sa tête les conversations que l'on a eues avec d'anciennes relations, le dialogue que l'on regrette et que l'on ne peut expliquer. La persistance des corps habillés, l'attention constante pour les plans rapprochés cadrant la tête et les épaules, tout cela se combinait pour intensifier la tendance subtilement fétichiste du film – attirant irrésistiblement mon œil, le long d'une flèche invisible, vers la gorge qui figurait au centre implicite de la composition.

Enfin le film en arriva au moment où il s'était interrompu la dernière fois. Pendant la seconde moitié, tandis que la caméra admirait attentivement la gorge de diverses jeunes femmes, qui appartenaient toutes au même type, était introduit un personnage important en tant que substitut du public. On ne montrait que ses mains ; deux mains anonymes qui pénétraient dans le champ pour dévêtir les gorges féminines de leurs écharpes, de leurs perles et de leurs cols boutonnés, accaparant un par un les sveltes modèles dans une caresse possessive jusqu'à ce que la caméra finisse par extraire un « moment de cinéma » de la vérité intrucable d'une jugulaire jubilant d'excitation. Pendant que d'une main il flattait et caressait le pouls visiblement vital, l'objet de ses attentions revêtait la main libre d'un gant de caoutchouc blanc, puis l'autre main. On ne révélait jamais le visage de l'Homme aux Gants, selon le nom qu'on lui donna par la suite.

Toutefois, je mourais d'impatience que *Gorge perforée* me révélât enfin comment assouvir les désirs abstraits qui se formaient en moi. Séquence après séquence, le film acculait le spectateur dans une série d'impasses intolérablement érotiques, qui étaient mises sur la touche, chaque fois – à quelques secondes à peine de la culmination – du fait d'une coupe irritante et dépourvue de tact, d'une lacune qui vous propulsait vers des séquences nouvelles, des mosaïques nouvelles, des gorges nouvelles, des questions nouvelles. Les coupes augmentaient, en une cacophonie d'émulsion extatique à chaque fois que se dénudait une nouvelle gorge. Le film ne faisait aucune allusion directe aux parties génitales ni la moindre concession à leur intervention dans cette décoction qui montait à la tête, et pourtant je ne m'étais jamais senti aussi excité, ni aussi vivant.

Il arriva un moment dans le film où le type de femme, le type de gorge que le cinéaste semblait préférer à tout autre, se focalisa sur une unique actrice – jeune brune revêche, aux traits délicats, raphaélesques, presque communs, elle dégageait une aura étrange qu'il me semblait pouvoir réellement voir. Une fois qu'elle apparut, les coupes cessèrent dans le film. Quand elle finit par parler, lisant dans un gros volume relié, je reconnus la voix sèche et flûtée qui depuis le début avait été une constante de la voix off du film :

« C'est justement l'heure nocturne des sorcières,
Où les cimetières béent et l'enfer lui-même souffle
L'infection sur le monde.... »

Tandis qu'elle lisait ainsi dans les *Œuvres complètes* de William Shakespeare, la caméra en contre-plongée fit un zoom avant pour se livrer à une étude – pas une étude, une débauche éhontée ! – sur sa gorge, en en célébrant les détails les plus apparents et les plus minuscules. J'adorais sa simplicité de cygne, sa complexité de machine, une énigme à se damner. Elle avait un type de gorge, avec sa peau plissée en petites rides subtiles sur le larynx, que je revendiquai comme mon préféré. Je tombai amoureux sur-le-champ de la petite tache de naissance châtaine qui couvrait le lobe gauche de son corps thyroïde. Ma confusion s'intensifia jusqu'à un point incroyable à mesure que je me sentais acculé dans le retranchement le plus érotique du film.... Et puis il arriva quelque chose qui vint abattre les murs qui se rejoignaient derrière moi.

La caméra était braquée fixement sur le pouls de la gorge de la femme qui s'accéléra visiblement tandis que la bande son s'enflait d'une version instrumentale mélancolique, dans le style jazz, d'« I Love You, Porgy ». Brusquement je compris, au moment où l'ombre de l'Homme aux Gants assombrit son épaule, que tous les plans précédents – le *regard*, si vous voulez, de tout ce qui avait précédé – avait eu pour but d'illustrer la lente et progressive *prise de courage* par l'Homme aux Gants. Sans plus tergiverser, le pas fut sauté, le tabou brisé. L'Homme aux Gants abaissa sa bouche jusqu'au creux pâle de l'épaule de la femme et saisissant un pli de peau entre ses canines... !

Je fus renversé par la manière dont le film faisait passer dans ce moment isolé le courage que ça prend (alors que tous les films de vampires que j'ai vus passent sur ce détail) pour *planter effectivement ses dents dans la gorge de quelqu'un d'autre*, en particulier quand c'est la gorge d'une personne aimée, pour faire couler à flots son sang vital – et je fus frappé par la surprise altruiste et pourtant gratifiante qu'éprouvait la jeune femme, qui recevait et qui pourtant donnait, et qu'elle communiquait avec tellement de vie que je sentis qu'elle aussi participait. L'acte sexuel était ici parfait, réciproque ; la reconstitution étonnante de rien moins que la première bouchée de pomme dans le jardin d'Eden. Les marques laissées par la morsure sur sa chair tendre n'étaient pas des empreintes de dents, mais plutôt une trace en creux comme un petit collier déployé entre son cou et son épaule ; un chapelet sans la croix ; chaque grain rouge de la chaîne coagulé à partir de quelque chose de plus déterminé, de plus fervent, que le repentir : le désir d'inconscience.

Cette séquence d'orgasme se résolvait par l'image la plus célèbre du film : un zoom avant sur le volume des *Œuvres complètes* de Shakespeare qui était resté ouvert sur les cuisses de la jeune femme, tandis que le papier sur lequel les mots suivants étaient imprimés absorbait une petite éclaboussure vermeille :

Si la Nature et toi pouvez vous séparer si doucement,
Le coup de la mort est tel un pinçon d'amant,
Qui fait mal, et qu'on désire.

Je me rappelais suffisamment de choses apprises sur Shakespeare à l'université pour relever que, presque comme une parodie des coupes qui un peu plus tôt aiguillonnaient l'action, la faisant bondir d'un point au suivant, le texte avait sauté inexplicablement de *Hamlet* à *Antoine et Cléopâtre*. Sur ce mystère qui ne pouvait laisser perplexes que quelques privilégiés parmi ses admirateurs, *Gorge perforée* prit fin, et le battement de l'extrémité libre de la pellicule sur la bobine, qui continuait à tourner dans la cabine de projection déserte, fit l'effet du vol d'une chauve-souris dans les hauteurs du balcon. Les lumières revinrent dans la salle.

Tout d'abord je fus incapable de bouger de mon fauteuil, comme médusé par l'expérience que je venais de vivre et métamorphosé en un chérubin de pierre, allant rejoindre ceux qui se nichaient dans les cavités baroques du plafond de l'Eros. Des questions m'assaillaient. Comment quelqu'un pouvait-il boire le sang d'une autre personne en guise de couronnement d'un acte érotique et émotionnellement chargé, alors que, depuis sa naissance au tournant du siècle, le cinéma avait ravalé la force d'une telle pratique au niveau d'un cliché irréel, adolescent ? L'intention secrète des films d'horreur avait-elle toujours été de faire tenir le public tranquille en donnant à cet acte apparemment transcendant une apparence mélodramatique et donc inaccessible, impensable ? Dracula n'était-il rien d'autre qu'un messager de la propagande d'une société ou d'un État répressif dont la mission était de tenir la bride à l'imagination sexuelle de l'homme ordinaire, à l'empêcher de puiser à ses réserves les plus profondes d'assouvissement ?

« C'est fini pour ce soir, l'ami », fit une voix familière qui me rendit soudain à la conscience.

L'ouvreur était en train d'appliquer une balayette inefficace sur le sol de l'allée qui longeait mon fauteuil, et à cette heure tardive son nœud-papillon factice était à moitié détaché.

« Qu'est-ce que vous voudriez pour six dollars, qu'on fasse votre lit et qu'on vous serve un souper fin ? »

Je décidai de faire un grand tour en voiture. Impossible de rentrer à la maison directement, pas dans l'état où j'étais. La capote de ma voiture ouverte, je pris une route tortueuse et peu fréquentée, où régnaient des ténèbres absolues. Des branches mortes depuis longtemps s'entrelaçaient au-dessus de la route pour enfermer dans un tunnel les nomades motorisés qui la parcouraient. Le Pic de la Veuve me servait de repère privé depuis mon adolescence. C'est le charme secret des gens qui ne partent jamais de leur ville natale de pouvoir retourner à volonté sur les lieux où ils allaient souvent, dans les endroits où des choses importantes se sont passées, ou auraient dû se passer, et c'était ce rôle que jouait pour moi le Pic de la Veuve.

Débouchant sur le sommet et m'arrêtant à côté du panneau en forme de losange qui signalait une descente dangereuse, je mis une chanson des Beach Boys sur mon autocassette, un air que j'aimais bien mettre quand j'empruntais ce tronçon particulier. Les haut-parleurs poussés au maximum laissaient échapper des sanglots de questions existentielles, demandant jusqu'où descendait l'océan, jusqu'où descendait la vallée et jusqu'à quand soufflerait le vent ; je commençai ma descente. Je passai les minutes qui suivirent à rouler à vive allure sous la voûte des branches nues et déchiquetées, à négocier les courbes boisées de ce labyrinthe naturel, effrayant et clouant sur place ses habitants – hiboux impassibles, ratons laveurs en maraude – tout ce qui avait assez de malchance pour affronter mes phares sur des pattes figées. Après plusieurs montées et descentes à pic, le treillis des branches au-dessus de ma tête se défaisait, comme si elles avaient fini par conclure leur sombre pacte politique, et dégageait pour le tout dernier rescapé du Pic de la Veuve une vue des immeubles du centre-ville. Friendship emplissait l'horizon comme une vieille carte postale posée en équilibre derrière un feu de signalisation suspendu en l'air, dont la lumière orange clignotait le conseil : PRUDENCE.

Je suivis les panneaux qui me ramenaient vers l'autoroute, tandis que les chansons s'enchaînaient sur la cassette et que les sirènes et les gyrophares des ambulances et des véhicules de police qui passaient réveillaient en moi le souvenir de la couleur du sang versé à la fin de *Gorge perforée.* En y réfléchissant, je trouvai qu'il n'avait pas été inconsidérément rouge – pas *de façon attirante.* Les « perforations » de la gorge de la femme n'étaient pas ostentatoires, ce n'était pas le genre d'accessoires criards en latex que l'on utilisait d'habitude dans les films d'horreur. De la même manière, l'Homme aux Gants ne portait pas de crocs de vampire pour satisfaire aux conventions du genre. Mais le fait auquel je revenais sans cesse, peut-être parce que ses implications étaient les plus saisissantes et les plus dérangeantes de toutes, était celui de boire du sang, ainsi que la manière dont les différentes brunes du film – elles étaient toutes brunes – étaient devenues de plus en plus juvéniles, jusqu'à atteindre leur ultime point de convergence dans la plus jeune de toutes : la jeune dame brune sacrifiée aux mains et à la bouche de l'Homme aux Gants.

Et puis tout d'un coup je compris : de nos jours, personne n'oserait s'exposer au contact d'un sang qui ne fût pas *vierge.*

Cette révélation vint nourrir jusqu'à une quasi-explosion quelques questions inévitables : entre adultes consentants (si de fait la femme que j'avais vue était alors majeure), l'horreur à laquelle j'avais assisté dans *Gorge perforée* était-elle nécessairement quelque chose de mal ? Ne disait-on pas que tout acte à deux, je veux dire, qui n'était pas imposé par une personne à une autre personne, devait être par définition une expression d'amour, et par conséquent quelque chose de *moral* ?

Je m'arrêtai sur le bord de la route pour réfléchir à ces questions et je sortis de voiture, les jambes flageolantes. Dans le lointain, Friendship était toujours aussi visible et les quelques fenêtres de ses tours résidentielles encore éclairées à cette heure-ci ne suggéraient ni l'harmonie ni un refuge contre la nuit qui venait, mais me rappelaient la collusion que j'avais perçue dans les arbres entrelacés sur le Pic de la Veuve, comme si les mêmes esprits qui avaient intimé à ces branches de prêter du danger à une route s'étaient déplacés vers le centre de la ville pour rédiger un contrat plus obscur, plus draconien.

La jeune femme n'était pas morte de cette confrontation, essayai-je de raisonner, et elle n'avait pas non plus été forcée à s'y livrer. Au contraire, elle avait *joui*, oui, indéniablement elle avait joui ; je voyais sa bouche s'entrouvrir en un sourire cataclysmique au moment où son amoureux sans visage la picorait de ses petits baisers souillés et affairés, qui laissaient en séchant sur son cou et ses joues des fleurs écarlates. Je voyais se dissiper un moment sa tristesse profonde, communiquable, à l'instant où ses yeux se posaient pour la première fois sur son cadeau d'adieu, un serre-cou suspendu entre les mains de l'Homme aux Gants comme une ceinture d'indigo, qu'il lui attachait autour de la gorge en guise à la fois de pansement et de tribut. Sa surface antérieure était en perles de couleurs, comme un colifichet indien, comme les petites grosseurs de la peau de Paige quand elle avait la chair de poule, les perles couleur chair ne formaient aucun nom, rien sur quoi pût se fixer un rêve, juste un congé sans réplique : FIN.

Pas d'erreur, c'était bien du *hardcore*.

Et pendant ce temps-là, la vie nous poussait toujours en avant... sans étiquette commode.

LE CABINET
DU DOCTEUR ALIGHIERI

Du temps où j'étais à la fac, je me serais rendu compte que j'avais besoin de me purger de sombres pensées, et j'aurais rendu visite à un ami pour une orgie nocturne et impromptue d'aveux sordides, mais tous mes amis étaient partis dans des directions différentes, vers une grande fête universelle à laquelle l'occasion et les circonstances ne m'avaient pas invité. Il y a des gens qui sont marqués à vie par leur enfance ; toutes les cicatrices que j'avais, je les devais à mon adolescence, époque de la vie dont je m'étais privé dans mon impatience d'être adulte. De la même manière que certains ont un père, une mère, des frères ou des profs qui jettent de l'ombre sur leur vie – moi, j'avais des amis, les mêmes depuis l'adolescence, et leur absence était particulièrement criante. Ils avaient tous quelques années de plus que moi, intellectuels, artistes, et d'être admis dans leur cercle avait confirmé en moi le désir précoce de regarder ma vie comme une aventure de l'art ; toutefois leurs départs m'avaient lentement enlisé dans la nécessité de passer le temps de façon différente, de gagner ma vie, avec l'impression pendant tout ce temps que j'étais en possession de billets de trains invisibles pour des départs jamais concrétisés de la gare de Friendship.

« Mais et ta femme ? » me reprochait parfois la voix de la conscience en mon for intérieur. « Est-ce qu'*elle* elle n'a pas affecté ta vie ? » Malheureusement, en ce temps-là, mon triste destin était de me tenir à distance de moi-même dans mon rapport avec elle également ; j'étais incapable d'apprécier les choses que nous faisions ensemble pendant qu'elles se produisaient, incapable de prendre la mesure de quoi que ce soit en réalité, avant que tout n'ait disparu.

Paige aussi avait un fonds intellectuel mais, à la différence de mes amis hommes, elle avait été influencée par des artistes et des auteurs différents et elle considérait mes propres influences avec une suspicion ironique. La musique était notre terrain commun, cette force de l'art qui unifie les âmes, mais aussi un communicateur jaloux qui empêche d'autres voix de communiquer au même moment. Quoique nous ne nous dissimulions jamais délibérément nos sentiments l'un à l'autre, tout le monde recèle une petite dose de vérité dont nous avons le sentiment qu'il faut protéger les êtres qui nous sont chers, des serpents de pensée hideux qui ne peuvent être manipulés qu'en présence d'étrangers avec qui l'amour n'est pas en cause. Ceux qui vivent seuls ne se rendent peut-être pas compte que dans des relations de longue durée comme celle de Paige et la mienne, la franchise initiale conduit souvent à ce que la franchise soit *postulée*; les petites angoisses de la vie intérieure peuvent rester secrètes, demeurer contenues, devenir monstrueuses et démentes sous l'élan du statu quo. Pour moi, Paige, c'était le monde entier, ce qui rendit d'autant plus traumatisant le vide que je ressentis en moi dans l'après-coup de *Gorge perforée*.

Au fil des semaines et des mois qui suivirent ma première rencontre avec *Gorge perforée*, avec la transition renouvelée de l'été à l'automne, je remarquai que certains changements significatifs s'insinuaient dans nos rituels nocturnes. Notre habitude avait été, du plus loin que je m'en souvenais, de lire ensemble au lit pendant une heure avant de nous endormir – moi mes biographies, Paige quelque chose de plus romanesque –, et nous rompions le silence entre les chapitres par des commentaires, des adresses gratuites ou de doux petits riens, n'importe quoi qui brise la quiétude de l'introspection. Mais après *Gorge perforée*, j'acquis soudain un intérêt passionné pour l'ajout de nouveaux chapitres à ma vie réelle, l'aventure au centre de laquelle le Destin m'avait placé moi spécifiquement. Mon souvenir du film avait acquis le pouvoir talismanique de la photographie d'une maîtresse; c'était quelque chose à cacher dans un tiroir secret de mon cœur, pour le ressortir et l'étudier, régulièrement et en privé, quelque chose qui pouvait éveiller des souvenirs puissants, faire battre mon cœur, me rappeler que j'étais encore en vie. Je me retrouvai ainsi en train d'adopter de nouvelles habitudes, de briser tout simplement mon ancien moule. Je laissai de côté les vies des autres hommes et je commençai, pendant cette heure qui précédait le sommeil à parcourir la bande de mon tuner stéréo, à l'écoute de voix et de sons qui suggèrent une sorte de bande-son pour les images violentes que je souhaitais évoquer. Le jazz était particulièrement gratifiant, car je pouvais deviner dans le grondement et la persuasion élégante d'un quartet les dimensions flottantes d'un camarade svelte et compatissant, quelqu'un qui pût comprendre l'étrange douleur que je me sentais tenu de célébrer à la fin de chaque jour, car chaque jour était une nouvelle pierre dans le mur qui me séparait de la dernière fois où j'avais vu *Gorge perforée.*

J'aimais particulièrement les ballades, que chantaient généralement des femmes portant le deuil dans leur voix, et qui tournaient autour de suppliques, d'implorations pour un retour, d'un amour teinté de remords, et de l'incapacité à oublier : le terrible, l'implacable *ne me quitte pas* de l'oubli. Mais pourquoi, m'interrogeais-je souvent, est-ce que je trouve les paroles de ces chansons sur l'adultère si pertinentes et si touchantes ? Même dans ma vie protégée, j'avais eu plusieurs occasions d'avoir des liaisons, et quoique je fusse enclin à perdre ma foi tous les jours de toutes sortes de façons, j'avais veillé avec le plus grand soin à passer au large de toutes les occasions d'être infidèle. Mon attachement à Paige était sans borne, mais d'autre part mon imagination était une coquine perpétuelle qui n'était pas même arrivée au stade des fiançailles. Néanmoins quelque chose à présent était parvenu à saisir au collet mon imagination. C'était là la source de mon adultère.

Les hommes pleurent, mais nous avons tendance à être poussés aux larmes tranquillement, aussi tranquillement que nous nous masturbons. Les hommes ont été élevés dans l'habitude de se purger dans le secret le plus strict, et je suis sûr que Paige n'eut pas la moindre idée que presque chaque soir, durant ces mois qui nous menaient à l'automne, je pleurais à côté d'elle avant de parvenir à m'endormir. Pendant toute cette période, ce sommeil, auquel je n'arrivais qu'après avoir vidé une grosse poche isolante de larmes, fut extrêmement troublé, et je me rappelle que je me réveillais en sursaut de rêves instantanément oubliés, avec la bouche désséchée comme du coton hydrophile. Je sortais du lit vers trois heures du matin, je me penchais au-dessus du lavabo de la salle de bains et je buvais goulûment à même le robinet, mais j'avais beau boire toute l'eau que je voulais, je n'arrivais jamais à assouvir ma soif. Cette soif persistante ne s'interrompit que lorsque je tombai par hasard sur une autre habitude inexplicable qui la remplaça doucement.

Une nuit, je découvris que je dormais beaucoup plus paisiblement en tenant, non, en *étreignant* mon oreiller. C'était une habitude qui me semblait déplacée, particulièrement en ayant une femme à côté de moi dans le lit, cependant quand je laissais tomber l'oreiller sur le sol pour étreindre Paige à la place, et que je sentais sa chaleur rayonnant du plus profond de son sommeil, mes bras commençaient à regretter la fraîcheur passive de mon oreiller, la taille à la taie de satin, et les hanches remplies de plumes modelées par mon étreinte. Chaque nuit je me retenais aussi longtemps que je pouvais de céder à cette envie.

Pendant cette période, je continuai de me rendre régulièrement au Pic de la Veuve, et c'était aussi pour moi un moyen de revivre, de *recréer*, mes émotions farouches de la nuit où j'avais vu *Gorge perforée* pour la première fois. Parfois j'étais d'humeur à parier, et je faisais précéder mes excursions d'un passage à l'Eros, où je passais autant de temps que je pouvais le supporter, écrasé par les images d'un nouveau film cochon qui n'était toujours pas *Gorge perforée* et qui ne s'en rapprochait même pas. Après quoi, le Pic de la Veuve m'attendait toujours; je dévalais sa pente raide à tombeau ouvert, avec des pensées pleines de reproches pour mes amis partis, et quand j'étais sorti du tunnel des branches entremêlées, j'allais faire la tournée de tous nos vieux coins habituels. Comme ma soif me revenait, je faisais halte d'habitude à Jesse's Diner, où le café était agréable au goût, et j'en buvais une ou deux tasses en compagnie de fantômes me ressemblant, des gens qui se dérobaient à des aventures qui leur fussent propres ou qui s'attardaient dehors dans l'espoir d'en saisir une au vol.

Il y avait une séquence de *Gorge perforée* qui me revenait souvent à l'esprit quand j'étais assis dans mon coin, la séquence où l'Homme aux Gants (le personnage dont le film adopte le point de vue en caméra subjective) est intensément, et même douloureusement, distrait à une terrasse de café par une brune assise à une table voisine de la sienne, la gorge encadrée, comme une tendre cible, entre les limites rigides de son menton, de son collier et de deux volumineux pendants d'oreilles. Après une COUPE brusque, il observe les scintillements bigarrés dont un côté de son cou est pailleté, le soleil passant dans les pierres accrochées à son oreille de ce côté-là, et il compare cet effet à la lumière rougeoyante qui se joue sur la nappe à carreaux de sa table, que réfractent les pans du cristal de son verre à vin plein à ras bord. Comme pour dompter la tentation qu'il ressent, il fait rouler entre ses doigts le pied du verre, lui appliquant toujours plus de pression jusqu'à ce qu'il se brise ; le vin se déverse, pénètre dans le tissu de la nappe dans un torrent de porto filmé au ralenti. Par-dessus la tache qui s'étend, les yeux violet foncé de la brune croisent les siens. La séquence suivante est la première dans laquelle apparaît la Dame Brune.

Evidemment, Jesse's Diner n'était pas le genre de café chicos où j'avais des chances de rencontrer une créature aussi tentante, quel que soit le liquide que je renverse, mais ce restaurant avait quand même ses avantages. L'acoustique me permettait de surprendre les bavardages clandestins de deux vagabonds comme moi, qui causaient à travers des bouchées de beignets saturés de café, comptant puis recomptant le nombre de pièces dont ils disposaient à eux deux et qui se révélait insuffisant. J'écoutais leur petit drame, en regardant tourner les pales d'un grand ventilateur qui se reflétait dans mon café, et qui faisait COUPE, COUPE, COUPE. Ma tasse finie, il restait toujours une cigarette à fumer, mais au bout de ces atermoiements tabagiques, il n'y avait jamais rien d'autre à faire qu'à reprendre la route, à rouler dans les ténèbres qui me séparaient de ma femme et de chez moi.

Toutes les lumières étaient éteintes quand j'arrivai chez moi, et les premiers pas que je fis dans notre cinq pièces commencèrent par me déconcerter, un peu comme si j'essayais de trouver une place au cinéma tandis que, sur l'écran de l'Eros, passait une séquence de nuit. L'interrupteur près de la porte ne fonctionna pas quand je l'actionnai. Après coup, je me félicitai plutôt que l'électricité ne fonctionnât pas et que Paige fût endormie ; ma pomme d'Adam toute serrée me donnait une sensation d'angoisse, Paige m'aurait sans aucun doute interrogé, elle aurait certainement remarqué l'émotion dans ma voix, y aurait peut-être vu du désarroi sentimental. Même si elle croyait bien ne pas avoir de rivale de chair et de sang, un désarroi sentimental *imaginaire* – de ceux qui font rouler certains d'entre nous de longues heures sans autre compagnie que nous-mêmes pour mieux savourer la suavité de la mélancolie – était en lui-même un motif d'inquiétude. Je me dis que peut-être j'allais m'asseoir et boire un moment dans un coin sombre du salon, pour me livrer à une introspection un peu plus profonde, maintenant que j'étais délivré de la responsabilité de rentrer sain et sauf chez moi, mais je trébuchai sur quelque chose en me dirigeant vers l'armoire aux alcools et je réveillai Paige. Un cliquetis venu de la chambre projeta un coin de lumière dans la zone où je me trouvais.

« Fais attention, mon amour, fit-elle en élevant une voix encore endormie. Ne va pas te casser le cou. »

Je suivis la lumière en contournant un ou deux angles peints jusqu'à la chambre, et je la trouvai au lit, faisant de son mieux pour effacer de son visage froissé par le sommeil toute morosité.

« Ce n'est pas mon *cou* qui m'inquiète, dis-je. Est-ce qu'autrefois on n'avait pas quelque chose là derrière qui s'appelait le lustre du salon ?

– C'est l'ampoule, bâilla-t-elle, qui est grillée, et comme tu n'es pas allé en acheter des neuves comme je te l'ai déjà demandé au moins deux fois, je me suis dit : qu'il aille se faire voir, moi je me couche. »

Debout au pied du lit, je me frictionnai le tibia que j'avais éraflé. Je me rappelle avoir pensé que le bobo au tibia expliquerait peut-être la douleur dans ma voix.

« En plus, tu ne connais pas encore la manière dont l'appartement est disposé ? poursuivait-elle. Je veux dire, ça fait trois ans que nous sommes ici – pratiquement un an pour apprendre à se débrouiller dans chaque pièce.

– Mais, espèce de calculatrice... ! »

Et je me jetai sur notre lit et je me mis à la chatouiller. Elle était encore abrutie et j'en profitai de manière éhontée, mais je m'arrêtai quand je sentis que son rire glissait dans la gêne. Elle me donna un baiser parfumé au dentifrice mentholé un peu défraîchi par le sommeil et nous nous blottîmes dans les bras l'un de l'autre, tandis que je fixais passivement des yeux un ligament de son cou dont les palpitations étaient en train de s'apaiser. C'était là une personne que j'aimais sans la moindre réserve : ses cheveux blond cendré et leur odeur de shampooing aux herbes, ses yeux bleu-vert et leur astigmatisme, les points pigmentés apparus sur son corps depuis les premiers jours de notre mariage, même les vieux tubes qu'elle se chantait à elle-même en remplissant le lave-vaisselle ou en lisant des textes littéraires que les auteurs lui adressaient. Malgré tout l'amour que je lui portais, elle n'avait absolument rien à voir avec les créatures fantasmatiques que j'avais toujours revendiquées comme constituant mon « type », mais Paige occupait mon cœur, pas ma tête, et elle semblait si béatement inconsciente des formes érotiques éthérées qui peuplaient mon psychisme que j'en reposais sur elle pour perdre un peu conscience d'elles moi aussi. Elle était là dans mes bras, confiante et disponible, mais nous savions tous deux que rien de tel n'allait se passer. Une ombre que j'avais apportée avec moi dans la chambre ne se prêtait pas à ce qu'il se passe quoi que ce soit.

Elle me demanda si j'avais mangé quelque chose.

« Absolument, répondis-je. Des sucreries et des jujubes. »

Elle me toucha le ventre.

« Tu perds tellement de poids ces derniers temps. Tu me donnes du souci. »

Me dérobant d'instinct au tour inquisiteur que prenait la conversation, je roulai jusqu'au bord du lit.

« Et ton film, c'était comment ? » demanda-t-elle.

J'inventai n'importe quoi et repris l'initiative.

« Et *ta* soirée à toi ? Qu'est-ce que *tu* as fait ? Qu'est-ce que *tu* as mangé ?

– Bah, juste un de ces super surgelés gastronomiques, et, ah oui, tu vas être très fier de moi, je me suis débrouillée pour venir à bout de cette pile de nouvelles posée sur la télé, au sujet de laquelle tu m'as tant tarabustée.

– Ah voilà pourquoi je n'ai rien entendu tomber par terre quand je suis rentré dedans là à côté ! Comment se portent les futurs hommes et femmes de lettres américains, ces temps-ci ?

– Disons simplement que je me suis rappelé pourquoi on appelle ça des “ envois recommandés ”.

– Ah ?

– En fait de recommandations, ce sont des courbettes sur toutes les pierres tombales glacées de tout ce qui a précédé, et cela sans la moindre exception.

– J'en suis navré.

– Il n'y a vraiment pas de quoi. Aussi longtemps que *Le Lutin* ne pourra pas se permettre de rétribuer ses collaborateurs occasionnels, il faudra que je lise des textes écrits par des auteurs qui trouvent ces conditions acceptables. Et voilà tout.

– Simplement, ça me désole de te voir passer tes soirées à lire les élucubrations éculées de collégiens alors que, tu sais, tu devrais être occupée à produire tes propres élucubrations ou tes propres courbettes. Si tu travailles à la fac, c'est seulement parce que moi, je n'ai pas... eh bien... eu l'avancement que j'aurais dû avoir.

– Comment ? (Et elle se redressa sur le lit.) Mais, amour, tu sais que ce n'est pas vrai ! Ce film que tu as vu ce soir, il était *sous-titré*, hein ? Ça te déprime toujours.

– Il était doublé.

– Eh bien, c'est à *mon* tour de *te* mettre des mots dans la bouche, parce que, bordel, tu ne sais pas de quoi tu parles ! Tu travailles pour une des agences publicitaires les plus anciennes et les plus respectées du Midwest, ce qui est exactement le résultat des énormes efforts que nous avons fait pendant toutes ces années. M. Ingersoll ne t'aurait pas embauché s'il n'avait pas discerné un peu de talent qui se reflète dans ton travail, je me trompe ?

– Il y a bien du talent qui se reflète dans mon travail, concédai-je, mais mon travail lui-même est sans talent. Ça fait une différence. »

Je défis le nœud de la cravate que je portais depuis le matin.

« Attends un peu, je sais ce que tu as, dit-elle. Tu as trente ans, hein ? Tu as trente ans. Bon Dieu, est-ce que c'est ça qui m'attend ? “ Au milieu du chemin de notre vie, m'étant écarté du droit chemin, je me retrouvai seul en plein milieu d'une forêt obscure. ” ?

– Merci beaucoup, *Béatrice*, répondis-je dans un sarcasme. Je ne suis pas en train de m'apitoyer sur mon sort. Je suis réaliste, c'est tout.

– Oh que non ! Frustré, voilà ce que tu es. Mais regarde les choses du bon côté. Tu ne te sentirais pas frustré si tu n'avais pas conscience d'une façon ou d'une autre de la distance entre ce que tu es et ce que tu veux être.

– Devrais être.

– *Ou* devrais être. Pas vrai ? Eh bien, c'est une bonne chose, non ? Et il y a matière à de l'avancement à l'agence. M. Ingersoll te l'a dit au dernier séminaire de la société.

– Ouais. »

J'enlevai mes chaussures et m'assis en tailleur sur le tapis indien aux figures compliquées qui se trouvait au pied du lit. Paige se mit sur le ventre et bougea sur le lit de façon à mettre son visage tout près du mien.

« Mais ça me fait une belle jambe, repris-je, quand mon ambition... »

Elle se hâta de me fermer les lèvres de ses doigts délicats.

« T'es toujours mon canard, pas vrai ?

– Ben, j'pense. »

On faisait nos voix de bébés. On était mariés depuis assez longtemps pour nous en souvenir, pour nous souvenir de celle qu'avait l'autre.

« Ça va alors. En plus, moi j'aime bosser. » Elle se remit sur le dos, en s'étirant et en pliant les jambes en l'air. « J'aime lire, aussi, sauf quand c'est... Et elle me raconta quelques-uns des pires échantillons de ses lectures du soir.

– Tu es tombée sur des trucs énormes ?

– Oh, des tas, mais il y en a un qui était si magnifique que je l'ai retenu exprès pour toi. »

Elle s'appuya sur le coude, changeant d'expression en un instant, pour passer des confidences sur l'oreiller au ton professoral du conférencier à son pupitre : « *La rue était littéralement pavée de monde.* »

Il était une heure du matin passée largement, mais après toute la tension que j'avais subie cette nuit, je me pliai en deux aussitôt, les côtés douloureux de rire. C'était une telle libération de sentir se dissiper tout le sang et le mystère de mon esprit sous l'effet laxatif d'une seule stupidité, de sentir revenue sous ma main une sorte de planche de salut, une bouée de sauvetage qui me halait loin du vide de l'espace infini. Chaque fois que mon rire sortait, je levais les yeux vers Paige qui riait de me voir rire, et elle faisait une tête comme celle aux yeux pochés de centaines de caricatures à la Gahan Wilson : des visages verdâtres, en compote, qui lorgnaient le long des jambes de pantalons des passants inconscients sur des kilomètres et des kilomètres d'un boulevard clair à l'acrylique – et je me remettais à rire, irrésistiblement.

« Eh bien, soupira Paige quand nous eûmes fini par nous calmer, c'était un beau numéro ! »

Elle s'essuya les yeux et descendit du lit à quatre pattes sur le sol. Elle se pelotonna près de moi et me regarda pendant plusieurs longues secondes avec une expression hésitant quelque part entre l'amour et la sagesse ; je désirais l'amour et je redoutais la sagesse, et elle dut s'en rendre compte. Elle portait en guise de chemise de nuit un de mes vieux tee-shirts ; il était trop grand pour elle et lui donnait une silhouette mal définie, mais dans le mouvement qu'elle fit pour se pencher d'un côté, l'encolure glissa et dégagea la pente de son épaule, sculpture lisse et fragile, fraîche comme de la craie et, là où elle avait froid, bosselée comme par les cavités d'une pierre ponce.

« Tu en avais vraiment besoin, hein ? » dit-elle, parlant du fou rire.

Je baissai les yeux sur notre tapis indien, me sentant trop las pour mentir et trop faible pour avouer, mais elle me souleva le menton, retombé sur ma clavicule, forçant mes yeux humides et réticents à la regarder.

« Le film... était triste, dis-je en un mensonge.

– Le film a dû se terminer il y a des heures. Qu'est-ce que tu as fabriqué dehors pendant tout ce temps ? (Je reportai mes regards sur le tapis.) Tu ne sens pas le mauvais whisky.

– Je ne sens pas la moule non plus. »

Elle saisit entre ses mains mon visage que j'essayais de détourner et elle me contraignit à la regarder droit dans les yeux.

« Hé, dit-elle durement, n'essaye pas de me cacher des choses, visage d'ange.

– Je suis allé faire un tour en voiture. »

Elle marqua un temps avant de lancer :

« Le Pic de la Veuve ? »

Je lui demandai comment elle le savait. Elle resta plusieurs instants sans répondre.

« Ça devait être vraiment un *drôle* de film », soupira-t-elle en remontant péniblement sur le lit.

Pénétrant plus avant en moi-même en raison du silence naturel de notre chambre à coucher, je fixai des yeux les motifs compliqués de notre tapis indien jusqu'à ce que le tissu de ses abstractions s'ouvre sur un royaume géométrique où les questions et les incertitudes étaient laissées dans la poussière de la spéculation. Là, toutes choses semblaient aussi claires que possible et je pouvais comprendre que – sans le tracas fastidieux des *tâtonnements* en quête de la compréhension –, au total, rien de ce que j'éprouvais n'était en quoi que ce soit nouveau. Même du temps de mes parents, ce n'était pas l'exception mais la règle que les gens se risquent à échanger pour la première fois un bonjour, à former des relations et des unions, à fonder des familles en se basant sur le degré de ressemblance qui se trouve exister entre le garçon ou la fille d'à côté et leurs vedettes de cinéma favorites, sur le degré auquel ces inconnus se trouvent assouvir les appétits projetés des plateaux hollywoodiens jusque dans les âmes de l'Amérique profonde. Si le partenaire qui leur était échu par hasard n'était pas une réplique parfaite ou devenait rien moins que magique avec le temps, les gens se disaient, en ruminant philosophiquement sur une canette de bière ou un évier rempli de vaisselle sale, que la vie n'était pas si différente du cinéma, que les cloches des noces signalaient souvent les happy-ends de la plupart des histoires d'amour, que les films s'effaçaient bien avant l'aura qu'ils vendaient en guise de solvant pour les vies ordinaires. Rock n'était pas encore alcoolique, Doris n'était pas encore infidèle, et quant à savoir qui était quoi pour qui derrière les petits écriteaux NE PAS DÉRANGER accrochés aux poignées des suites matrimoniales – lorsque chacun de nous, au cours de la lune de miel, ouvre au regard d'un autre les horribles valises qu'ont faites pour nous les événements qui constituent notre passé – il n'y avait aucune chance pour que personne sous le soleil l'admît jamais.

Le cinéma m'avait appris quelques élémentaires leçons de vie au cours de mes trente années. Le premier film que j'aie jamais vu est *Blue Hawaii*, et il m'avait appris qu'il était possible de faire la cour à des femmes aux yeux bleus aussi intenses que Joan Blackman avec les chansons d'Elvis Presley (un homme tellement charismatique que j'avais imaginé que les Jordanaires avaient abandonné femmes et enfants pour prêter leur soutien vocal bon enfant à ses croisades sentimentales). Longtemps après la fin du film, une scène était restée dans mon esprit, celle où Joan perdait le haut de son bikini sous l'effet des vagues de l'océan. Le King récupérait gracieusement son soutien-gorge à fleurs, replaçant avec galanterie dans leur cachette les seins qui, dans ma jeune imagination sous-alimentée, flottaient aux tièdes courants hawaiiens comme des formes distinctement lisses et dépourvues de mamelons. Et je me rendais compte à présent que (au moins une décennie après que le cinéma m'eut prouvé que les seins des femmes étaient, heureusement, différents) si mes connaissances avaient progressé, mes notions originelles de *ce à quoi ressemblaient les femmes* n'avaient pas bougé d'un iota. Je me demandais si la raison pour laquelle j'avais été si profondément affecté par *Gorge perforée* n'était pas que le film avait donné, après toutes ces années, à ce quelque chose d'inachevé tout au fond de moi, les dents nécessaires pour accéder à un flux nourricier à la température du corps.

Sans que je sache comment, cette perception se servit de mon être endormi comme d'un pont vers la réalité. Elle se glissa hors de ma tête, portée par un ronflement accidenté, pour faire sonner mon réveil de chevet, et je dus me lever péniblement du sol et me jeter sur le lit vide pour le faire taire. C'était l'heure où toutes les choses qui fleurissent le mieux au clair de lune rentrent en s'enfuyant sous terre ou sous le cerveau, traînant derrière elles l'écheveau défait de leurs longueurs. Je m'étais réveillé sur le ventre, sur le tapis indien étalé sur le sol, une couverture arrachée du lit drapée autour de moi par une main attentionnée. J'avais l'habitude de me réveiller avec le fumet du petit déjeuner qui pénétrait dans la chambre et au son des gargouillis de notre machine à café, ou au bruit de l'équipe de chantier occupée à éventrer la chaussée qui se trouvait au bout de notre rue – pour peut-être la paver de gens, songeai-je avec un sourire –, ou avec les agaceries joueuses de Paige, qui trouvaient toujours leur couronnement avec l'une ou l'autre de deux manières. Ce matin-là, toutefois, la sonnerie métallique du réveil n'avait cédé la place à aucun autre bruit secondaire.

Mes pensées parcoururent sans ordre particulier les événements probables que j'avais manqués en ne me réveillant pas ce matin : Paige était déjà partie travailler, ayant remis le réveil charitablement pour me laisser le temps de m'habiller et de manger un morceau sur le pouce avant d'aller honorer mes rendez-vous. Chaque fois que les circonstances nous privaient d'une matinée passée ensemble (nos emplois du temps ne s'accordaient pas, le réveil était détraqué, l'un ou l'autre dormait trop bien pour être dérangé), notre habitude était de laisser des mots affectueux là où on serait sûr de les trouver (la machine à café, le miroir de la salle de bains, le mur des toilettes). Ce matin-là, c'est l'absence de tout message qui m'aida à me rappeler que ce n'était pas une nuit, mais en fait *plusieurs* nuits et *plusieurs* jours qui s'étaient écoulés...

Et à mesure que la mémoire me revenait, je me rendais compte que j'étais « dévasté ». Dans une dénégation têtue des détails de la dernière soirée que nous avions connue ensemble, j'avais passé les nuits suivantes à dormir à l'endroit même où j'avais campé sans en avoir eu l'intention, lors de notre dernière nuit ensemble, allant jusqu'à me draper les épaules d'une couverture comme Paige l'aurait fait pour moi, dans le vain espoir qu'à force de faire semblant je pourrais parvenir à me frayer un chemin dans le passé, et me réveiller en retrouvant l'équilibre antérieur rétabli et ma vie de couple restaurée..., mais mes yeux se rouvraient toujours sur un monde où c'était bien la trahison la plus horrible qui avait eu lieu, où elle avait eu trop peur de moi pour dire quoi que ce soit et où, en réponse à mes balbutiements d'excuses, elle avait brandi un couteau de cuisine pour m'avertir de ne pas approcher...

Je m'aventurai dans les pièces périphériques de notre appartement pour m'apercevoir que chaque coussin jaune paille avait été rangé à sa place, que la table renversée avait été redressée, que les traces de violence sur le balcon avaient été effacées avec un souci d'ordre si parfait qu'il n'appartient qu'aux lieux auxquels on a dit adieu pour toujours. Tous ses vêtements avaient été enlevés de notre penderie. La voiture que j'avais prise pour aller au Pic de la Veuve en tant d'occasions, sur cette route qui menait au cœur de moi-même, elle non plus, n'était plus là.

Je n'ai jamais éprouvé aucun sentiment d'injustice ou d'outrage parce que Paige était partie. Comment pouvais-je espérer qu'elle comprenne, et encore moins qu'elle consente à accepter, ce que je n'ai pu moi-même accepter ou formuler avec des mots pendant tant d'années ? Et après avoir vu combien de fois *Gorge perforée* ? Qui d'autre que Dieu tout-puissant en a-t-il tenu le compte ?

Il était écrit qu'à la différence de la plupart des hommes séparés de leur épouse, je ne pourrais pas accuser mon travail de la ruine de mon mariage, ou l'arrivée tentatrice d'une tierce personne, ou les ruses par lesquelles le cours des choses fait trébucher même ceux d'entre nous qui avancent timidement sur le chemin de la vie, posant fermement un pied devant l'autre. Entre Paige et moi, il n'y eut jamais d'heures supplémentaires s'accumulant de façon douteuse sur des carnets de bal réels ou figurés. Jamais de parfums inconnus venus faire dérailler nos collisions amoureuses, aucun déchirement, verbal ou implicite, que nous aurions aussitôt désiré renvoyer dans un Néant dans lequel nous les amants nous étions liés à jamais.

Mon aventure était avec un *film*.

Ma fidélité à Paige n'avait jamais été qu'absolue, et elle le demeura pour quelque temps après son départ, parce que, de façon bizarre, elle me permettait de continuer à tenir sa main. J'avais le sentiment que sa présence, qu'elle fût ou non imaginaire, était cruciale pour que je puisse reconnaître avec succès une route qui sinon aurait été inexplorée et dangereuse.

Ce furent des journées terribles. Il y eut des moments bien précis, sous la douche, dans la voiture le jour où la radio annonça : *Plus de la moitié des films réalisés avant 1950 n'existent plus*, en déjeunant à l'Eros dans le vain espoir que la foudre tomberait deux fois au même endroit, où il me semblait que sa voix lointaine arrivait jusqu'à moi, à l'intérieur de ma réalité nouvelle. Cette voix était étrangement réconfortante à entendre, et ce n'était pas parce que je lui mettais dans la bouche des mots de réconfort... bien au contraire. Quelle qu'ait pu être l'activité à laquelle elle se livrait, Paige aussi avait dû sentir qu'il lui manquait une partie significative de sa vie, la partie que je me refusais à laisser filer définitivement, et elle commença à me parler par ce biais, à me harceler, comme un ventriloque qui parle par l'intermédiaire de sa marionnette, pour lancer des insultes à un public auquel il n'oserait pas s'adresser en personne. Il n'y avait aucun doute : c'était bien la voix de Paige; mais elle ne me parlait pas à moi. Elle parlait *de* moi à un tiers non spécifié, une amie peut-être ou un psychiatre. Le plus douloureux dans ce qu'elle disait, ce n'étaient pas ses accusations, mais le fait que sa voix, que j'aimais tant et que j'avais un besoin tellement désespéré d'entendre, était dépouillée de toutes les choses que, comme je vous l'ai dit, j'aimais chez elles, ces choses qui m'excitaient tant. Peut-être que le choc de ma révélation avait détruit cette partie d'elle; peut-être qu'elle avait eu raison d'avoir peur de moi. Elle ne mettait plus son cœur dans ces visitations auditives, il y était remplacé par un ton détaché dans lequel elle parlait de moi avec patience, par une acuité toute précise, absolument privée de tout sentiment d'affection ou de nostalgie... l'effet se rapprochait assez des passages de narration déconstruite dans *Gorge perforée*.

Je l'appelais « Visage d'ange ». C'est ainsi que ma mère appelait mon père, vous pouvez interpréter ça comme vous voulez. Nous sommes restés ensemble très longtemps, plus longtemps que certains de ces mariages soi-disant réussis, ce qui tend seulement à prouver, je suppose, la chose suivante : on n'est jamais entièrement tiré d'affaire.

Vous savez ce qu'il a essayé de me faire?

Sa métamorphose s'est étendue à ses goûts musicaux. J'aurais dû remarquer à ce seul détail qu'il y avait quelque chose qui n'allait plus du tout, mais alors plus du tout.

Un samedi après-midi, il a rassemblé environ cin-

quante de ses albums et il les a portés chez un marchand de disques d'occasion, en les échangeant contre des choses qu'il tirait du rayon : Grandes Voix de femmes. Il s'est mis à écouter le soir Anita Baker et Sade, puis Sarah Vaughan ou Ella Fitzgerald, toutes les grandes Dames de la Chanson. Puis il est passé à l'opéra – des sopranos dont je ne pourrais même pas commencer à vous citer les noms. Et je me suis mise à réfléchir, en écoutant ces trucs dans notre chambre : « L'opéra ? Pourquoi cet intérêt soudain pour l'opéra ? » Et bien sûr la raison m'est soudain apparue, après ce qu'il a essayé de faire ce soir-là...

Tout ça, c'était de la musique de gorge. *Rien ne pouvait lui être plus indifférent que ce que disait la musique ; ce qu'il cherchait, c'était la substance, la texture, la sexualité, le vibrato caverneux. Il creusait son trou dans les sons, il y piochait, il mordait dedans, en se fichant pas mal de la mélodie, en ignorant tout sauf la simple notion que ces sons qui sortaient en gémissements et en roucoulements, en lamentos légers et en arias sublimes, étaient une décharge érotique déversée dans ses oreilles par des gorges de femmes. Pas étonnant qu'il ne m'ait jamais regardée dans les yeux quand je le lui demandais !*

Je parie que s'il mettait la main sur une copie de ce que je vous raconte en ce moment, il serait incapable de vous répéter, après l'avoir lu, ce que j'ai dit. Le seul fait que ce soit l'enregistrement de sons proférés par la gorge d'une femme, et peu importe son identité, un document saisissant un moment éphémère où il se trouverait pris dedans comme un chat... !

Je suis revenue à l'appartement le lendemain pour chercher des affaires. Dans le tiroir du chevet, j'ai trouvé un carnet planqué au fond, derrière l'endroit où nous gardions nos objets de valeur. Il renfermait un tas de mots dingues, en latin. Scalenus anterior, sternohyoideus, trapezius. *Je l'ai emporté en douce à mon travail et mon amie Jane – son mari fait l'internat – m'a dit qu'il s'agissait de parties de la gorge. Ça ne m'a pas étonnée. Ce qui m'a étonnée, c'est qu'il ne les avait pas inscrits juste une fois ; il les répétait par cycles irréguliers, jusqu'à ce que ça devienne une mélopée. J'étais là et j'en ai lu une page ou deux à haute voix, et il en est sorti un rythme très reconnaissable. On aurait dit, euh, à quoi bon mentir, qu'il s'en servait pour... se masturber.*

J'entendais ou j'imaginais la voix de Paige dire toutes ces choses, et de pires encore qui étaient vraies elles aussi. Néanmoins, quand cette voix arrivait, je l'implorais : Dis ce que tu veux, fais tout ce que tu peux, mais je t'en prie, ne t'en va pas. Ne m'évacue pas de ta vie ; ne me coupe pas de ton film. Ne m'enterre pas vivant dans ce cabinet noir. Ne m'abandonne pas dans cette forêt obscure.

LA ZONE SINISTRÉE

On ne nous montre jamais entièrement la psychiatre ; on nous laisse le soin d'assembler la perception que nous en avons à partir de détails isolés : sa main aux ongles manucurés qui prend des notes sur un bloc de feuilles jaunes, le regard glacé qu'elle jette occasionnellement par-dessus les lourdes montures de ses lunettes italiennes et ses jambes croisées. Sous ses bas, on aperçoit des griffures, comme des veines sous une peau translucide.

On en voit à peine davantage de sa patiente. La femme brune, qui peut avoir de vingt-cinq à trente ans (c'est une scène du début), semble se trouver dans un état d'épuisement complet. Ses vêtements sont froissés et fanés, comme si elle avait dormi tout habillée, comme si elle avait non seulement fait en les portant des kilomètres à pied, mais erré des jours et des nuits sous une pluie battante. Ses cheveux sont défaits, comme si elle les avait séchés avec une serviette, et par endroits on voit encore des fragments de glace qui n'ont pas fondu et qui restent accrochés à ses mèches sombres. Elle est assise sur le bord du divan professionnel – visible au-delà du genou de celle qui l'écoute – comme si l'effleurement d'une expérience gigantesque, incommuniquable l'avait entièrement mise en pièces.

Le décor n'est guère crédible pour un cabinet de psychiatre. Un énorme poster de Pop Art est punaisé à même le mur, derrière la patiente, et le sol de la pièce est recouvert d'une moquette orange à poils longs.

La composition en plan moyen (c'est-à-dire, jambe/

patiente/mur) est interrompue par un gros plan en insert de la patiente qui dure approximativement trois secondes : une vue frontale, délicieusement intime, de la gorge de la patiente, vulnérable entre les deux bandeaux noirs de ses cheveux, au moment où, en déglutissant, elle renfonce une vague d'émotion qui montait en elle. On revient à la composition précédente presque avant que l'œil ait pu s'apercevoir de la coupure.

« Merci d'avoir bien voulu me recevoir », dit la patiente, après un silence prolongé.

Contrastant fortement avec son état émotionnel, la voix post-synchronisée semble placide et mesurée, de façon incongrue, comme la voix d'une hôtesse faisant une annonce dans un aéroport.

« J'ai besoin de parler à quelqu'un... Je ne suis pas particulièrement croyante, vous savez, dit-elle en serrant convulsivement le gros crucifix en argent qui pend à son cou. Un prêtre n'aurait pas fait l'affaire. Mais maintenant que je suis là, je ne sais pas par où commencer. »

La psychiatre lui suggère de commencer par se décrire, elle et son mode de vie.

« Je travaille à l'université, annonce-t-elle, pour... (ici se produit l'une de ces maudites et innombrables coupes dans le film, qui occultent un renseignement utile) et les autres professeurs du département des humanités. Peut-être à cause de la nature spécialisée de notre travail, nous avons toutes, toutes les femmes du bureau, des types de vie similaires, ou du moins nous avons des conceptions qui engendrent des conflits intéressants. Si bien que certaines d'entre nous cultivent des amitiés en dehors des heures de bureau. Elles sont au courant de tout, croyez-moi. Si elles savaient que je suis venue vous trouver ! J'entends déjà Jane et Sally me dire : “ Tu nous as nous, pourquoi aller chercher un *psy* ? ” »

Une ombre vient troubler l'amusement de celle qui reçoit cette confession ; il y a un autre rapide insert, un gros plan, dont la proximité est presque violente, de sa main qui vient appuyer sur sa bouche dans un geste de censure. Un autre détail en insert : quelque chose se tend au voisinage du muscle en attache de bonnet de son cou puis se relâche progressivement. Nouvel insert : elle essuie une larme fugitive avant que celle-ci n'ait eu le temps d'abîmer son maquillage.

« J'espère que ça ne vous fait rien si je divague un peu, reprend la voix post-synchronisée, parce qu'à vous dire la vérité, je n'ai pas dormi ces dernières vingt-quatre heures et si je devais tracer une ligne droite de l'endroit où je suis à l'endroit où j'étais juste avant, eh bien, je m'y perdrais. Ça ne vous fait rien, je veux dire, est-ce que vous interpréteriez ça si je me touchais *ici* tout en parlant ? Ça me rendrait les choses tellement plus faciles. C'est à peine si je l'ai lâché des mains depuis... Ce n'est pas que je suis ce que vous appelleriez croyante, comme je disais. Mais de toute façon, qui peut dire si un crucifix représente vraiment le Bien ? Si c'était à moi de choisir, il est probable que je n'en porterais pas, mais je n'ai pas vraiment le choix, n'est-ce pas ? De le porter, je veux dire. Il m'a été *légué.* »

Elle se remet à rire, amusée d'une ironie qu'elle est la seule à voir, puis elle commence à tousser.

« Je pensais que je couvais quelque chose la semaine dernière, et je n'ai pas cru que je pourrais aller travailler vendredi, d'ailleurs. Je suppose que c'est un bon point de départ. »

La psychiatre serre le bout charnu de la gomme de son crayon entre ses canines. Tandis que la caméra zoome sur son œil, elle hoche la tête en signe d'approbation.

« Ne pas aller travailler n'aurait pas été une catastrophe, après tout, c'était vendredi. Mais j'ai plus de facilité pour combattre un rhume si je ne le laisse pas prendre les commandes. Si bien que je me suis habillée et que je me suis traînée jusqu'au bureau, avec environ une heure de retard. »

Arrivée là, la séquence dans le cabinet de la psychiatre se change en une reconstitution de ce passé récent. Nous voyons la patiente en plan moyen, assise au volant d'une voiture, qui n'est lui-même qu'un décor installé devant un écran où se projette l'image d'une autoroute bordée de neige. Son visage est presque entièrement dissimulé par des lunettes de soleil surdimensionnées, un épais manteau au col relevé, et ses mains par des gants de conduite, il n'y a que le V de sa gorge dénudée qui soit vraiment accessible au spectateur.

« Je me suis dit que ça pourrait m'aider si je faisais les choses autrement en allant au bureau, simplement pour dissiper un peu le malaise que j'éprouvais. Et j'ai donc pris un itinéraire différent, en pensant qu'un changement de décor me stimulerait peut-être. J'écoutais la radio, et à un moment, pendant le bulletin des infos de dix heures, ce nouvel itinéraire m'a fait passer entre deux collines qui brouillaient la réception et la station a commencé à disparaître et à revenir au point que je n'entendais plus que de la friture. Je suis arrivée à l'université, il était environ dix heures quinze. J'ai fait tomber la gadoue de mes chaussures en les tapant l'une contre l'autre et j'ai fait comme si je m'étais levée pour aller boire un verre d'eau, en me glissant à mon bureau avec la mine de quelqu'un déjà en plein travail, concentrée. J'ai essayé de garder cette tête jusqu'à ce qu'une des filles me remarque et vienne engager une petite discussion entre copines, mais tout le monde tournait autour d'un élément invisible, qui manquait dans la routine du bureau. Ce n'était pas moi, ou le fait que je sois en retard, mais une chose qui impliquait un point non spécifié de mon avenir immédiat et dont je n'avais pas encore pris conscience. Spontanément, ma première réaction fut de me retourner pour demander à Jane qui était mort. Et c'est alors que je me rendis compte qu'elle n'était pas là.

« J'ai fait un signe à Maria dont le bureau est voisin du mien et j'ai dit : “ Elle est encore en retard, je vois. ” Jane arrivait toujours en retard, elle faisait l'école buissonnière, vous voyez le genre. Ce n'est qu'après avoir parlé que j'ai compris à l'expression de Maria que COUPE (et maintenant elle parle avec une violente excitation) radio ne parlait que de ça mais, comme je vous l'ai dit COUPE (et maintenant elle marmonne avec une tristesse infinie). C'est aussi bien, vous savez, que je ne l'aie pas appris alors que j'étais au volant. C'est drôle mais quand Maria a fini par me dire ce qui s'était passé, c'est comme si, sans que je le sache, le monde s'était soudain mis à l'unisson avec ce que je ressentais en moi depuis le début de la matinée. Ça me faisait la même sensation que le son de la voix de Jane quand elle était triste et impuissante, quand elle s'empiffrait de nourriture pour étouffer ce qu'elle ressentait, comme le jour où elle a laissé échapper, pendant qu'on se raccompagnait en voiture, qu'elle avait une liaison avec un homme marié.

« La plupart d'entre nous au bureau, nous savions que Jane voyait ce type et que ça durait depuis un moment, mais elle n'en a parlé que cette fois-là. Peut-être qu'elle n'avait pas eu l'intention de dire quoi que ce soit en fait. Peut-être qu'elle avait rêvé qu'elle partageait quelque chose avec moi, et elle n'a pas pu s'empêcher de le faire réellement parce que tout simplement ça allait dans le sens de son humeur. Mais elle ne m'a plus jamais reparlé de sa vie sentimentale. Peut-être que c'était par rapport à moi, le fait qu'elle ne savait pas si mon mari et moi avions divorcé à cause d'une autre femme, alors, vous savez, on n'est jamais trop prudent. Il y avait déjà eu une ou deux occasions, je le sais, où certaines des autres – qui travaillaient au bureau pratiquement depuis qu'elles avaient décroché leur diplôme, comme Jane – où elles avaient eu l'impression qu'il fallait qu'elles disent quelque chose à ce sujet, parce que, ce qu'elle faisait avec ce type, dans son intimité, on ne savait pas bien quoi, mais ça commençait à avoir des effets sur son travail. C'était évident que la situation arrivait à un point critique. Chacune de nous, en privé, chacune à notre manière, nous sentions qu'il y avait quelque chose qui n'allait pas du tout, et que quelque chose de terrible était sur le point d'arriver. Qu'elle allait se retrouver avec le cœur brisé, peut-être... mais pas ça. Ça, jamais. »

Les tout derniers mots sont prononcés sur une image en gros plan, très intime, de sa bouche, occultée par la main dont elle se ronge un ongle.

La main libre de la psychiatre offre une cigarette à la patiente. Elle l'accepte. Elle l'allume sur le même gros plan détaillé qui a accompagné ses dernières paroles. Tandis que la patiente reprend son monologue, on coupe à nouveau en quittant le cabinet, pour se trouver cette fois-ci dans une séquence de violence en ombres chinoises sur le balcon d'un appartement au dernier étage, scène à laquelle succède un montage rapide de gros titres de journaux et d'extraits de reportages télévisés.

« Ça a dû se passer à un moment tard dans la soirée de jeudi, ou bien très tôt vendredi matin, continue-t-elle en exhalant la fumée. Je suis sûre que vous avez dû lire ça dans les journaux. Jane est morte dans une séance de baise hard avec ce type, où les choses sont allées un peu trop loin, et maintenant la police l'a arrêté. Ils ne voulaient pas trop donner de détails aux médias, parce qu'ils avaient peur que ça ne déclenche une vague d'affaires similaires. Le procureur du comté qualifie ça de crime passionnel ; l'avocat de la défense affirme qu'il s'agit d'une mort accidentelle, qu'elle était consentante, et il espère que l'accusation sera ramenée à un homicide involontaire par imprudence. J'ai lu dans les journaux que la femme de son am... – de son *assassin* – est en état de choc. Elle n'avait pas la moindre idée qu'il donnait dans COUPE ou enfin, je ne sais pas comment ils appellent ça. Elle est tellement choquée, elle n'a pas eu le temps de se rendre compte qu'il y a quelqu'un d'autre d'impliqué, quelqu'un qui a un nom, qui avait une vie, et des amis à elle, et qui a tout perdu. »

Suit un plan des mains de la patiente qu'elle serre convulsivement, puis la caméra passe à un travelling pour aboutir à un plan américain d'un homme à l'air distingué qui prend la parole devant les collègues hommes et femmes de Jane.

« Plus tard dans la matinée COUPE est sorti de son bureau et il nous a demandé un peu d'attention. Il nous a annoncé que les obsèques de Jane étaient prévues pour lundi après-midi, et il nous a dit l'endroit. Il a rendu un bref hommage à sa mémoire, il a rappelé comme elle avait été une bonne employée et joyeuse, et qu'elle allait beaucoup nous manquer à tous et qu'il serait difficile de la remplacer. Ce qu'il a dit, c'était certainement les choses à dire, mais ensuite je me suis retrouvée à me creuser la cervelle pour essayer de retrouver des cas où j'avais pu le voir ne serait-ce que *parler* à Jane, ou lui accorder la moindre attention professionnelle. Cela faisait beaucoup plus de temps que moi qu'elle travaillait là, et il avait dû donc y avoir quelques moments de ce genre entre elle et lui. Je veux dire, il y avait eu des moments comme ça entre *lui et moi*, je veux dire, moi je l'appelle par son *prénom*. Bon enfin, il nous a donné à tous la permission de rentrer chez nous et de passer la journée dans le sein de nos familles, et que, étant donné que le mardi suivant était férié, le travail ne reprendrait pas avant mercredi. J'ai voulu m'adresser à Maria pour une consolation, mais elle était déjà partie. Je me rappelle avoir pensé : “ *Tu parles des Trois Mousquetaires.* ” »

La psychiatre remarque que le lendemain est mercredi.

La brune fait oui de la tête, comme si elle voulait en arriver rapidement à un point spécifique de son histoire, qu'elle n'a pas encore atteint, tant qu'elle a le courage nécessaire. Les séquences en flash-back continuent à se dérouler.

« Les obsèques ont eu lieu au COUPE hier matin, et nous nous y sommes tous rendus en voiture, chacun de son côté. J'étais déjà allée au funérarium une fois auparavant, il y a de cela un peu plus d'un an quand nous étions allées soutenir Jane pendant les obsèques de sa sœur. Et quelque chose n'arrêtait pas de me revenir à l'esprit sur la route en y allant, quelque chose que j'avais entendu par hasard la fois précédente, lorsque deux hommes qui étaient venus assister à la cérémonie, des amis de la famille, je suppose, s'étonnaient de ce qu'on aurait dit la petite Jane étendue là dans ce cercueil ; pour vous dire à quel point elles se ressemblaient elle et sa sœur. Je suppose qu'à ce moment-là, j'ai eu l'impression que ce n'étaient pas mes affaires, mais, oh mon Dieu, docteur, pourquoi ne me suis-je pas précipitée comme une espèce d'oracle entre ces deux hommes pour crier : « Dieu nous en garde » ? Je me suis demandé, pendant tout le trajet pour aller au COUPE si mon intervention à ce moment-là aurait pu arrêter le cours fatal de l'histoire et tout changer.

« Une fois entrée dans le funérarium, je me suis sentie submergée par quelque chose. Peut-être était-ce le parfum si sucré de toutes les fleurs mortuaires, ou bien le panneau dans l'entrée où son nom était inscrit en lettres amovibles, prises dans un assortiment assez vaste pour permettre d'écrire le nom de n'importe quelle personne vivante, ou bien était-ce le froid du jour d'hiver dehors et l'idée que tous les oiseaux, toutes les voitures, tout ce qui constituait la réalité concrète de cette journée, n'étaient qu'une fiction du point de vue de Jane à ce moment. C'était un jour sur terre qu'elle n'avait pas vu.

– Peut-être était-ce un jour qu'il était de sa responsabilité d'imaginer », observe la psychiatre comme pour l'aider. Constatant que cette jolie supposition ne fait pas même l'objet d'une remarque de la part de la patiente, elle esquisse une grimace qui gâche son expression souriante et elle ajoute aux vagues gribouillis qui couvrent son bloc jaune.

« Ou peut-être était-ce le spectacle imprévu de tout le monde, de tous les collègues de bureau qui avaient défini mon univers particulier depuis mon divorce, tous debout dans cette pièce en habits de deuil. C'était comme si j'avais vu quel air ils auraient eu, la manière dont les choses auraient été organisées si...

– ... si *vous* aviez été à la place de Jane, fait observer la psychiatre ».

On a un gros plan de ses yeux, derrière ses lourdes lunettes, dont le regard se fait plus précis, plus profond, plus froid. Tandis que la patiente hoche la tête sans mot dire en plan américain, la caméra effectue soudain un zoom incompréhensible par-dessus son épaule vers le cœur psychédélique du poster pop'art sur le mur, qui sert de plan de coupe maladroit pour le flash-back suivant.

Dans la séquence qui suit, la brune entre dans le funérarium (qui a la même moquette orange à poils longs que le cabinet de la psychiatre) avec un air nettement plus désemparé. Elle se trouve face à un groupe de personnes, des hommes et des femmes qui étaient présents de manière périphérique dans la séquence du bureau un peu avant.

« Les gens du bureau m'ont accueillie comme une étrangère. Il n'y a pas eu la moindre communication entre nous, ne serait-ce qu'entre moi et l'un d'entre eux. Même Maria se tenait là comme une étrangère. La mort de Jane était un cataclysme. »

La caméra tourne, allant d'un visage impassible à un autre, puis à un autre...

« Je les regardais tour à tour, chacun de manière différente, mais tout le monde était réservé à mon égard de la même manière. Je me suis dit : *Ils l'ont vue, voilà ce que c'est. Je vais aller voir le corps, et ensuite je pourrai me joindre à ce qu'ils éprouvent; je ferai à nouveau partie du groupe.* »

Après s'être arrêtée un moment sur le dernier visage, la caméra fait demi-tour sur elle-même à toute vitesse pour se fixer sur un plan d'ensemble de la patiente en train de se préparer à aller voir le corps de son amie. Elle avance de manière hésitante au bout d'une petite file.

« Et je me suis donc mise dans la queue, et j'observais les gens devant moi au moment où ils faisaient leurs derniers adieux, de manières très diverses. J'observais, sans pouvoir voir davantage qu'un profil pâle dans le cercueil, tandis que les rites de séparation étaient effectués par un léger contact, un sourire peiné, un regard contemplatif, et parfois le signe de la croix. Un membre de sa famille s'effondra dans les bras de quelqu'un après l'avoir regardée. L'odeur des fleurs devenait plus forte à mesure que je m'approchais du cercueil. Quand mon tour est arrivé, j'ai essayé de déglutir pour me débarrasser de la boule que j'avais dans la gorge depuis vendredi matin, en espérant que Jane quelque part allait agiter une baguette magique et faire qu'elle se décompose, et je... j'ai baissé les yeux sur elle.

« La boule n'a pas bougé ; c'est moi qui me suis décomposée.

« Quelque chose n'allait pas, mais pas du tout. Pour une raison inexplicable, l'embaumeur n'avait pas pu COUPE la gorge de Jane. Tous ceux qui venaient dire adieu à Janey en emportaient une image horrible, indélébile. Pour son dernier sommeil, Jane avait été habillée d'une chemise de nuit d'enfant, quelque chose que sa mère avait choisi exprès, et sa tête avait été placée directement, mais de travers, sur ses épaules, et de manière si *hideuse* ! Son cou était... presque complètement absent ! Pourquoi est-ce que personne ne m'avait prévenue ? »

On ne nous montre pas directement le corps dans sa bière, mais il est dépeint entièrement d'après les réactions sur le visage de la brune venue lui rendre hommage. L'image de l'horreur qu'elle éprouve se met à tourner de façon incontrôlée pour céder la place à une image paisible de la brune en train de fumer une cigarette, solitaire, dans la neige.

« Ensuite, je me rappelle seulement que Vivian – qui partageait un appartement avec Jane – m'a trouvée dehors, en train de fumer une cigarette assise sur un banc dans le parking. J'ai dû faire une scène affreuse. On ne se connaissait vraiment pas très bien. On s'était rencontrées à deux ou trois reprises, la dernière fois c'était il y a quelques mois seulement, à la fête du bureau pour le premier de l'an. Ce soir-là, Jane avait *tellement* bu... Je ne l'avais jamais vue dans cet état.

J'étais en train de finir ma cigarette quand j'ai entendu les talons de Vivian sur le gravier et je l'ai aperçue qui s'approchait, en cherchant un paquet de cigarettes dans son sac. Elle m'a rejointe sur le banc sans dire un mot, sauf pour me dire de me pousser.

« On est restées là à fumer en silence un bon moment, assises à écouter.

– A écouter ? demande la psychiatre.

– Les bruits de la journée. On avait l'impression que le monde diurne ne ressentait pas son absence. Vivian m'a demandé si j'avais jamais passé beaucoup de temps là, au COUPE et j'ai dit que non. Du temps est passé encore, et puis elle a dit, sans crier gare, qu'elle et Jane ne s'entendaient plus, que ça faisait un moment comme ça, et qu'elle regrettait qu'elles n'aient pas eu quelques bons moments de plus ensemble, avant qu'elle... mais que peut-être c'était aussi bien. Peut-être que les choses n'auraient fait que s'aggraver.

« Je lui ai demandé ce qui n'allait plus entre elles et elle m'a dit, entre *elles*, rien. C'était quelque chose dans la liaison de Jane qui l'avait changée. Ces dernières semaines, elle s'était comportée comme une complète étrangère pour toutes ses allées et venues. Et puis Vivian m'a demandé si j'avais bien connu Jane. J'ai dit que je la connaissais surtout pendant nos huit heures. Ça l'a fait rire et elle a dit : “ Ah, vous voulez dire ses sept heures ! ” Et ça m'a fait rire aussi parce que, comme j'ai dit, Jane n'était jamais à l'heure au bureau, surtout ces derniers temps, et j'ai dit : “ Vous voyez ? Vous la connaissiez mieux que moi ! ” Je l'ai dit pour la réconforter mais au lieu de ça, ça n'a réussi qu'à me faire pleurer.

« Vivian a mis son bras autour de moi, a jeté ma cigarette et m'a laissée pleurer. Il y avait toutes ces questions qui tourbillonnaient dans ma tête. Qu'était-il arrivé à Jane ? Comment avait-elle pu laisser ça lui arriver ? Pourquoi étais-je en train de m'effondrer ainsi ? Qui étais-je pour me comporter à ses obsèques avec moins de modération que des gens qui la connaissaient depuis plus longtemps, et être plus bouleversée que des membres de sa famille ?

« Vivian a rompu le silence en disant qu'elle ne savait pas comment j'allais pouvoir tenir pendant le service funèbre, si je réagissais de cette façon. Je dis qu'elle avait raison et, comme je sentais son bras se soulever, j'ai sorti mon poudrier pour essayer d'arranger mon maquillage. Elle m'a demandé si je vivais encore à COUPE et j'ai dit oui. Elle m'a rappelé que COUPE était à plus d'une heure et a affirmé que je n'étais pas en état de passer autant de temps au volant. Pour abréger, elle m'a dit qu'elle passait la nuit avec la maman de Jane et elle m'a proposé de me servir de son appartement. Elle m'a passé une clé de l'entrée et m'a dit de la laisser sous le paillasson en partant. Et c'est ce que j'ai fait. »

La psychiatre – crayon paralysé, front plissé de sillons – est héberluée. Avec l'émotion intense causée par la mort de son amie, comment avait-elle pu aller trouver refuge dans l'endroit même où celle-ci avait vécu, au cœur de son existence, au centre même de tout ce qui lui était associé ?

« Tout d'abord, je n'étais jamais allée voir l'appartement de Jane et de Vivian, de sorte que je n'avais aucune raison d'être particulièrement troublée par cet endroit. Et puis aussi, elle n'était pas morte là, mais dans la garçonnière de son petit ami. En plus, je n'ai pas eu beaucoup de temps pour me décider. En quelques instants, le parking a été envahi par un flot de participants aux obsèques, certains allant rechercher leur voiture pour se joindre à la procession de véhicules qui iraient au pas jusqu'à Saint-Michel pour le service funèbre. »

La séquence passe à un gros plan d'un compteur de vitesse dans une Saab, qui affiche quatre-vingts milles à l'heure. La patiente conduit, en larmes.

« Dans la voiture, j'ai essayé d'écouter de la musique, mais les stations que je trouvais semblaient soit trop agressives soit trop sentimentales. Je n'arrêtais pas de perdre la station de jazz, elle était trop loin, et les stations de classique diffusaient des symphonies qui suscitaient des images de tumulte céleste. Alors j'ai éteint la radio et à la place j'ai écouté le bruit de mes pneus sur la route. Ils étaient usés mais ils étaient toujours là. Ils avançaient toujours. Comme moi. Je me suis concentrée sur cette pensée.

« Les indications de Vivian m'ont amenée à une agréable petite zone résidentielle à COUPE dehors un moment sur le porche d'entrée, en me concentrant toujours sur les détails de la journée, comme si, mystérieusement, il m'appartenait de tout bien mémoriser pour Jane, tout ce qui concernait sa vieille rue.

« Je peux avoir une autre cigarette, s'il vous plaît ? »

La psychiatre désigne du menton le paquet qui est sur la table près de son fauteuil. La patiente allume une nouvelle cigarette au mégot de la précédente, et après qu'elle a tiré dessus à fond, la cigarette laisse voir une longueur de cendre considérable. De la fumée blanche danse dans la semi-obscurité de la pièce, ce qui est un encouragement à l'introspection.

« Alors vous êtes entrée », reprend la psychiatre pour l'inciter à continuer. Moitié affirmation, moitié question.

« Pourquoi ai-je eu l'impression d'être une *voleuse*, docteur ? Parce que je pénétrais dans l'appartement ? Parce que je ne suis pas COUPE (sa détresse a beaucoup augmenté). Parce que j'ai survécu ?

– Prenez un peu d'eau.

– Merci. Enfin, la porte de leur appartement, avec un numéro dessus, donnait d'abord sur un long vestibule étroit. Sur un mur des photos encadrées, sur l'autre, à la même hauteur, des crochets où étaient pendues des vestes qui n'étaient pas de saison. Dans le nombre, il y avait le mackintosh vert de Jane, je m'en souvenais à cause de cette fois où j'avais laissé ma voiture à réparer, c'était un jour de l'automne dernier où il pleuvait et elle m'avait raccompagnée.

– Qu'est-ce que vous avez comme voiture ? demande la psychiatre. Elle est de quelle couleur ?

– Une Saab rouge, répond la brune, tandis que pendant cette réplique la caméra cadre un mouvement réflexe de déglutition dans sa gorge. Enfin, c'est ce jour-là que nous sommes devenues amies. Le crochet à côté de son mackintosh était libre, mais j'ai accroché mon manteau et mon tailleur noir plus loin en laissant un ou deux crochets d'écart.

« Dans l'appartement, il n'y avait qu'une faible lumière et j'ai pensé qu'elle devait filtrer par des fenêtres, mais la lumière a disparu entièrement quand j'ai refermé la porte derrière moi. Dans le noir, j'ai pris de plus en plus conscience d'une senteur qui était tapie quelque part, comme du talc parfumé. L'interrupteur à côté de la porte n'a pas fonctionné quand je l'ai actionné. J'ai cru avoir vu un réfrigérateur quelque part après le mur aux crochets – alors j'ai avancé à tâtons dans cette direction jusqu'à ce que je l'aie trouvé. J'ai ouvert la porte du frigo, ce qui a eu pour effet de jeter sur les abords immédiats une petite quantité de lumière, et, ce qui était également important, un ronron rassurant. Autrement, il régnait dans l'appartement un calme désagréable.

« Après quoi, j'y voyais assez pour repérer une lampe dans un coin du séjour, qui a éclairé un petit meuble où se trouvait la chaîne stéréo. J'ai réglé la radio sur une station qui n'était pas trop envahissante, et puis je suis retournée en hâte dans la cuisine pour refermer la porte du frigo. Dans la pénombre derrière la porte, j'ai vu Jane debout – en lévitation ? – dans l'angle. C'était un peu comme quand on voit une souris ; je suis sortie en courant, en laissant le frigo ouvert. Jane était aussi dans le living – ça a l'air bizarre, non, le *living*, c'est la pièce où on vit, une pièce pour les vivants ! – elle se regardait dans un miroir en pied. Elle avait la tête de travers sur les épaules, et elle contemplait cette chemise de nuit enfantine qu'elle portait dans son cercueil, sur toute sa longueur, comme si c'était la longue et tragique histoire d'un pays...

« Je ne saurais dire pourquoi mon instinct m'a poussée à pénétrer plus avant dans l'appartement au lieu de m'enfuir par la grande porte. Je me rappelle que je me suis mordu le poing pour étouffer un cri et que je suis tombée contre ce petit meuble ouvert où elles gardaient leurs bouteilles d'alcool, en en renversant quelques-unes, mais que je suis parvenue à les rattraper avant qu'elles ne se brisent par terre. Tandis que je serrais les goulots entre mes doigts, j'ai décidé de continuer à tourner le dos à Jane, mais dès que j'eus pris cette détermination, j'ai senti le frisson de son regard mort me monter dans le dos avec ses cils comme des pattes d'araignée. Cette sensation était pire que de la voir. Quand j'ai fini par avoir le courage de me retourner, je me suis retrouvée toute seule de nouveau.

« Je me suis versé un verre, à ras bord et en en mettant un peu à côté, mais je n'ai pas pu l'avaler. Quand j'ai eu l'alcool dans ma bouche, il a fallu littéralement que j'appuie la langue en pressant mon palais jusqu'à ce que la pression l'oblige à descendre dans ma COUPE avait une version style musique d'ascenseur de « Candle in the Wind », mais au fil de la chanson je me suis mise à entendre des mots qui filtraient à travers l'instrumentation. J'en croyais à peine mes oreilles : c'était une de nos vieilles conversations que j'entendais. Nous étions dans sa voiture, je crois que la mienne était chez le garagiste avec la transmission foutue, et c'est le moment où elle s'est vraiment mise à manifester de la curiosité à mon sujet, sur mon divorce et mes problèmes, j'entendais sa curiosité dans la musique de sa voix, et je me suis entendue réagir à ses demandes avec plaisir et soulagement tandis que nous instaurions le socle de notre relation, avec Jane solidement établie dans le rôle de celle qui écoutait. Puis la radio a changé de station toute seule pour atterrir sur une chaîne classique ; on jouait un air de *Lakmé*, que j'avais fait connaître à Jane en une autre occasion, où il y avait Maria avec nous, et elle m'a dit par la suite que c'était devenu son morceau de musique favori. Je me la représentais au volant de sa décapotable par un après-midi d'été, acceptant dans son cœur cette mélodie et l'homme dont elle aurait dû se méfier, et ayant rempli mon verre je l'ai vidé une seconde fois.

« Mes yeux sautaient nerveusement d'objet en objet. J'avais toujours peur qu'elle ne soit l'objet sur lequel mes yeux allaient se poser ensuite. Mon regard courait de la télé au magnétoscope, puis vers le meuble à bouteilles, les rayons de la bibliothèque, la collection de films enregistrés (qui ne comprenait qu'une ou deux cassettes), les murs verts dont l'aspect satiné suggérait un tapis de billard... avec un soupçon de Jane qui flottait juste sur le bord extérieur de chaque chose. Il m'est alors apparu que c'est lorsque j'étais la plus attentive et la plus immobile que sa présence était la plus évidente, et j'ai donc décidé de me lever pour faire le tour de l'appartement.

« J'ai trouvé la chambre de Vivian qui était un vrai chantier, sans que je puisse dire si c'était l'effet de son désarroi émotionnel ou de la hâte des préparatifs pour les obsèques. Dans la pièce qui était de l'autre côté de l'entrée, j'ai vu Jane qui flottait à quelques centimètres sous un angle des moulures du plafond de sa chambre, forme privée de gorge, qui n'avait à offrir que des pressentiments. L'angle où elle se tenait était au-dessus de l'unique placard de la chambre, et j'en ai déduit qu'elle essayait de m'écarter, de me tenir loin de certaines choses, des possessions dont le fait de sa mort l'avait dépouillée. Le ruban sur sa chemise était le même ruban que l'on déploie sur les lieux d'un crime, qui porte l'avertissement : DÉFENSE DE PASSER. Je ne voulais pas la gêner mais il fallait que je sache. Il fallait que je comprenne.

« Je suis parvenue à atteindre ce placard en gardant les yeux sur mes chaussures et en me répétant incessamment que ce n'était qu'une ombre sur le sol. Dans le placard, accrochées à des cintres en bois, il y avait les robes que je me rappelais lui avoir vues au bureau, certaines dans des housses, réservées pour des occasions particulières, des vêtements sport, des chaussures sur un espalier, d'autres livres sur une étagère. Trois dos reliés sans titre indiquaient des albums de photos. Ils étaient froids au toucher. J'ai seulement regardé à l'intérieur de l'un d'entre eux et j'en ai tiré un sentiment d'étourdissement et de malaise, sans trop savoir ce que j'avais vu, sachant seulement avec certitude que c'était quelque chose – *des affaires personnelles.* »

La caméra commence à zoomer vers une des photographies. La vision dans un détail presque subliminal de la gorge de Jane culmine avec une coupe traumatisante sur un gros plan de la bouche de la psychiatre :

« Pouvez-vous décrire ce que vous avez vu ? »

Nous voyons les photos.

« Il y en avait une qui montrait Jane allongée sur le lit, la tête pendante au bord, de manière que sa gorge soit tendue à se rompre. D'autres images montraient divers objets pointés sur sa gorge ou la croisant – de la fourrure, des ongles. Je ne peux pas dire que c'était de la pornographie, mais j'ai eu le sentiment que je n'aurais pas dû les voir, que ce n'était pas bien de regarder. J'ai tourné la page et j'ai trouvé... il y avait des *thermogrammes* de la gorge de Jane avec des taches de... enfin, il y avait eu un *homme* qui les avait manipulés. Brusquement, je ne me suis plus sentie choquée par les images ; j'ai seulement éprouvé un sens des convenances plus fort que tout à l'égard des êtres chers qui survivaient à Jane. Une pulsion, presque irrésistible, de détruire ces albums de photos s'est emparée de moi et, tout aussi brusquement, j'ai senti la douleur laissée par une brûlure qui se répandait dans ma gorge. La vodka était cheap, ai-je pensé. J'ai levé les yeux.... Jane n'était plus cette forme éthérée au-dessus de ma tête qui me regardait avidement. La conscience croissante que j'avais d'une douleur dans ma gorge, comme un élan de mémoire, me disait que Jane s'était débrouillée pour se placer *en* moi ; je portais un enfant mort. Elle voulait me posséder le temps nécessaire pour détruire ces photographies et, mystérieusement, le fait que je m'en sois rendu compte suffisait pour évincer son esprit. J'ai laissé tomber les albums de photos sur le sol et je suis sortie, avec Jane qui se glissait derrière moi de pièce en pièce, pour aller mettre la télévision à plein volume, remplissant l'appartement d'une quantité de sons suffisante pour noyer ses lamentations insistantes.

« J'ai cherché quelque chose de dur, d'incontestable pour m'y accrocher, quelque chose qui soit exempt de mort, quelque chose qui puisse me donner la force de la regarder en face et de soutenir son regard le temps de sortir de l'appartement en toute sécurité. Le premier objet qui m'est tombé sous la main, c'est un exemplaire relié particulièrement volumineux des *Œuvres complètes* de William Shakespeare, qui se trouvait sur l'un des rayonnages du séjour ; je l'ai serré contre mon corps. Ce geste, Dieu sait pourquoi, a amené un sourire sur ses lèvres. Alors j'ai vu ceci – la patiente tend à nouveau son crucifix – posé sur une des tables. L'expression qui en a résulté était moins ironique. J'y ai vu une indication et j'ai tenu l'objet sacré entre nous comme un abîme. Je lui ai demandé : “ Pourquoi es-tu venue ici ? ”

« Et Jane m'a répondu, d'une voix sans gorge qui portait moins loin qu'un murmure mais dont les échos retentissaient pourtant tout au fond de moi.

« Elle m'a expliqué : “ Je suis venue parce qu'il le fallait. Pourquoi cette question ? ”

« J'ai fait : “ Je dois la poser ! ”

« Et elle : “ Il n'y a pas de réponse. ”

« Nous sommes restées là, face à face, aussi différentes l'une de l'autre que la vie l'est de la mort, jusqu'à ce qu'une sensation physique alarmante vienne me rappeler que j'étais la seule qui ait quoi que ce soit à perdre. C'est alors que j'ai fui l'appartement. J'ai laissé toutes les lumières allumées, la radio et la télévision à fond la caisse, la porte grande ouverte et la clé de Vivian par terre à la vue de tous.

« Ce n'est que quand la neige a commencé à tomber que j'ai remarqué que j'avais fait presque trois kilomètres, que je tenais toujours à la main le livre et ce crucifix et que j'avais laissé derrière moi ma veste de tailleur noire et ma voiture.

« J'ai arrêté un taxi. Sa chaleur était agréable. A chaque rue qui passait et qui mettait un pâté de maisons de plus entre moi et cet horrible endroit, je prononçais une bénédiction. A bout d'un moment, quand le chauffeur s'est retourné et m'a dit : " Nous y sommes ", je me suis rendu compte qu'il avait arrêté sa voiture devant l'appartement de mon *ex-mari*. Est-ce que j'avais vraiment donnée mon ancienne adresse ? Ou était-ce encore une manipulation de Jane ? Etait-elle apparue pour me mettre en garde contre un danger imminent ? M'avait-elle amené là comme un moyen de me détourner d'une autre route ? Quelle qu'ait été la raison, le résultat me mettait étrangement à l'aise. Je ne voyais personne d'autre que mon mari pour m'aider à franchir ce cap difficile. J'avais besoin de lui pour m'aider à donner un sens à ce qui venait de m'arriver.

– Et c'est ce qu'il a fait ? » demande la psychiatre.

Nous voyons la patiente qui tambourine longuement sur la porte dans la neige qui commence à s'accumuler, jusqu'à ce que la porte s'ouvre sur un appartement sombre, absolument vide. Elle est debout sur le seuil, dessinée en silhouette.

« Il ne vivait plus là, il ne vivait plus là... A moins que quelqu'un de sa connaissance ne meure, docteur, qui va lui *apprendre* ? »

A cet endroit, la personne qui reçoit cette confession marque un temps, sous l'effet d'une incapacité totale à répondre. Elle soupire, médite en elle-même, ne trouve rien. Elle demande alors à sa patiente quel sens cet étrange épisode a pu avoir pour elle.

Une fois que la patiente reprend le contrôle de ses émotions, elle s'éclaircit la gorge COUPE et fixe son auditrice avec des yeux sobres et raisonnables. Le plan est étrangement complémentaire des plans, vus un peu plus tôt, des yeux de la psychiatre, dans leur tension interprétative.

« Vous avez lu Platon, n'est-ce pas, docteur ?

– Platon ?

– Ça me rappelle un passage de l'un de ses derniers dialogues, celui qui s'appelle le *Timée*.

– Je crains bien de ne pas le connaître, admet la psychiatre, en inclinant la tête d'un côté. (On la voit de derrière.) Mais continuez. »

A cette invite, la patiente commence son explication solennelle, et la caméra fait un fondu enchaîné d'un plan de sa bouche en train de parler sur le poster pop'art dont elle détaille avec curiosité les complexités puissamment agrandies.

« Moi non plus, en fait, dit la patiente. C'était Jane qui avait fait l'option philo. Mais je crois me rappeler que, dans ce dialogue, Platon a dit que le Démiurge nous a donné un cou pour servir en quelque sorte d'isthme biologique ; que la gorge existe pour mettre une distance entre la tête, où demeure notre âme supérieure, notre nature spirituelle, et le corps de nos passions et de nos appétits animaux.

« Ce dont j'ai commencé à me rendre compte avec tout cela, c'est qu'il doit exister certains stimuli – des regards, des rencontres, des passions qui ne sont pas impossibles même pour les plus circonspects d'entre nous – qui font se croiser les signaux de l'Esprit et du Corps. C'est le cou qui rend cela possible, voyez-vous. Dans la confusion engendrée par certains stimuli, il se peut que le corps éprouve une forme d'excitation qui semble englober le moi supérieur, un désir si exaltant que nous le ressentons comme une forme d'illumination, qui réoriente les responsabilités antérieures du cerveau vers les régions inconscientes, non censurées, primales, de nos tripes. Les préoccupations de l'esprit et du corps ont été faites pour demeurer mutuellement exclusives les unes des autres. Mais qu'arrive-t-il si cet esprit est en proie à la croyance que le seul amour que nous ayons jamais connu doit être sacrifié au nom de ces sentiments qui viennent de naître ? Que se passe-t-il si cette stimulation réorientée nous ébranle au plus profond de notre être, provoquant l'écroulement de tous nos systèmes de foi ? Une telle catastrophe oblitère toute connaissance de soi, docteur, et nous réduit en dernière analyse au couple de nos composantes opposées – l'Esprit et le Corps – à un moi divisé dont la peau unique se trouve constamment, à partir de ce moment, dans un état de tension menaçant d'aboutir à une violente déchirure en deux moitiés. »

A ces mots, une larme jaillie de l'œil de la personne qui parle vient littéralement déchirer sa joue.

« *Mais nous ne nous déchirons jamais, docteur !* Nous sommes simplement échoués à jamais dans ce... lieu, cet entre-deux infernal, cette zone sinistrée...

« Dans le drame de notre corps et de notre esprit, notre gorge – qui partage les tissus des deux et les tourments des deux –, c'est la *gorge*, la Zone Sinistrée. »

II

« Dans le chemin du péché, il n'y a que le premier pas qui coûte. N'a-t-on pas dit qu'il était plus facile pour une femme de ne pas avoir d'amants que de n'en avoir qu'un seul ? »

André Gide
Journal

TRANSYLVANIA MON AMOUR

Contrairement à la voix off vengeresse qui pendant les mois qui suivirent le départ de Paige assura le commentaire de ma vie, mon ex se comporta au cours de notre divorce avec une si admirable absence d'esprit de vengeance que la formule consacrée *incompatibilité d'humeur* parut une expression vaguement frauduleuse. Mais c'était la seule part de vérité qu'elle voulait accorder à notre famille et à nos amis.

Qui pourra expliquer comment ou pourquoi ces choses arrivent ? C'est au moment précis où notre séparation venait de prendre un tour légal que le Vieux remarqua que s'accentuait dans mon travail ce qu'il appela « un nouveau ton », quelque chose qu'il n'y avait jamais vu auparavant, en tout cas certainement pas quand il m'avait recruté. Quoi qu'il en soit, ce qu'il put détecter dans mon travail au cours de cette phase pénible lui fit assez d'impression pour vouloir me tester sur quelques clients sérieux. Colleen Sangster commença à flirter avec moi de manière plus stratégique. Je travaillai plus dur, je fus promu à une position de responsabilité et je gagnai plus d'argent que je n'en avais jamais vu de ma vie. Je parlai à quelqu'un qui parla à une autre personne qui fit muter « Miz » Sangster dans une autre division. J'acquis un certain degré de célébrité, et de petit nouveau inconnu, je devins un « coup ». Austin Ingersoll qui, contre toute attente, avait réussi depuis une trentaine d'années à maintenir la compétitivité de son agence sur le plan national sans avoir à déménager de son siège central de Friendship vers une des grandes métropoles des côtes Est ou Ouest avait une défiance toute provinciale pour la pensée collégiale ; si nous étions jugés aptes pour une campagne, on attendait de nous une prise en charge complète – depuis la conception jusqu'à la réalisation. Et c'est ainsi que je partis faire mes premiers voyages professionnels pour le compte de l'agence – à Cleveland, Detroit et Baltimore. Bref, tout ce pour quoi Paige et moi avions travaillé si dur pendant nos années de vie commune commença à arriver avec une facilité quasiment surnaturelle dès que nous fûmes partis chacun de notre côté.

Sur le plan personnel, je coulais ; sur le plan professionnel, je commençais à léviter. A quelque hauteur que mon astre ait commencé de monter, Chicago avait été presque trop beau pour que je puisse en rêver. Maverick Motors, le client en question, était présidé par Lee Torrence, l'un des plus vieux amis du Vieux ; sans cette attache personnelle, Torrence aurait certainement choisi une agence plus monolithique dans une ville infiniment plus intimidante pour présenter sa nouvelle voiture révolutionnaire – la « Nécro » – à l'Amérique du Nord. Pendant les semaines entières de bruits divers qui précédèrent le paraphe apposé par Torrence sur les pointillés proverbiaux au bas du contrat, mes soupçons à moi me disaient que ce serait Nate Wechsel qui décrocherait la campagne. Nate était le concepteur numéro un de SPI, un personnage charismatique et de sang-froid, la quarantaine finissante, un peu de ventre, cultivé, expérimenté, et le fait qu'il soit un fanatique de course automobile pouvait difficilement passer pour un handicap. Mais le Vieux avait d'autres idées.

Maverick Motors était le premier client de SPI, du moins depuis mon entrée à l'agence, qui inspirât une compétition aussi impitoyable entre ses cadres. Austin n'aimait pas la compétition, qu'il considérait contre-productive entre membres de la même équipe. C'est pourquoi la société avait l'habitude d'attribuer les clients et les campagnes sans contestation ni publicité à l'homme ou à la femme qu'Austin considérait comme le ou la mieux en phase avec tel boulot particulier. Maverick Motors dut être traité différemment et il convoqua une réunion.

Nate s'enfonça dans le fauteuil qui lui était attribué autour de la table avec un air satisfait qui indiqua à certains d'entre nous qu'il s'était déjà vu confidentiellement attribuer la campagne. Il ne leva même pas les yeux de ses mains croisées quand le Vieux arriva, vêtu des couleurs sombres qui le caractérisaient, pour ouvrir la séance. Les bourrasques du lac Michigan fouettaient déjà la chevelure clairsemée de Nate.

« Chacun d'entre vous, à sa manière, a exprimé le désir qu'il ou elle avait de prendre les rênes de cette campagne particulière », proclama Austin Ingersoll en guise d'entrée en matière. Tous les hommes présents dans la pièce se tournèrent d'instinct vers Myla Monteith, le seul cadre femme présent, comme si le *elle* de la phrase d'introduction avait eu un sens plus incriminant que le *chacun* qui l'avait ouverte. Myla pencha la tête de manière à ne croiser le regard de personne, mais de façon séduisante ; quelque chose bougea sous le côté de son *scalenus posterior* couleur chocolat ; elle se savait sous les regards de tous.

« Il y a bien sûr des arguments en faveur de presque tout le monde... »

Le *presque* enfoui au milieu de cette déclaration tellement générale me prépara à être le premier déçu. Peu importait la qualité exceptionnelle que mon travail avait pu acquérir ces derniers mois, me racontai-je, ma promotion avait été une récompense suffisante ; en outre, il s'agissait d'une marque de voitures et tout le monde savait que j'utilisais les transports en commun pour mes trajets entre mon domicile et le bureau. Histoire de mieux enfoncer le clou, je considérai la tare d'une fragilité émotionnelle inévitable chez un divorcé de fraîche date ; enfin, et c'était le plus criant, je sentis que Maverick ne me serait pas confié, pour la simple raison que je n'avais encore jamais fait mes preuves à un tel niveau.

« Mais, poursuivit-il en grommelant, à la suite d'une nuit sans sommeil, j'ai décidé de prendre un risque en pariant sur... » Et il pétrifia toutes les personnes présentes en donnant mon nom, qui sonna comme un objet frappé à une distance absurde par une flèche lancée au hasard.

Nate Wechsel fut lui aussi frappé par quelque chose, mais il se retint bien de ciller sous le choc et il se tut, peut-être afin que d'autres dans son coin pussent protester en sa faveur.

Myla n'avait jamais été chaude partisane de Nate,

mais elle était mécontente – et le manifesta aussi poliment qu'elle pouvait – de voir décerner une telle faveur au-dessous d'un certain rang.

« Nate, lui lança directement Austin, non sans chaleur, tu connais très bien ton boulot, et cette connaissance devrait s'accompagner d'une conscience de ses limites, et des tiennes aussi.

Il élargit son propos pour s'adresser à tous les participants.

« Evidemment, c'est à Nate que j'ai sérieusement pensé en premier pour ce projet. Et à la suite de réflexions sérieuses, une vérité fondamentale s'est révélée à moi. Quand Nate s'installe dans une nouvelle campagne et qu'il met, si je puis dire, le contact en tournant sa clé, il sait exactement où il va et combien de temps il lui faudra pour arriver. Mais là, c'est la Nécro ! C'est un truc sur roues complètement neuf ! Lee Torrence attend de nous que nous la présentions au monde dans un esprit d'innovation et non pas simplement comme un des modèles de cette année.

« Or *ce jeune homme*, dit-il en changeant de ton et faisant signe de la tête dans ma direction, suit une approche différente. Je l'ai observé très attentivement. J'ai aussi discuté longuement avec lui après le travail. Je sais qu'il va de l'avant. Je parierais qu'il le sait aussi, mais nous ne savons ni l'un ni l'autre combien de temps va durer son voyage créatif, ni où il va le mener exactement. Je ne veux certes pas l'intimider, en le montant en épingle de cette façon devant tout le monde, mais tous ceux qui ont vu le travail qu'il a fait pour ces campagnes d'intérêt général sur le thème des « Enfants de la Nuit » savent que son talent – ou plutôt la *particularité* de son talent – pourrait le conduire tout droit au sommet.

– Je suis avec vous, Austin, l'interrompit Myla. Je serais la première à dire que ces messages d'intérêt général étaient du top niveau, mais au bout du compte et en définitive, est-cc que M. Torrence les considérera avec le même sérieux que, par exemple, le travail qu'a fait Nate pour la Lotion Pacific ?

– Ou la campagne de Myla pour les Barres Amber, d'ailleurs, sourit Nate en lui renvoyant l'ascenseur.

– C'est exactement la raison pour laquelle j'ai commencé à le tester sur des campagnes commerciales, expliqua Austin. Nathan, mon vieux, tu te rappelles ces *boards* que je t'ai montrés pour les Pfister Brothers ? C'est toi-même qui m'as confié que c'était l'une des meilleures campagnes que tu avais vues sortir d'ici depuis des années.

– J'ai cru que c'était... » commença Nathan, mais il laissa mourir sa voix quand ses yeux croisèrent ceux de Myla.

Je souris intérieurement.

« Je sais, poursuivit Austin, vous êtes en train de vous demander : et si ce boute-feu nous menait au désastre ? Eh bien, mesdames, messieurs, nous avons survécu à des désastres. Nous sommes dans l'Ohio, les gars. A *Friendship*, dans l'Ohio. Même si on se plante royalement, personne ne va nous mettre au ban de la profession ou nous lancer des pierres. Mais de toute façon, ça ne risque pas de se produire. A ce point particulier de ma vie, et ce qui est peut-être plus important, à ce stade particulier de la vie de cette *société*, je crois fermement que la seule manière dont le désastre rentrerait dans cette équation serait si nous refusions d'ouvrir la main pour laisser rouler les dés.

« Nate, tu es le meilleur qu'on ait quand il s'agit de projeter une image de prospérité, de confiance de soi. Mais ça ne correspond pas à la Nécro, c'est plutôt pour *Chrysler* ou ce foutu genre de... – et le Vieux commença à rire, un son qui contribua à évacuer l'air glacé que le résultat de la compétition avait fait tomber dans la pièce.

« Autrement dit, glousse-t-il, quand leur P.-D.G. Lee Iacocca nous appellera, il est à toi.

Je ne voulais pas me voir entraîné dans un conflit avec Nate ou Myla, aussi je me fis l'avocat du diable.

« Austin, intervins-je, j'apprécie vraiment ce vote de confiance, mais vous savez, je n'ai même plus *conduit* de voiture depuis...

– Je suis bien conscient du fait que vous prenez le bus ces temps-ci, admit-il. Je puis l'accepter. Vous voyez, ce qu'il faut à cette campagne, c'est la vision de quelqu'un qui rêve ou qui fantasme ou peut-être encore mieux, qui a des réminiscences sur la conduite automobile. Vous savez, ce à quoi conduire ressemblait *autrefois* – et que rend possible cette voiture de demain... mais sans donner dans la guimauve. Vous voyez où je veux en venir ?

– Oui, patron, je vois.

– Alors, il ne devrait y avoir aucun obstacle. Bon, donnons à ce tour de table un petit avant-goût de ce que vous avez à offrir. Dites-moi : Quel genre d'association d'idées contiennent les voitures pour vous ?

– Association d'idées ? Toute la salle de conférences avait les yeux sur moi.

– Oui, que pourrait-il y avoir comme associations ?

– Eh bien – je réfléchis – passer mon permis. »

Il eut un sourire. « Arriver à l'âge adulte, claironna-t-il en traduisant mon association d'idées à l'intention du reste de la salle. Et puis ?

– Eh bien, il y a cette fois où j'étais encore adolescent, et je roulais sur cette longue route surplombant le faubourg est de la ville. Je sortais pour la troisième fois avec... enfin, son nom n'a pas vraiment d'importance. L'accident n'était absolument pas ma faute, mais nous nous en sommes tirés sans même une égratignure, alors que l'autre gars, lui – il était ivre et il nous est rentré dedans. Il était mort à l'arrivée des flics. Ça nous a pas mal secoués. Ma petite amie a vomi. Je croyais que c'était la bonne, vous savez ? Sa famille m'adorait, ils m'aimaient comme un fils. Mais après cette nuit-là, de l'avoir vue vomir sous mes yeux, je ne sais pas, elle a eu tellement honte que... Eh bien, nous ne sommes plus jamais sortis ensemble.

– Je parie que Maverick Motors va adorer cette petite anecdote ! soupira Myla.

– Vous pensez superficiellement, Monteith, répliqua sèchement Austin. Ce que vous venez d'entendre décrire, dans cette salle qui a entendu tant de frivolités, ce n'est rien de moins que Tanathos... et Eros. »

Malgré ma morosité, les interprétations d'Austin m'enflammaient. J'insistai :

« Et bien sûr quand ma femme et moi nous nous sommes séparés, c'est elle qui a pris la voiture. Je pense à ça aussi.

– La séparation, clama Austin, dont le ton décisif se fit pathétique. Alors, qu'en penses-tu, Nate ? demanda-t-il en se tournant vers son plus vieux collègue. L'accès à l'âge adulte ? Tanathos et Eros ? La séparation ? Voilà qui devrait donner une campagne de pub pour les voitures bougrement originale ! »

Nate n'avait rien à dire.

Et c'est ainsi que je me retrouvai à arpenter le trottoir

devant les vitrines de Michigan Avenue par des vents d'hiver pénétrants. La voix grondeuse de Paige avait pratiquement cessé de me poursuivre au cours de l'année qui venait de s'écouler, pourtant de puissants petits souvenirs d'elle m'étaient parfois apportés par des effets de transparence hésitants, visuels ou auditifs, qui supprimaient tout écart de temps et de lieu entre nous. A Chicago son messager se trouva être la chanson des Doors « Peace Frog/Blue Sunday », que j'entendis tandis que je me réchauffais avec une tasse de café au *Theatrical Chef*; l'ambiance musicale de l'endroit était assurée par une station FM du coin, dans le créneau « nostalgie de l'avant-garde », qui ne passait que des morceaux « alternatifs » (autrement dit, non sortis en *single*) tirés d'albums « classiques ». C'était moi qui avais fait connaître à Paige, au début de l'époque où nous commencions à nous voir, l'album des Doors *Morrison Hotel*, et cette suite de chansons était devenue notre accompagnement favori pour les séances où nous faisions l'amour dans son appartement minuscule sur le campus : la batterie de style folk du premier morceau, idéale pour des préliminaires pleins d'entrain, se fondait ensuite dans une ballade scintillante dont le chatoiement était parfait pour faire l'amour. Il m'était arrivé de lui décrire cette mélodie, à un moment où je me trouvais à court de mots, comme ressemblant à l'amour.

– L'amour *hallucinogène*, corrigea-t-elle en sortant un joint de son jean.

Depuis cet après-midi, je ne pouvais jamais entendre l'instrumentation délicate, au L.S.D., de « Blue Sunday » sans entendre en un lointain écho la réplique sexy de Paige accompagnée du souvenir aigu du courage que j'en avais tiré pour glisser ma main dans son jean serré – ce qui pour nous à l'époque constituait un raccourci audacieux. C'est ce souvenir, combiné au café qui avait rechargé mes batteries et à la nouveauté, pour moi, d'être seul et disponible dans la grande ville, qui me fit sortir du bar dans la nuit claire et froide ; déterminé à trouver une compagne, presque aussi intensément qu'à survivre.

De mon côté de Michigan Avenue, il y avait les vitrines éclairées des magasins, dont certaines s'éteignaient au moment où le propriétaire faisait la fermeture. De l'autre côté de la chaussée, la surface gelée du lac Michigan s'étendait jusqu'à l'horizon, aussi loin et aussi haut que les limites de nos concepts d'aventure. Pratiquement dans chaque rue qui aboutissait à l'avenue, je trouvais, aussi omniprésents en ville que les indigents, de vieux cinémas abandonnés dont la façade obscure ne pétillait plus de la poussière d'étoiles effervescente des années cinquante, soixante et soixante-dix, et dont l'écran tailladé restait vide dans une perpétuelle séance permanente, à l'intention de salles entières de rats.

Le matin, devant un plat d'œufs Benedict, Lee Torrence m'avait recommandé de faire un tour en ville avec le modèle d'essai pour me faire une idée de la Nécro, en allant peut-être du côté d'Old Town où il prédisait que je pourrais trouver quelque chose de valable pour passer le temps. J'aurais cru que Torrence ou, à tout le moins, un de ses représentants m'accompagnerait, ne serait-ce que pour assurer la sécurité de son prototype, mais il comprit à quel point conduire la nuit en solitaire était important pour moi. On vint me porter la Nécro et ses clés à mon hôtel, quelques heures après notre dernière entrevue de ce premier jour. Cette fichue voiture était rouge et passait à peu près aussi inaperçue que la Batmobile. Je fis un petit tour avec, mais pas très bien car mes réflexes étaient rouillés, et je m'en débarrassai ensuite dans un coin sombre d'un parking en étages sur Lake Shore Drive. Le prototype m'isolait des autres et j'avais désespérément besoin, en tant que nouveau voyageur, de ne faire plus qu'un avec Chicago, de me fondre dans cette ville. J'avais besoin de *relations*.

J'atteignis Old Town à pied. Ses étranges boutiques spécialisées et ses magasins de souvenirs imposants étaient curieux, quoique à cette heure-là les étalages n'aient été visibles qu'à travers les grillages serrés qui protégeaient les vitrines. Une librairie spécialisée dans les collections de magazines présentait quelques vieux numéros fanés de *Playboy* derrière une vitre sombre, en une sorte de totem orné d'yeux et de lèvres racoleurs de décennies passées, fantômes de désir adolescent, sous Cellophane, punaisés sur une plaquette de liège. Un troquet qui affirmait servir LA MEILLEURE PIZZA DU MONDE ne restait ouvert que grâce à un homme qui mangeait des portions individuelles et dont le manteau semblait trop mince pour affronter le vent qui faisait trembler les vitrines. Je suivis les quelques dernières lumières visibles pour trouver les échoppes de curiosités qui pouvaient être ouvertes au coin de la rue.

Sur l'autre bord de ce caprice, dans une ruelle à l'écart, complètement refaite avec des trottoirs en brique et des troncs d'arbre ridiculement urbains, je me trouvai devant un minuscule cinéma, de la taille d'une boîte à chaussures : malgré l'absence de la palpitation d'un néon effervescent autour de la façade, il était ouvert. Spectacle improbable, il se détachait dans la bise mordante comme un mirage.

Il portait le nom de Palais des Ouvreuses. Un simple coup d'œil jeté à travers la porte d'entrée suffit pour me convaincre d'acheter un billet. Il y avait une ouvreuse postée à la porte à seule fin de l'ouvrir, une autre attendait largement déhanchée, appuyée contre un tronc en faux bois destiné à recevoir les souches des billets, une autre avait déposé ses énormes seins tressautants sur le comptoir des friandises, à côté d'un poste de vente de vrai café; et il y en avait encore une qui attendait, les deux poings serrés sur la rondeur argentée d'une lampe torche, prête à escorter le client suivant dans les obscures profondeurs de la salle, au-delà des portes. Chacune était attifée de dessous coquins très délicats, dans une couleur unique, particulièrement adaptée à sa personnalité, et portait un col bleu élastique, marqué du nom de la starlette des années soixante à laquelle elle ressemblait le plus.

Je me faufilai dans le hall aussi rapidement que je pus, car je ne souhaitais pas exposer plus que nécessaire le personnel presque nu à l'air froid du dehors. A l'intérieur, la chaleur était immédiate et irréelle.

« Bonsoir, monsieur, gazouilla Pamela Franklin – dont les cheveux brun foncé encadraient un teint anglais naturel et éclatant de santé. Bienvenue au Palais des Ouvreuses. »

Après qu'elle eut déchiré mon billet rose en suivant les perforations, « Yvonne Craig » me rendit ce qui restait du coupon avec la moue et le sourcil soulevé qui avaient fait sa réputation et la « Stella Stevens » du bar à friandises me suivit d'un regard lourd d'intentions tandis que je traversais le hall pour gagner directement l'entrée que j'avais choisie, où « Barbara Steele » montait la garde avec nervosité, en se mordant la lèvre inférieure. Je lui demandai de me faire asseoir dans la section fumeurs. Elle me regarda droit dans les yeux, et dit, comme si j'avais parlé en code :

« Oh ! je vois. »

A en juger d'après son intérieur sobre et économique, le Palais des Ouvreuses semblait être une salle des années soixante-dix, rénovée tout récemment et équipée de vastes fauteuils noirs à bascule, bien rembourrés. Mon guide me conduisit vers un point qui se trouvait à proximité de la sortie de secours du milieu de la salle, et elle braqua sa lampe torche sur une allée à gauche de l'écran, où presque personne n'était assis. La zone fumeurs était nette, chaque fauteuil étant équipé luxueusement de son mini-cendrier intégré dans le dossier du fauteuil suivant. Je m'assis et me fouillai les poches en quête de cigarettes.

Mon paquet était vide.

Le film n'avait pas encore commencé, intervint la voix de Paige, en une reprise sarcastique de la voix off de *Gorge perforée*, dans une séquence appropriée. *Il songea à aller en chercher au distributeur, mais s'aperçut que la situation lui fournissait une occasion de se frotter à des camarades de tranchée.*

Je remarquai une femme qui fumait, assise toute seule, à trois rangs devant moi. De mon siège, je pouvais voir qu'elle portait les cheveux courts, montrant ainsi un cou svelte et aristocratique. Son costume était du style femme d'affaires, et je me dis que c'était peut-être quelqu'un de passage, comme moi, qui essayait de donner le coup de grâce à une soirée misérable. Je ne voyais pas son visage, mais peu importait son apparence ; ce qui m'excitait le plus en ce moment tant désiré, c'était l'occasion de jouer le premier rôle dans un film que j'adorais. Je quittai mon siège pour m'installer dans le fauteuil qui était immédiatement derrière le sien, en profitant du silence patient qui régnait dans la salle avant le début du film pour me pencher à son oreille.

« Excusez-moi, citai-je, mais pourriez-vous faire don d'une cigarette à un mourant ? »

Sans un mot, s'étant à peine tournée dans ma direction, elle ouvrit son sac et en tira une cigarette qu'elle alluma pour moi.

Elle ne sourit même pas...

Je la remerciai – qui peut expliquer pourquoi les hommes font ces choses pour les femmes ? – d'une inclinaison de tête cérémonieuse.

Aussi suppose-t-il qu'il ne l'intéresse pas...

Je me renfonçai dans mon fauteuil et inhalai profondément la fumée dans mes poumons, tandis que les rideaux plissés de l'écran s'ouvraient comme une jupe, avec un balancement paresseux.

Mais le bout de la cigarette qu'elle vous passe dans l'obscurité est humide...

Je souris, profondément satisfait que le moment qui venait de se dérouler soit resté fidèle au dialogue du film que je me rappelais, ébahi de me retrouver échangeant de la salive avec une inconnue dans un cinéma de Chicago. Le film projeté était *Transylvania mon Amour* – le titre était maladroitement inséré sur un carton blanc brillant – mais aucun doute ne fut plus permis après les premières secondes : c'était *Gorge perforée*, qui se donnait dans une reprise maquillée. Sous combien de titres ce film avait-il existé ? Sous combien d'autres titres l'avais-je manqué ?

Le plaisir impromptu de me retrouver en présence de *Gorge perforée* ne fut qu'intensifié quand je découvris que chacune des coupes dont je me souvenais dans la copie fatiguée projetée à l'Eros, dans mon déjà lointain Ohio, et il y avait près d'un an, était présente également dans cette deuxième copie. Mon plaisir fut quelque peu mitigé du fait que manquait la séquence du rendez-vous à l'hôtel – extraite sans doute du film pour la collection privée de quelque projectionniste – mais il y avait la compensation d'une séquence supplémentaire, manquante dans la version projetée à l'Eros : le massage du cou. En visionnant le film, j'avais un sourire qui prenait acte ouvertement du fait que tout était possible.

Aussi sait-il qu'il doit attendre.

Avant que le film ne fût tout à fait terminé, je remontai l'allée discrètement pour faire de la monnaie auprès de « Stella Stevens » pour le distributeur de cigarettes. Ma camarade de tranchée sortit du Palais des Ouvreuses, et vint tomber droit sur ma main tendue, qui lui offrait une cigarette. Sa marque. Des *Consolations*.

« Mourant ? cita-t-elle à son tour ?

– Mourant d'envie d'une cigarette, répondis-je. »

Elle fronça ses yeux verts sans me quitter du regard.

Dans son cas, c'était un geste qui ressemblait davantage à un rire qu'à une moquerie.

En faisant des recherches pour réaliser mes messages d'intérêt public à l'intention de la Ligue contre le Cancer, j'avais appris que si la nicotine a un effet d'accoutumance, c'est parce qu'elle agit comme un obstacle au stimulus ; elle permet à l'utilisateur de fonctionner dans des situations et des milieux surstimulés avec calme et confiance en soi. La désaccoutumance à la nicotine est comme une mue, on perd une carapace qui protégeait les nerfs ; elle rapproche le fumeur de ses émotions. Si vous avez un producteur de cinéma au bout du fil et que vous lui dites que son *Rambo XXIII* de merde est la copie conforme d'une pub de votre agence, primée dans de nombreux festivals, il vous demandera de ne pas quitter, le temps pour lui de prendre une cigarette. Dans les hôpitaux, on ne refuse pas des cigarettes aux patients parce qu'on ne les refuse pas aux docteurs. Non seulement la nicotine apaise les cœurs violents (avant qu'elle ne cancérise les poumons, pour finir), mais la fumée crée une atmosphère suave dans laquelle nous pouvons fonctionner bravement, avec grâce, en mentant. C'est l'un de ces mensonges qui nous apportent la paix, calmant les inquiétudes que nous inspirent les possibles conséquences de la chaleur animale.

Conformément à ce que m'avaient dit mes instincts, cette femme rencontrée au cinéma était elle aussi en voyage d'affaires, quelqu'un pour qui Chicago était moins une ville qu'une vaste annexe de l'Aéroport International d'O'Hare. Je ne pense pas qu'elle l'ait vraiment cru, car ni elle ni moi n'étions vraiment sincères sur notre nom et nos opinions ; tout ce que nous disions sur nous-mêmes était explosif et plus grand que nature, mystérieux, entreprenant, et uniquement correct s'il s'agissait de choses qui nous montaient en épingle ou qui créaient le désir chez l'autre de façon illicite. Elle savait où trouver des taxis à des heures démentes ; elle connaissait un coin tranquille au bord du lac où nous pourrions fumer et parler du destin sans être gênés par les passants ; elle savait où nous pourrions trouver le meilleur « petit noir » de la ville pour ensuite passer tout droit de notre table à la réception d'un hôtel respectable, sans avoir à remettre les pieds dehors. C'était la promesse d'une belle soirée, pour n'importe quel soir à venir, mais comme nous étions jeunes et impatients, nous saisîmes le plus proche.

Sous l'éclairage implacable du Backstage Café, je vis que ma compagne ne ressemblait pas particulièrement à Paige ni à mon « type »; elle était attirante, mais il y avait quelque chose de résolument sévère dans son allure. Ses cheveux auburn foncé étaient coupés avec une crête vaguement punk, taillés de biais sur les oreilles, son ombre à paupières avait la couleur du chou rouge, couleur qui se retrouvait dans son foulard. Les coins de sa bouche violette se terminaient en boucles amères. Nous commandâmes du café. Le café : il donne à deux bouches qui étaient jusque-là des inconnues l'une pour l'autre un goût commun de ténèbres terreuses. Il nous encourage, comme un blasphème. Il donne un motif, en plus de celui qui est évident – et que nous nions – au rythme éperdu de nos cœurs.

Elle me demanda si j'étais marié. Je n'avais toujours pas ôté mon alliance, si bien que je donnai l'explication la plus facile, j'étais marié. C'était un mensonge qui sembla lui plaire.

« Comment vous appelez-vous ? me demanda-t-elle.

Je réfléchis vite. – Wechsel, Nate Wechsel, répondis-je.

– Moi, c'est – un long temps – Nancy Reagan. Elle fit un grand sourire.

– Oh que non, ce n'est pas vrai.

– Croyez-moi. C'est le genre de réaction que j'ai en permanence, comme vous pouvez vous l'imaginer. Essayez de vous faire prendre au sérieux dans le monde de la grande finance avec un nom comme Nancy Reagan. Il faut être dix fois plus agressive rien que pour arriver à suivre.

– Alors, la même chose doit être vraie pour l'autre aussi », fis-je remarquer. Presque sur-le-champ après avoir dit cela, je vis que la dame était à la recherche de quelqu'un avec qui se brancher par sympathie et pas d'un nouveau jeune cadre hilare. Je m'arrêtai le temps de prendre une gorgée de café. « Ne vous inquiétez pas, dis-je en reprenant haleine. Je vous prends au sérieux.

– Vous prenez *l'occasion que je représente* au sérieux, précisa-t-elle. Mais, quand est-ce exactement que je suis devenue une occasion pour vous, de toute manière ?

Pendant le film ? Après ? Ou bien est-ce dès la cigarette ?

– *Mais le bout de la cigarette qu'elle vous passe dans l'obscurité est humide*, citai-je. Et vous, Miz Reagan ? Vous êtes assise à cette table avec moi ; qu'est-ce qui en *moi* vous a fait réagir ?

Elle se mit à loucher en me regardant, pour mieux me voir, je suppose ; quand elle retroussa le nez, je vis de petites marques comme d'une pince de chaque côté de l'arête de son nez. Elle mettait des lunettes mais ne les portait pas ce soir. « J'sais pas, fit-elle en me toisant. Il y a en vous quelque chose de gentil. Comme si vous étiez incapable de supporter d'être seul avec vous-même. Il se trouve que c'est quelque chose qui me plaît beaucoup. Moi aussi je suis incapable d'être seule avec moi-même la plupart du temps, mais je pourrais sûrement supporter d'être seule avec vous. Un petit changement ne serait pas mal venu en somme... si vous voyez ce que je veux dire. »

Ayant laissé de l'argent sur l'addition, nous nous ruâmes dans la nuit.

L'hôtel LaRonde se trouvait être sur Lumley Street, ce qui nous inspira de nous lancer dans un duo perverti au clair de lune : « C'est là-bas tout au bout de *Lumly* Street... » Notre haleine glacée se mélangea dans l'air nocturne. La moquette qui s'écoulait dans le couloir jusqu'à notre chambre absorbait, complice, les bruits de nos pas, témoin d'un assez grand nombre de mésaventures dans le défilé incessant pour anticiper et étouffer les bruits de la chair faible et fautive.

A l'intérieur de la chambre, nous nous allongeâmes ensemble, nous faisant face de part et d'autre d'un lit immense. Elle avait voilé la lampe de chevet de son écharpe rougissante, colorant notre arène d'une teinte rosée évocatrice. Elle se lécha les lèvres et dit : « Dis-moi ce que tu aimes, Nathan. »

Je pensai à la pastille de menthe qui reposait dans son emballage vert, à l'autre bout de la ville, sur l'oreiller de ma chambre d'hôtel ; elle donnait le feu vert à tout ceci, la permission de tout traverser pour l'atteindre, à seule fin de rentrer là-bas. Je répondis au luxe de la question de Nancy – qui me donna l'impression un moment que toutes les friandises qu'elle avait dans son rayon pouvaient devenir miennes pourvu que je les décrive – en disant : « J'aime le café... le bon café... J'aime regarder verser du bon café... et j'aime les femmes qui ont un goût de café... de café ou de tomate... et qui ont une odeur de pain frais... chaud, gonflé, aigrelet comme le levain. »

Les yeux de Nancy Reagan lorgnèrent au-delà des miens tandis qu'elle se relevait. Elle alla jusqu'à la kitchenette voisine où je l'entendis apprêter le percolateur de la chambre. Elle disparut ensuite dans la salle de bains. Notre repaire fatal se remplit bientôt des plus riches arômes domestiques, une nouvelle transparence à travers laquelle Paige apparut fugitivement. Nancy sortit nue de la salle de bains, une longue serviette absorbante de l'hôtel LaRonde entourant ses rondeurs.

Elle retourna dans la kitchenette et se glissa peu après dans le lit à côté de moi, avec à la main une tasse de café qu'elle avait préparée spécialement pour moi. J'en pris une gorgée avec reconnaissance, puis posai la tasse sur la table de chevet tandis qu'elle se disposait de nouveau devant moi, inclinant la tête d'un côté pour m'offrir sa gorge svelte dans son aspect latéral. *Donne-moi ma récompense*, semblait-elle dire. Les images habituelles – qui ne les a pas ? – submergèrent mon esprit. Je m'attardai sur son creux jugulaire et je finis par y poser mes lèvres avec hésitation. *A présent que mes couilles m'ont amené jusqu'ici,* pensai-je, *qu'est-ce que ma bouche va faire avec toi ?* Je me reculai pour prendre une nouvelle gorgée de café.

Elle se retourna vers moi, d'un air de reproche.

« Ecoute, éructa-t-elle, le suspense, c'est bon pour Hitchcock ! On s'est rencontrés au même film, non ? Alors, merde, qu'est-ce qui t'arrête ? Je sais que c'est ce que tu *veux*. De nouveau – avec plus d'insistance cette fois – elle inclina son cou pour moi, détournant les yeux comme un enfant qui attend d'être piqué par une seringue hypodermique. – Vas-y ! ordonna-t-elle. »

En voyant son pouls qui s'accélérait, je cherchai les mots justes pour exprimer le conflit que je ressentais, et dont l'abîme ouvert me donnait le vertige.

« Ça va avoir l'air bizarre, l'avertis-je, mais sans que je sache pourquoi, c'est de *ne pas* le faire qui me maintient en vie.

– Comment ?

– Si jamais je fais ce que tu attends de moi, alors tout – *toute chose* – va changer.

Elle me fit face avec une expression violente d'invite joyeuse. « C'est précisément la raison pour laquelle nous *devons* le faire, expliqua-t-elle. Tu ne comprends pas ça, bordel ? »

Elle me prit la tête entre ses mains et dirigea mes yeux vers sa gorge, en disant : « Boum boum, boum boum. » Elle faisait jouer son sterno-cléido-mastoïde, en amplifiant le rythme naturel de son pouls pour me séduire. Puis elle se redressa et, laissant tomber sa serviette par terre, commença à s'approcher de moi sur le matelas en rampant.

Elle se mit à glousser en chantant une macabre ritournelle : « Tu sais Pierrot, je dois me lever tôt... alors tu vois le topo... on s'fait un tango... et presto ? Réglo ? Boum boum ? Boum boum ? »

Elle prenait des poses avec sa gorge à mon intention, elle en jouait en passant de l'aspect antérieur à l'aspect latéral. Je ne pouvais m'empêcher d'être admiratif en voyant la façon dont son cou se coulait dans ses épaules, avec le fin duvet qui l'ombrait visible à la lumière fiévreuse de la lampe. Ses yeux se rouvrirent à côté des miens, scintillants tandis que les miens se repaissaient du spectacle.

« Mes amis me disent que je devrais faire du chemin... Une jeune ambitieuse devrait l'avoir à son répertoire. » Elle laissa une trace sur son cou en y faisant glisser un ongle parfaitement soigné où ne se voyait qu'une seule goutte de vernis à ongles rouge. *Un sanglot rouge*, pensai-je.

Je suppose que je faisais une mine sinistre ; en tout cas, quelque chose qu'elle y vit lui rendit son sang-froid.

« Eh, attends une minute – t'as vraiment la trouille, hein ? fit-elle en comprenant la situation. Mais je vois bien que tu en as envie. »

Je reconnus que j'y avais pensé.

« Eh bien voilà, dit-elle d'un ton encourageant. Est-ce que ça ne te plairait pas de te sortir de la tête ces vilaines idées pour les projeter dans le monde réel ? Je sais exactement à quoi tu penses, mon chou. Tu penses à cette scène du film... Tu sais celle que je veux dire... la scène à *l'hôtel*... ? »

Ses yeux étincelants prirent la couleur du papier alu vert qui enveloppe les pastilles de menthe.

Dans le tiroir de la table de nuit – à côté des capotes fournies par la maison – il y avait un petit boîtier fermé hermétiquement qui contenait un petit assortiment de préservatifs oraux. Ils se mettaient autour de la tête, comme un serre-tête, sous le nez pour la moitié inférieure du visage, et ils étaient pourvus d'une petite poche qui rentrait commodément dans la bouche de l'usager et permettait à la mâchoire de conserver une liberté complète de mouvement ; sa résistance était telle qu'il était impossible de mordre au travers. Etaient prévus aussi une paire de gants faite du même matériau blanc caoutchouteux, un paquet de chiffonnettes antiseptiques et, pour le participant particulièrement coincé, un paquet sous vide de gouttes antibiotiques grosses comme des sucrettes. Le fabricant s'appelait Lacroix ; le logo de la société, qui évitait les pollutions d'un mode de vie qualifié de « vampirique », semblait parfaitement à sa place à côté de la Bible des Témoins de Jéhovah. Ma partenaire, tout en affirmant qu'elle était parfaitement clean souligna que ces ustensiles étaient faits pour se protéger *mutuellement* et elle décrivit patiemment les procédures à suivre pour « perforer » avec une précision tellement clinique qu'il était difficile d'admettre qu'il allait s'agir pour elle aussi de la première fois... mais comment tricher avec la surface intacte de la peau ?

Une fois terminé le processus d'orientation, elle se replaça en position tandis que je m'enveloppais la bouche du masque élastifié et flambant neuf. Il était aussi tendu qu'une seconde peau, et je fus étonné de constater que le préservatif ne m'empêchait pas de parler, mais ajoutait à chacune de mes paroles une vibration bourdonnante particulièrement excitante. La femme sentit la main de l'Homme aux Gants qui suivait attentivement les lignes de son trapèze à l'endroit où il vient se joindre à l'épaule.

Il parla :

« *J'ai connu une certaine femme...*

– Oh ?

... *qui avait un cou extrêmement sensible.*

– Tst-tst.

– *Il était long, avec une peau claire, bleu et blanc comme un œuf de rouge-gorge.*

– Ah.

– *Mais sa peau avait certains points* – chatouilleux.
– Ah ha.
– *Des endroits si tendres – que même son* mari *n'avait pas le droit d'y toucher.*
– Oh oh...
– *Ces points étaient tellement sensibles... tellement tendres... tellement électriques... que le moindre contact... même accidentel... les faisait rougir... comme une gorge de rouge-gorge.*

Le vert me poussait à agir. Avant même d'avoir pu comprendre ce que je faisais, j'avais saisi un pli de sa peau entre mes canines. Sa seule réaction fut d'aspirer vivement de l'air. La giclée presque instantanée du sang contre mon masque, plus noir, plus chaud, plus poisseux que je ne m'y attendais, me prit par surprise. Malgré mes mesures de protection, je ne pus d'abord arriver à ouvrir la bouche complètement. Et ensuite, dans l'excitation causée par l'abondance du sang, ma langue s'entortilla dans la poche qui se trouvait dans ma bouche et je n'arrivai pas à la prendre dans ma bouche. Je me contentai donc simplement de me frotter contre le bouillonnement de sa chaleur vitale, les lèvres closes. Même ce contact contraceptif déclencha un pied inattendu; j'eus les oreilles en feu, mon ouïe s'émoussa jusqu'à la syncope et j'éprouvai une mystérieuse impression de courant sous les aisselles. Quelque part très loin, je l'entendais répondre par des mots psalmodiés, sur tout mon corps, s'élevant sur tout mon corps dans des tonalités puis des voix différentes. L'orgasme harmonique!

Une gifle me fit revenir à moi.

« Sale connard, sifflait-elle en pressant sur sa gorge la serviette de bain de l'hôtel LaRonde. Tu m'en as foutu partout! Ahhhh, merde! Tu pouvais pas prendre ça dans la *bouche*, putain, tu pouvais pas *avaler*, merde!? »

J'essayai de m'expliquer mais je m'aperçus que la langue prisonnière de la poche m'interdisait de parler. J'arrachai le dispositif qui me couvrait le visage, et en se déchirant le caoutchouc nous aspergea tous les deux de la maigre quantité de rouge qu'il avait absorbé.

Nancy se releva péniblement, la serviette archi-épaisse de l'hôtel maculée de façon extravagante lui faisait une traîne comme pour une allégorie patriotique.

« Ecoute, monsieur le prudent, dit-elle, c'est vrai que

j'ai vu du pays, j'en ai vu assez pour savoir que personne, non, personne, n'arrive *nulle part* sans prendre quelques risques. »

Elle se rua dans la salle de bains, ouvrit les robinets, et finit par ressortir après s'être entièrement rhabillée. Elle attrapa le foulard qu'elle avait drapé sur la lampe, et de ce geste brusque, elle métamorphosa l'ambiance de la chambre, qui passa d'un rouge passionné à une pâleur exsangue. Son écharpe replacée autour du cou, ses lunettes remises, Nancy Reagan ressemblait beaucoup, je m'en rendis compte, à n'importe laquelle de la centaine de femmes que j'avais vues dans des bureaux, des hôtels et des aéroports depuis que l'agence avait commencé à m'envoyer en déplacement. Quand elle jeta son manteau sur ses épaules et alluma une cigarette, elle avait les yeux livides derrière ses lunettes.

« Merci de m'avoir étrennée, mon pote, fit-elle dans un sarcasme.

Arrivée à mi-chemin de la porte, elle pivota pour me faire face.

« Tu sais, j'ai l'intention d'être une sacrée P.-D.G. un de ces jours et – mais qu'est-ce que ça peut te faire à toi ? Tu es déjà probablement au top, pas vrai ? » Elle me jeta sa cigarette d'un geste nerveux et disparut.

J'enfonçai ma tête dans un oreiller jusqu'à ce que le bruit de la porte qu'elle avait claquée cesse de résonner dans mes oreilles.

Avez-vous jamais fait l'expérience de vous souvenir de vous-même, debout dans une pièce que vous ne pouvez plus situer, en un lieu dont vous ne sauriez retrouver le chemin, quand bien même vous le tenteriez, à révéler des secrets sur vous-même à des gens que vous ne connaissez plus ? C'est la sensation la plus effrayante du monde.

Tandis que l'aurore inondait l'horizon d'une teinte rosée, naturelle cette fois, je la regardai depuis la fenêtre partir en taxi. Je me demandai où il allait l'emporter. Je me demande où elle est à présent. Je me demande si elle respire toujours.

Et alors votre serviteur, cadre voyageur et pourceau d'Epicure, traversa la moquette épaisse en titubant jusqu'à la salle de bains et actionna violemment l'interrupteur. Dans le miroir en pied, je me vis, à l'état pur, les yeux hagards et vitreux et les cheveux électrisés en désordre, et du sang avait coulé tout le long de ma poitrine creuse comme la cravate fantaisie d'un clown. Et je jure devant Dieu que la salle de bains que j'aperçus du même coup d'œil, au moment où je m'affaissai sur la cuvette des W-C, avait l'air par contraste parfaitement blanche. Mais quand mes yeux se relevèrent, débordant du péché qui surgissait, les murs qui m'entouraient me semblèrent gorgés d'une noirceur vénale, tout éclaboussée d'excroissances pernicieuses, de graffiti ataviques et de fatalité. Je me rinçai le visage dans un lavabo sali de rouille, en remarquant que les carreaux qui tapissaient la douche ne brillaient plus, ternis et étouffés sous une épaisse pellicule de temps et de poussière, trop pareille à un tissu humain.

Et je pensai en moi-même : *C'est... C'est* mcilleur *avec quelqu'un qu'on aime.*

Nancy Reagan m'avait laissé le soin de régler la note et l'employé attira mon attention en se raclant la gorge au moment où je tirais ma carte Gold de son compartiment dans mon portefeuille. Il se posta face à moi pour me servir de miroir et m'indiqua subtilement le rebord de sa bouche avec le bout d'un petit doigt parfaitement soigné ; je compris, et tapotai avec un mouchoir une trace de sang que j'avais oubliée à la limite de mes rides. L'employé accepta ma carte ainsi que le billet de vingt dollars que j'avais glissé discrètement dessous d'un seul mouvement expert et sans à-coup. Je le remerciai et il me remit ma copie carbone.

« LaRonde veille au confort de ses clients, monsieur. »

Je pris un taxi pour revenir au parking de Lake Shore Drive, où je trouvai le système d'alarme de la Nécro activé et hurlant. Pendant mon absence, quelqu'un muni de gants avait siphonné assez de carburant du réservoir pour donner à Lee Torrence le lendemain l'impression souhaitable que j'avais roulé toute la nuit avec le fruit de son invention. Je montai dans l'habitacle et je sentis, émanant du siège arrière, la présence passée d'un intrus ganté... l'insertion de son siphon... ses lèvres anonymes collées sur l'extrémité extérieure du tuyau...

Au moment où j'ouvrais la porte de ma chambre du Westin avec sa clé magnétique, le rai de lumière venu du couloir tomba en plein sur la pastille de menthe posée sur l'oreiller dans son enveloppe verte et j'eus alors une illumination.

Je savais comment vendre leur foutue voiture.

Mon retour à Friendship coïncidait avec le week-end et j'en profitai, faute de mieux, pour esquisser sur un papier mes idées pour la campagne de la Nécro. *Idées* ne semble guère ici le mot correct ; dans tous les cas, il semblait s'agir plutôt d'une expression de mon corps que de mon esprit, se développant à partir des gribouillis que traçait tout seul mon crayon en quelque chose de si expressif, de si résolu et autonome, que c'est à peine s'il fallait l'effort conscient d'un slogan verbal pour faire passer son message. Le samedi et le dimanche furent ainsi engloutis dans un continuum tremblé d'activité inconsciente et intensive.

Le lundi arriva tout bonnement sans que je m'en rende compte. Le Vieux comprenait le processus de création et avait l'habitude de surprendre ses employés en plein rêve éveillé ; c'était un comportement acceptable à ses yeux, un risque professionnel qu'il considérait un peu comme une bénédiction. J'étais voûté sur mes dessins et je devais être en train de regarder fixement dans le vide depuis un bon moment.

« Perdu dans vos pensées ? demanda-t-il.

Le Vieux rendait du tac au tac la sincérité comme les bobards, aussi reconnus-je que j'étais « perdu simplement ».

Austin ne s'attarda pas sur ma réponse.

« C'est bien votre droit. Alors dites-moi, c'était comment, Chicago ? »

Avant que je n'aie pu répondre, il saisit mes planches en les faisant glisser sous mes coudes, avec une agilité nerveuse qui devança toutes les vagues objections que j'aurais pu lui opposer. Il feuilleta les quatre panneaux préliminaires que j'avais préparés et me décocha un regard d'incrédulité séduite qui explosa ensuite en un large sourire, une aurore de joie avunculaire.

Je le vois encore s'attarder là, lui, l'un des hommes les plus riches de l'Ohio, admirant mon travail avec une expression familière de satisfaction qui n'arrêtait pas de croître. Il brandit l'image finale – la « résonance du morceau » comme il aimait à le dire – de manière que je puisse la voir de l'autre bout de la pièce, faisant en fait à ma place ma propre présentation.

– C'est incroyable, rayonnait-il en m'appelant par

mon nom. PREMIER ÉPISODE... « À UN TRAIN D'ENFER »... LA ROUTE EST DÉSERTE... À TOMBEAU OUVERT – DANS LA NÉCRO, lut-il de sa plus belle voix de baryton à la James Earl Jones, en faisant longuement résonner mon slogan.

– C'est... ce qu'avait... écrit le type, balbutiai-je, profondément troublé.

– Je vous les ramène tout de suite ; je veux les faire voir à Nate, annonça-t-il. À TOMBEAU OUVERT, répéta-t-il en savourant l'acte de répétition.

J'avais sué sang et eau sur ces planches, à en tremper le maillot, le burnous, cul et chemise, de long en large et de bas en haut. Et dans tout le week-end, plongé dans cette transe, pas une seule fois je ne m'étais rendu compte des plissures et des fissures qui, sous l'effet du soleil du désert, se lisaient, comme sur un épiderme humain, à la surface de la route de mon dernier dessin ; pas une fois je ne m'étais aperçu de la présence, dans les marques de pneu enflammées de ma Nécro lancée à pleine vitesse, de traces parallèles qui formaient les perforations ensanglantées d'un film. Les dangers présents de part et d'autre de la route – serpents à sonnettes et vautours, carcasses de vaches et le reste à l'avenant –, ça, c'étaient les clichés que j'avais rajoutés, mais quand le Vieux m'avait exhibé mes propres planches tenues entre ses pattes paternelles toutes fières, je n'avais vu que trop bien que ma campagne n'était guère plus qu'un *décalque* de l'affiche originale de *Gorge perforée*.

MARCHANDISES

Personne ne vit jamais, du moins, personne n'admit jamais avoir vu, les similarités criantes entre ma campagne pour la Nécro et son antécédent inconscient. La Nécro devint bientôt le phénomène commercial qu'elle demeure aujourd'hui, en dépit de notices éternellement défavorables dans *L'Auto-Journal*, pour sa consommation excessive. Contre toute attente, Austin fit lui-même le déplacement à New York au printemps suivant pour accepter une paire de Clio, les prix qui couronnèrent les adaptations de mon concept original pour les magazines et la télévision. Peu après, un bon nombre des entreprises les plus importantes de New York suivirent l'exemple de Lee Torrence en transférant leurs campagnes de publicité à notre firme de l'Ohio. Lorsque *CB News* le choisit comme « Publicitaire de l'année », le Vieux fit la déclaration suivante au journaliste venu l'interviewer :

« Vous autres à New York, à Los Angeles, vous êtes ce que vous êtes. Vous vivez avec ce que vous êtes tous les jours que fait le bon Dieu. Nous autres dans l'Ohio, on ne vous voit qu'à la télé, vous autres, alors on doit *imaginer* qui vous êtes. Telle est la nature de notre relation. Il se peut que vos villes soient le muscle et les centres nerveux de ce grand pays, mais vous avez besoin de l'*imagination* de ce pays qui vous donnera un sens où aller, qui vous dira ce qu'on peut faire de ces marteaux et de ces clous que vous avez dans les mains. La manière dont les choses sont organisées jusqu'à présent est du gaspillage. Pourquoi l'Ohio, l'Indiana ou d'ailleurs le Kansas devraient-ils continuer à voir partir *en masse* leurs fils et leurs filles les plus douées vers ces centres nerveux déjà tellement surchargés ? Il sera moins pénible et plus pratique pour tout le monde que ces grandes villes commencent à en rabattre un peu de leurs ambitions et à chercher des réponses là où on les médite depuis si longtemps. Au lieu d'aller trouver celui qui est si éreinté qu'il bondit hors de sa propre peau quand vous lui tapotez l'épaule, adressez-vous à celui qui est assis dans sa véranda, le nez plongé dans un livre, un œil fixé sur l'horizon. Donc, pour répondre à votre question : Non, je ne suis pas le moins du monde étonné du succès récent de Sutton, Perry & Ingersoll, la seule chose qui m'épate c'est plutôt le temps qu'il a fallu à New York pour découvrir que le téléphone (qui existe depuis près de cent ans) fonctionne dans les deux sens. »

Je l'appelle « le Vieux » pour marquer mon affection et mon respect, mais pendant cette phase, Austin Ingersoll n'avait que la cinquantaine, et son épaisse chevelure suédoise était blanche depuis l'âge de trente-cinq ans. La réussite fut un couac du destin qui bouscula Austin, le poussant à sortir de sa satisfaction provinciale ; comme cela faisait si longtemps qu'il percevait son entreprise comme adulte et pleinement développée, le fait de se retrouver catapulté au-delà de ces limites parfaitement acceptées à la fin du second acte du drame de la vie l'avait complètement fait dérailler. Ses tenues changèrent, au lieu des costumes sombres, atours de la conformité de l'âge mûr, il choisit un assortiment rétro de fringues Carnaby Street, chemises mauves et cravates blanches, et la sagesse du provincial dans son rocking-chair, qu'il avait adoptée comme image publique, commença à s'emparer lentement et sûrement de l'Austin Ingersoll que nous connaissions tous. Quant à moi, ma récompense pour ma participation dans la campagne de la Nécro, et dans une ou deux autres affaires importantes qui suivirent, fut une augmentation significative et un nouveau bureau, où ne manquait même pas la vitre panoramique avec banquette rembourrée de coussins en velours bordeaux striés de noir !

Le temps passa, et le bang supersonique du premier succès monumental de SPI s'apaisa pour céder la place à un ronron industrieux et tiède, juste légèrement supérieur à la tranquillité des affaires courantes. J'avais fait mes preuves comme homme à idées, et on m'encourageait à rester assis pendant des heures brumeuses sur ma banquette panoramique, à boire du café et à fumer des cigarettes, dans l'attente, comme au sommet d'une tour de contrôle, que le prochain avion-cargo rempli de concepts vienne se poser entre mes bras, mené à bon port par mes conseils.

J'avais pris l'habitude de rester chez moi le soir, faisant à peu près la même chose qu'au travail, assis à fumer des cigarettes et à chercher des idées dans les formes de la fumée que j'exhalais. On était à la fin du printemps, et il n'y avait toujours pas de femmes dans ma vie, mais il y en avait des millions dans mes pensées ; ces millions se résumaient, à parler franchement, en un kaléidoscope formé par une femme unique. Chez moi, j'étais également enclin à regarder par la fenêtre, cloué sur place par une certaine attitude qui s'insinuait dans ma propre réflexion, comme si j'avais attendu le geste imminent et décisif qu'allait faire l'acteur placé au centre de l'unique drame avec lequel je pouvais me mettre en rapport. Quand une voisine entreprenante eut adressé une plainte bien injustifiée au syndic de l'immeuble sur ce qu'elle qualifiait chez moi de comportement de voyeur, on me demanda poliment de baisser mes stores la nuit (« Ne serait-ce que pour calmer la vieille chouette, avait insisté le propriétaire ») et, m'inclinant, je me trouvai renvoyé au huis clos de cinq pièces vides, qui étaient encore chargées de la voix et du souvenir de Paige. J'avais appris par le téléphone arabe que Paige s'était inscrite à l'université où elle travaillait et qu'elle reprenait la préparation du Master à laquelle elle avait renoncé précédemment pour aider ma carrière naissante. Master : ce mot représentait tout ce que j'avais pu apprendre à son sujet, et je dois reconnaître que je ne me privai pas de fantasmer obsessionnellement dessus.

Davantage pour diffuser la quiétude de notre appartement avec du bruit qu'en quête d'une réelle distraction, j'eus recours à la télévision, zappant d'une chaîne à l'autre jusqu'à ce que ma fébrilité soit apaisée par une voix aussi calmante et neutre que celle d'un hypnotiseur...

« Regardez-moi ce savoir-faire, hein ? C'est de la

technique artisanale comme on n'en trouve que sur le Vieux Continent. Oui, on ne trouve plus ce genre de choses – sauf si vous regardez notre émission, ici, sur TMN, le TeleMall Network. Et nous vous proposons ce soir ce savoir-faire d'autrefois à des prix d'autrefois. »

L'homme à la tête ronde sur l'écran était impeccablement bien habillé, comme certains de mes collègues les plus ambitieux au bureau, tiré à quatre épingles comme si les règles de présentation du temps de son grand-père avaient été le tuyau le plus explosif auquel il ait jamais eu recours pour infléchir son style. Serré entre le pouce et l'index, il tenait par son crochet une boucle d'oreille, 14 carats, modèle « goutte de soleil », fabriquée en Espagne. A droite de cette composition, coincée entre un prix apparemment raisonnable et un numéro vert, une pendule numérique laissait voir le décompte des secondes restant pour appeler. En parcourant rapidement les chaînes, je trouvai la même émission sur pas moins de quatre canaux, insérée entre des pubs-info interminables et des déclarations de célébrités en faveur de tel ou tel gourou. Je zappais toujours, jusqu'à me voir stoppé en plein vol par l'image en gros plan, occupant tout l'écran, d'un cou de femme, nu, de profil, décoré de façon recherchée, et qui tournait comme s'il était placé sur un socle à moteur pour atteindre son aspect antérieur.

« ... et le large treillis en or blanc de cette création de Bridgeford Garr, pour vous mesdames qui nous regardez en ce moment dans votre intérieur, est le camouflage idéal pour la robe que vous n'osez pas mettre souvent parce que vous avez l'impression que son décolleté est un peu trop échancré. Et je répète, le prix de ce collier est démarqué de son prix d'origine, 89 dollars 95 ; ce soir, vous pouvez l'acquérir pour seulement 54 dollars 95. Bien, passons maintenant aux superbes boucles d'oreilles que porte Jill. Je le répète, il s'agit là aussi de pièces de la Ligne Bridgeford Garr – une exclusivité de TMN – avec la technique délicate mais solide qui a fait la réputation de Bridgeford Garr dans le monde entier. Elles sont en argent filigrané, avec des cabochons de lapis, ce qui est à tout le moins une combinaison royale. Pour vous, mesdames, si vous avez les yeux bleus, ces pierres leur donneront une profondeur encore accrue – demandez à toutes celles qui ont acquis nos accessoires en lapis. Voyez donc comme notre éclairage en studio se joue sur les arêtes de la taille des pierres! Ces boucles, mesdames, charmeront les yeux de tous vos admirateurs, nous vous le garantissons. »

Je n'arrivais pas à croire que j'avais pu accéder librement à une pornographie pareille; et pourtant je n'avais actionné aucune touche « Réservé aux adultes » sur mon boîtier du câble, et je n'avais pas appelé discrètement une des chaînes X à péage pour acheter la vision de ce programme. Je me dis qu'à une heure aussi tardive les patrons de chaînes pouvaient sans doute programmer pratiquement n'importe quoi en toute impunité. J'en avais la preuve sous les yeux. Le plan fixe braqué sans désemparer sur le cou et la gorge du modèle du moment me paraissait absolument captivant. La qualité de la réception vidéo était d'une définition si folle qu'il ne pouvait s'agir que d'un signal en direct, d'une résolution et d'une immédiateté plus riches qu'un enregistrement sur cassette Bêta de professionnel. Je distinguais les coups de pinceau qui avaient appliqué le maquillage télé de la jeune femme, tantôt en taches, tantôt en volutes, comme les étoiles dans un tableau nocturne de Van Gogh; je voyais le duvet blond sur sa nuque, qui montait en s'épaississant et infligeait un démenti au noir laqué de ses cheveux, coupés court à la mode, une couleur qui permettait de mieux faire ressortir l'éclat luxueux de sa pacotille à bas prix.

« Sympa et original, cette création de pendants d'oreilles est munie d'une attache en Diamonette de deux carats. Peut-être êtes-vous un amoureux qui soupire pour cette dame venant de commencer une collection de Diamonette ? Un mari qui va bientôt fêter ses noces de quelque chose, ou peut-être alors un fils aimant qui cherche un cadeau vraiment à part pour la fête des Mères ? L'ensemble de cette création atteint un total de onze carats. Ce n'est pas lourd, mesdames... c'est tout simplement superbe. Je voudrais demander à notre charmante Karen : Est-ce qu'ils sont agréables à porter ? Oui ? Eh bien, on a l'impression que vous êtes née avec, c'est vous dire l'effet qu'ils me font depuis l'endroit où je me trouve. »

Il y avait un aspect dans la présentation de ces mannequins, l'enchaînement sans logique, et à un rythme soutenu, d'un « type » après un autre, leur réduction à des détails identiques, interchangeables et isolés du reste, qui me donnait presque l'impression d'avoir intercepté une retransmission clandestine à la télé de *Gorge perforée*. La caméra planait amoureusement au-dessus de surfaces marquées de manière provocante de rose et de pigment, tout un paysage charnel qui se modelait dans l'ombre de tendres vallées, en crêtes peintes, le tout couvert régulièrement comme par de fines moraines de beige et de brun, des terres vierges qui attendaient patiemment d'être envahies, ravagées et violées.

En quelques instants, le TeleMall Network passa à une émission consacrée à des « Idées de Confort domestique », me laissant dans un état d'excitation presque panique. Pourquoi n'avais-je jamais remarqué précédemment cette débauche de chair fraîche ? Je sautai sur mon magazine télé et, n'ayant trouvé nulle part le détail de la programmation de TMN, je notai un pense-bête à mon intention en marge des chaînes qui transmettaient leurs programmes, ainsi que l'heure à laquelle commençait la séquence « Boucles d'oreilles et Colliers ».

Le lendemain soir, je commençai à enregistrer « Boucles d'oreilles et Colliers ». TMN consacrait trente minutes cinq soirs sur sept à cette séquence, ce qui signifiait que je pouvais caser toute une semaine d'exhibitions sans redites sur une seule cassette vidéo de bonne qualité.

« Et voici maintenant Daisy. Daisy, qui a grande allure dans un style qui, s'il est très abstrait – ce serait le mot qu'on emploierait, je suppose – mais rappelez-vous que les abstraits, il y en a plein d'accrochés dans les musées, et vous savez pourquoi ? Oui, bien sûr : parce qu'ils ne se démodent pas. Et ces deux-là, vous pouvez les accrocher à vos oreilles. Et veuillez bien noter que ce modèle existe seulement pour oreilles percées... »

« Les mots qui me viennent sont *jeune* et *contemporain* quand je vois ce modèle vraiment original créé par Taylor & Estes. Comme vous voyez, ce sont des anneaux cerclés avec un effet de patine étonnant le long de chaque crête. Absolument superbe. Ils se ferment avec une barrette de sécurité, ce qui rend l'attache très solide, idéal pour une soirée dansante. Secouez la tête un bon coup, allez-y, Chelsea ! Encore, plus fort ! Là, comme ça. Comme je disais, c'est très jeune, très pratique, mais il n'y a aucune raison pour que ce ne soit pas aussi un accessoire parfaitement approprié, pour une partie de bridge entre voisines, pour vous, mesdames, qui êtes un peu plus posées. »

« Cette boucle d'oreille particulièrement séduisante, style pendant, par Pucci de Milan, avec une configuration classique en nébuleuse, extrêmement légère. Elle ne tire pas sur le lobe de l'oreille, comme certains modèles de pendants de style un peu osé. Et, vous les avez reconnues, ce sont bien des diamonettes qui sont montées sur la corolle autour du noyau peint à la main. Et le croirez-vous ? Sur chaque paire de ces superbes pendants absolument uniques, le noyau a été peint différemment par cet artiste de renommée internationale, Flavio Pucci. Je ne sais pas si vous pouvez le voir sur votre téléviseur mais ces pierres sont taillées de telle façon qu'elles projettent un effet de prisme littéralement éblouissant qui – enfin, en tout cas ici, dans notre studio ! Très impressionnant. Et cette affaire unique qui est aussi un objet de collection peut vous appartenir pour le prix réservé aux fidèles de TMN de 179 dollars 95. Ou si vous préférez, 45 par mois pendant quatre mois, grâce à notre crédit TMN tellement commode. »

Parfois je baissais le son et j'improvisais mon propre commentaire continu :

« Ce lustre de topaze bleu est la corde parfaite pour l'arc bien tendu de la jugulaire de Jill. »

« Disponible en or jaune ou blanc, cette chaîne en dentelle, une réalisation de Bristol & Bum, assure un écho décoratif au travail délicatement ouvragé des ligaments antérieurs d'Annalee. »

« Ces diamonettes en forme de larmes, prises dans la serre stylisée de griffes en argent massif, fournissent un couronnement de rêve à l'exocervicale de notre Eileen. »

Dans les semaines qui suivirent, les cassettes commencèrent à s'aligner sur les étagères de mon salon, prenant la place l'une après l'autre des livres qui me rappelaient Paige et nos couchers d'autrefois. Comme pour diluer le sérieux authentique avec lequel je considérais mon bestiaire toujours plus vaste, j'utilisais un programme d'étiquetage sur mon ordinateur au bureau pour créer des inscriptions qui donnent un air professionnel à ces compilations pirates. Pour chaque enregistrement, le son était coupé, ce qui me permettait de persévérer dans la composition de mes propres boniments pour ces « chefs-d'œuvre » anatomico-épidermiques :

« On ne manque pas de motifs d'admiration avec cette garniture de perles sur fond noir, en particulier la façon dont elle met en valeur le muscle allongé du cou de Cheryl, telle une défense d'ivoire noyée dans du caramel, qui se sépare en deux avec souplesse autour du renflement tentateur d'un noyau de pêche à moitié visible. »

Hélas, avant que je ne me sois donné libre cours au point de substituer à tout un rayon de livres poussiéreux des cassettes flambant neuves, la chaîne TMN me prit de cours un soir en abandonnant complètement ses mannequins en chair et en os. Au lieu de cela, leur pacotille en diamonettes était étalée sur des montres à collier et des porte-boucles d'oreilles recouverts de velours – des supports en forme de tiges qui se divisaient en branches en forme de virgule inversée, comme pour mettre entre guillemets le double sens de la fascination exercée. J'appelai le numéro vert inscrit sur l'écran, pour formuler mes récriminations, et une opératrice avec un accent du Sud me confia que, dans les dernières semaines, TMN recevait plus d'offres de mariage pendant la séquence « Boucles d'oreilles et Colliers » que de vraies commandes.

J'avais quand même ma collection particulière.

Je la visionnai de manière compulsive, obsessionnelle, me servant de ses images comme d'un chemin pour comprendre plus profondément les cigarettes que je trouvais tellement réconfortant d'avoir dans la bouche. Je réfléchis que, lorsque j'avais fumé un nombre suffisant de cigarettes, mon appartement prenait l'odeur d'une annexe éthérée de la section « fumeurs » du Palais des Ouvreuses, ou de cette chambre enfumée de l'hôtel LaRonde de Chicago. Je me rendis compte que les cigarettes sont une habitude que nous acquérons de ces fantômes de vie de qui nous désirons tout mais qui ne nous laissent rien glaner d'autre ; elles sont les cierges que nous allumons comme devant autant d'autels consacrés aux fantômes, aux mystères et aux démons qui pénètrent brièvement dans nos vies, à seule fin de nous ébranler, comme une méditation en leur honneur. En termes de leur capacité à recréer l'atmosphère de moments spécifiques dans le passé, les cigarettes – derrière le cinéma – sont ce que l'homme a inventé se rapprochant le plus d'une machine à remonter le temps.

Je ne m'en rendis pas compte alors, mais ces pensées, autre conséquence de ma vision de *Gorge perforée*, me préparaient à une autre campagne importante.

Un après-midi, Barry Castleman et moi nous eûmes une conversation à côté de la fontaine à eau sur nos expériences avec le magnétoscope. Il me surprit quand il prétendit avoir dans sa collection personnelle un certain nombre de films qui n'avaient pas encore été sortis officiellement en cassette, et dans le nombre un ou deux qui à cette époque n'étaient pas encore en salles. *Je sais* : mon esprit bondit vers la même conclusion.

J'hésitai à lui poser trop de questions sur ces acquisitions, craignant de lui mettre la puce à l'oreille et ainsi de ruiner mes chances de me servir de ses relations à mes propres fins, mais Barry était du genre bon camarade, et je sentis qu'il voudrait partager ses richesses pourvu simplement que je le fasse parler assez longtemps. Plus le temps passait à chuchoter près de la fontaine, plus il orientait notre conversation vers des descriptions salaces des meilleurs moments de certaines cassettes porno qu'il adorait, avec des actrices qui avaient des noms comme Caren Grant, et Johanna Wayne, et mis en scène par des pionniers du film XXX comme Cecily DeMille ; mais un afflux soudain d'oreilles indiscrètes vers la fontaine le dissuada de parler très longtemps de ces choses. Même Myla Monteith resta longtemps au robinet, remplissant lentement un gobelet en papier tandis que nous nous tenions silencieux, jusqu'à ce qu'elle finisse par le rapporter dans son bureau pour arroser son cactus en pot.

« Ecoute, je ne voudrais pas vous causer des ennuis, à toi ou à ton contact, murmurai-je, mais il y a bien un petit quelque chose que j'aimerais trouver. Si ça te pose des problèmes de me donner son nom, je le comprendrai parfaitement, mais peut-être pourrais-tu lui demander s'il a ça, et si c'est le cas, le commander pour moi ?

– Je vais te dire, proposa Barry, en jetant un coup d'œil derrière lui, alarmé par un bruit qu'il n'avait pas entendu. Je vais appeler le type et je verrai si je peux vous mettre en contact.

– Epatant.

– Comme ça, tu vois, je ne suis pas mêlé personnellement à la transaction, et c'est comme ça que ça devrait être. Tu pourrais te sentir moins libre dans ton choix, si c'était moi qui faisais tes commandes pour toi, pas vrai ? Je veux dire, si c'est un film avec des chèvres que tu cherches, il est probable que tu préféreras ne pas le faire savoir à un bavard comme moi. »

Barry me donna une claque fraternelle sur le bras, pour que je sache qu'il plaisantait, mais que ce qu'il disait tenait parfaitement debout.

A la fin de la journée, après un passage dans les toilettes de la direction, je trouvai en rentrant dans mon bureau une carte de visite posée sur la banquette de la fenêtre. Sur une face, étaient griffonnés le nom *Paul Hood* et un numéro de téléphone situé sur la côte Ouest. Au verso, il y avait un message rédigé par Barry de son écriture la plus enthousiaste : *Ce type-là peut trouver absolument* TOUT *!!!*

En décrochant son téléphone, Paul Hood eut une formule bien nette, comme un homme qui ne perdait pas de temps en cérémonies ou qui ne se formalisait pas d'être identifié à son service : « On trouve tout chez Hood. »

Je lui donnai le nom du client qui m'avait introduit, « Barry Castleman » devenant mon mot de passe pour pénétrer dans ce monde souterrain du divertissement.

« Il y a quelque chose que je cherche depuis un moment, dis-je pour finir.

– Tout le monde cherche quelque chose, philosopha Hood. Ce chef-d'œuvre a-t-il un nom ?

– *Gorge perforée.*

– Le vieux film avec Linda Lovelace ? *No problema.*

– *No comprendo*, vous voulez dire. Pas *Gorge profonde* : *Gorge perforée.*

– Bon, d'accord, et de quoi ça parle ? »

Puis comme s'il sentait ma réticence à me lancer dans des descriptions, il ajouta :

« A moins que ça ne parle de rien ?

– L'intrigue n'est pas très cohérente, mais ça parle bien de quelque chose.

– Eh bien, raconte ! Je ne suis pas là pour te faire la morale, mon pote.

– Le titre ne suffit pas pour entamer des recherches ?

– Pas vraiment.

– Je ne peux pas dire que ça m'étonne. Il n'y avait pas de titre sur le film lui-même, en tout cas pas sur la copie que j'ai vue. Je l'ai vu une fois à Chicago sous le titre *Transylvania mon amour.* Je ne suis même pas certain que *Gorge perforée* soit le vrai titre, maintenant que j'y pense.

– Ah ! *un anonyme*, dit Hood, dont la voix bourrue se fit plus chaleureuse d'une intelligence élargie. Là, on commence à y voir plus clair.

– Vous en parlez comme s'il s'agissait d'un sous-genre à part entière.

– De quoi ?

– Un sous-genre, expliquai-je. Un type ou une catégorie de cinéma. »

Il y eut de son côté un temps mort vaguement insultant.

« Bon, reprit-il, tu vas me dire d'autres trucs sur ce film ou quoi ?

– Je ne crois pas que...

– Ecoute, la rosière, je n'ai pas de temps à perdre ! J'ai des centaines d'appels par jour, et quand ce n'est pas des acheteurs, c'est des grossistes, donc tu me coûtes cher de toutes les manières, tu piges ? Alors accouche ou alors, merde, tu raccroches, O.K. ?

– Je suis désolé, mais c'est que je ne sais pas comment décrire.

– Est-ce que c'est un film branché nibards ? Ou alors peut-être que c'est le genre avec des scouts ? Ou alors un de ces films cochons zoo ? Allez, allez, allez ! Un petit coup de main, quoi, je ne suis pas Jeane Dixon, mec ! Je brûle un peu au moins ? Ou bien alors est-ce que c'est la viande *froide* qui t'excite ?

Il y eut un temps, pendant lequel la température du côté de Hood sembla chuter de plusieurs degrés, ce qui m'invitait à méditer ce qu'il pouvait y avoir au-delà des extrêmes de la cruauté envers les animaux et de l'assassinat entrepris à des fins de divertissement.

– Attends une minute – qui c'est qui t'a donné mon numéro, tu disais ?

– Barry Castleman ? De Friendship, Ohio ?
– Et comment ce type-là a-t-il eu mon numéro ?
– Pas de panique. Je ne cherche pas de « snuff movies ».
– T'es flic ?
– Non.
– Alors, je sais, dit-il et sa voix baissa soudain d'une octave entière sous l'effet de la tension. Je crois que je sais ce que tu cherches, mais c'est trop tard. Je sais ce que tu cherches, tu veux celui avec machine-truc-chouette. Hein, l'actrice de la télé ? Tu sais qui je veux dire, celle qui s'est fait virer de ce gros feuilleton, il doit y avoir cinq ou six ans.
– *Gorge perforée* n'est pas un téléfilm, lui assurai-je, croyez-moi.
– Tu sais ce que je veux dire. Fais pas le malin. Tu sais bien, tu la connais, celle dont je parle, avec ses beaux cheveux, irlandaise, la garce, cette salope d'Irlandaise. On n'en a plus jamais entendu parler, pas vrai ? Ben, mon pote, elle est pas partie en Californie pour passer des auditions, ça, tu peux me croire. Non, elle est pas en train de faire une brillante carrière au milieu d'autres stars. Je vais te dire, moi, avec qui elle a dansé le dernier tango. Parce que j'ai la bande, enfoiré ! »

La cassette que Hood se mit alors à décrire n'était pas *Gorge perforée*. Je le sus dès le premier adjectif ordurier qu'il utilisa. Néanmoins, je fus poussé à le laisser aller jusqu'au bout par le vague espoir qui dansait en moi que ses paroles pourraient peut-être m'arracher à l'impasse dans laquelle je me trouvais coincé du fait de ce film, même si je courais ainsi le risque d'être mis au courant de folies encore plus sombres.

« Je ne me rappelle pas son nom, mais toi, tu t'en souviendras dès que tu l'auras vue. De beaux nibards, mais ils sont tout le temps flous parce que la caméra regarde plus bas. Rien n'est caché, mec, elle enlève le bas. Toute rose qu'elle est, le maillot complètement dégagé à la cire, y a plus rien à imaginer, c'est la totale. Comme ils disent ; voir cette cassette, c'est comme de regarder un rêve fait par une espèce de dingue, tu sais, parce que, tu vois, t'as l'impression de la connaître, cette fille, et puis voilà tu la connais pas. Une fois le rêve commencé, il se met à mal tourner et tu te mets à penser que tu ferais p't-être mieux d'envoyer balader toute cette merde, d'éjecter la cassette, et puis voilà, en fait tu peux pas, tu sais ? Tu sais comment c'est, hein ? Hein ? Je sais que t'es encore en ligne, mec ; j'entends bien que t'es en train de te branler....

« Ben voilà, quoi, les voilà tous les deux en train de remuer leur viande et de tremper le biscuit, mais v'là qu'au moment où le type commence à jouir, il se met, j'sais pas, à vibrer ou un truc dans ce goût-là. Il vibre tellement qu'on ne voit même plus clairement sa silhouette, tu sais ce que je veux dire, et il devient tout rouge, quoi, et on dirait, t'sais, putain, merde ! On dirait qu'il brûle d'une espèce de fièvre et ses omoplates commencent à s'agiter et à battre comme chez un papillon, et il est rouge et vrombissant comme une putain de Ferrari et puis... Oh, putain, mec...

– Et puis quoi ?

– Putain, putain de merde, poursuivit Hood d'une voix brisée par l'émotion, ce type qui est avec elle, quand il s'arrête de vibrer, ce que tu vois... Un silence vertigineux. Abyssal.

– Hood ? »

Il chuchota comme s'il ne voulait pas qu'on l'entende :

« Il se retourne comme s'il se rendait compte tout d'un coup qu'on le mate. Et quand il se retourne, ce que tu vois, c'est... c'est le *Diable*. En personne....

– Vous voulez dire qu'il y a un fondu enchaîné, raisonnai-je. C'est un vieux gag de petit film burlesque qui remonte à très longtemps. On fait partir en fumée un homme qu'on remplace par un acteur portant des cornes et une fourche. C'est Méliès qui a inventé ça.

– C'est – pas – du – tout – ça – que – je – dis, espèce de sale con.

– Je ne...

– C'est pas ça que je dis, c'est tout.

– Allons donc, vous ne croyez tout de même pas que je vais croire que...

– Je te l'enverrai. Tu le regarderas un peu, rien qu'un tout petit peu, et tu verras. Mais faut que je te prévienne, je ne t'ai pas tout dit. C'est... dur de dire tout.

– Il y a autre chose ?

– Je crois, oui. Quand j'ai vu ce truc rouge et velu qui commençait à se retourner, on aurait dit qu'il avait senti ma présence. Je sais, c'était enregistré, mais j'ai éprouvé une sensation de danger imminent, comme si, au cas où il se retournait complètement pour faire face à la caméra, il allait pouvoir me voir. Et que s'il me connaissait de vue, il pourrait me trouver. Je ne voulais pas courir ce risque alors j'ai effacé le reste. Tout sauf la baise et le début de la... enfin tu vois.

– Métamorphose ?

– Enfin, dit Hood carrément en retrouvant sa garde. Ça ne ressemble pas à ton *Perfore ma gorge*, hein ?

– *Gorge perforée*, corrigeai-je. Non, Dieu merci. »

Il y eut un temps bref.

« Tu penses probablement que tout l'argent que je gagne me passe dans le nez, pas vrai ?

– Mais vraiment, ça n'est pas mes affaires, ce que vous faites avec votre argent ou votre nez, monsieur Hood.

– Hood tout court, c'est comme ça que ça me plaît.

– Comme vous voulez.

– Voilà qui est parlé en homme qui meurt d'envie d'avoir une cassette donnée. Tu me traiteras de cinglé, mec, mais il y a des films qui circulent qui peuvent vraiment te démolir complètement. Gérer un service comme le mien, c'est comme être pharmacien, tu piges ? Mes étagères sont remplies de vidéos non censurées, pur et dur, et c'est à moi de passer un jugement sur ce qu'il prudent de prescrire à mes clients et dans quelles quantités. Je pourrais gagner une fortune avec cette cassette... *tu sais*, et il se coupa pour chuchoter clandestinement, *celle dont je viens de parler*, si elle était complète, mais je n'ai pas regretté une minute de l'avoir effacée. Même pas une seconde. Tu sais pourquoi ?

– Dites-le-moi.

– D'accord, mais que ça reste sous le manteau. Après avoir effacé cette cassette – tu sais laquelle –, je me suis souvenu que j'en avais vendu un exemplaire à ce type qui habitait dans ce trou près de Lubbock. Je suppose que ces cow-boys ressentent la solitude et il cherchait des films hard avec cette actrice, et il avait entendu dire que j'avais beaucoup de stars à poil dans ma collection. Si les gens veulent Madonna avec Warren Beatty, Sharon Tate avec Roman Polanski, ou même Marilyn avec JFK, peut-être que je ne l'ai pas en magasin mais je te ga-ran-tis, nom de Dieu, que je peux mettre la main sur n'importe quoi. Si jamais c'est arrivé, il y a forcément *quelqu'un* qui a la bande. Crois-moi, mon pote, je mélange pas les torchons et les serviettes, tu vois ce que je veux dire ?

– Lubbock », dis-je pour le remettre sur le droit chemin.

Il restait silencieux, comme s'il était en train de rassembler ses forces pour continuer ou de s'interroger sur la sagesse qu'il y avait à le faire.

« Lubbock, Texas, poursuivit-il. Bon, j'avais vendu la cassette avant d'avoir pu y jeter un coup d'œil moi-même, hein ? J'ai des dizaines de milliers de cassettes ici, et il n'y aurait pas assez d'heures dans une vie. Après avoir fini par la regarder et y avoir trouvé ce que je t'ai dit, j'ai tout de suite appelé ce type pour le prévenir de ce qu'il y avait sur la cassette, pour lui offrir de le rembourser et peut-être pour qu'il la renvoie. Je n'ai même pas attendu le lendemain matin. Au téléphone, ce n'est pas lui qui a répondu, mais quelqu'un qui m'a dit que ce gars n'était pas là, et que si je voulais bien laisser mon nom... Eh ben, bordel, mon pote, je suis pas né d'hier ; je reconnais quand c'est un flic qui parle. Alors j'ai raccroché avant qu'ils aient pu remonter jusqu'à mes fesses.

« A ce que j'ai entendu dire plus tard, la femme de ce gars l'a trouvé dans son coin télé, vers deux heures du matin, le slip baissé sur ses chevilles. Ça lui a fait un tel choc, comme elle a cru qu'elle l'avait surpris, ce pauvre con, en train de se tirlipoter le bazar, que sur le coup elle n'a rien remarqué... mais ses yeux avaient été complètement explosés. Enfin, pas vraiment. La vérité, c'est qu'ils avaient été consumés jusqu'à la racine.

« Maintenant, conclut-il après un temps significatif, avec une voix complètement ressuscitée, peut-être que tu peux dire quel petit truc minable tu veux, toi. »

Je lui décrivis *Gorge perforée.*

A mon immense soulagement, Hood connaissait le film. Il en avait un exemplaire en rayon, sans titre sur la copie, mais il reconnut qu'il n'était pas dans un état extraordinaire. *Il te programmera Satan en personne dans ton magnétoscope pour te passer les yeux au gril, mais au moins c'est un commerçant honnête*, pensai-je. Je dis à Hood que je pensais bien que toute copie du film serait pleine de raccords agaçants, et de bouts de séquences manquantes, mais il m'expliqua qu'il parlait en termes de déperdition générationnelle.

« L'exemplaire que je te vends est la copie de la copie de la copie de quelqu'un d'autre, énuméra-t-il.

– Eh bien, suggérai-je, vous serait-il possible de remonter à la source, de remonter d'une ou deux générations vers la cassette d'origine pour me faire une copie plus lisible ? Je pourrais vous offrir un dédommagement en conséquence.

– Impossible de m'offrir un dédommagement en conséquence, mon pote. Tu ne sais pas à quels genres de mecs j'ai affaire. Je pourrais te laisser prendre mon original, ce serait une génération de gagnée, pour cinq cents dollars. C'est à prendre ou à laisser. Je pourrais en tirer plus, mais je me dis que je peux faire économiser du fric à des gens qui savent garder un secret. Tu ne diras rien à personne sur l'aveugle de Lubbock, pas vrai, mon gars ? De toute façon, tu pourrais rien prouver.

– A votre avis ? demandai-je.

– A *ton* avis ? répliqua-t-il.

– Je pense que vous n'êtes probablement pas le genre qui raterait une vente parce qu'un client lui dit qu'il craint un maximum.

– Oh que non ; je ne suis sûrement pas ce genre-là.

– Vendu au monsieur de l'Ohio pour cinq cents dollars. »

« Le moins qu'on puisse dire, c'est que Paul ne fait pas l'effet d'un diplômé de l'Université, hein ? observa Barry en riant quand je le remerciai le lendemain du contact. Ces cassettes qu'il regarde lui ont vraiment bousillé le cerveau. Mon oncle Ed, c'est la Seconde Guerre mondiale qui l'a rendu comme ça. »

J'envoyai un chèque de cinq cent cinq dollars à Paul Hood, les cinq dollars supplémentaires pour couvrir les frais d'envoi et de dossier. Peu de temps après, je reçus ma note de téléphone, qui me prouva que notre conversation irréelle avait bien eu lieu. Je passai deux fois ma pause-déjeuner à la bibliothèque centrale de Friendship, pour examiner, par pure curiosité, les journaux de Lubbock de l'année dernière sur microfilm et je trouvai l'article désiré dans les dernières pages d'un numéro de février. Il y avait une petite photo d'un homme d'âge mûr. Je déglutis lentement et je fixai ses yeux sympathiques sur la photo – site à venir de deux cavités calcinées.

Mais quelle est donc la profondeur de l'océan ?

La femme de Barry Castleman décida ce week-end-là d'aller voir sa famille à Indianapolis, nous laissant lui et moi (selon son expression) comme « des matelots sur le paquebot *Célibataire* ». Après le travail le vendredi, nous allâmes dîner ensemble chez Sarno, relevant leur plat du jour, du veau parmigiana, des derniers ragots du bureau. Le repas commença par de l'alcool et se poursuivit de même. A son troisième bourbon, Barry, qui était pourtant loin derrière Myla Monteith dans la hiérarchie de la boîte, prétendit qu'il l'avait fait jouir avec ses doigts dans un ascenseur arrêté entre deux étages. Nous ressortîmes l'ancienne rumeur de l'implant pénien du Vieux et, fatigués, nous finîmes par exhumer tous les cadavres qui pouvaient traîner dans les placards dont nous avions la clé. J'exprimai ma tristesse d'avoir appris dernièrement aux informations que le cinéma Eros avait définitivement fermé ses portes, et Barry fit la remarque, les yeux fixés, par la fenêtre, sur les voitures des gens rentrant chez eux le samedi soir, qu'il n'avait jamais eu tout à fait le cran de mettre les pieds dans ce trou à puces et à viande déliquescent.

« Toi, qui as mis ton doigt préféré à Myla Monteith ? lui demandai-je ironiquement.

– Ouais, c'est mon horoscope qui m'avait dit que je ne risquais rien à faire ça. » Il sourit et fit signe au barman.

»Et qu'est-ce qu'il t'a dit pour ce week-end ? »

Il finit son verre d'un trait.

« De ne pas parler aux putes à l'église. Donc, quoi qu'il arrive, pas question d'aller à l'église. »

Quelque part entre notre troisième et notre quatrième verre, un couple marié de noceurs que connaissait Barry – Kirsten et machin Fosseck – firent irruption bruyamment comme des spectres du temps de la Prohibition, et se joignirent à nous en se serrant à notre table, épaule contre épaule, et en commandant une nouvelle tournée générale. Il ne fallut guère de temps pour que, ayant bu assez de Chivas, je me foute bougrement du manque de discrétion avec lequel j'admirais la gorge nue de cette fille, Kirsten, mise en valeur de façon si séduisante par ses yeux bleus et ses cheveux blonds permanentés – dont la frange suivait la ligne de sa mâchoire. S'apercevant de mon intérêt, son mari m'étonna en la jetant au loup.

« Danse avec lui, Curse », encouragea-t-il au moment où le juke-box se lançait dans une chanson de Jimmy Buffett – ce qui n'est pas du tout le type de musique sur laquelle je danse, mais elle n'était pas non plus ma femme et COUPE nous n'étions plus chez Sarno, car je me rappelais qu'il n'y avait pas de juke-box, ni de piste de danse ; Barry et moi étions partis de chez Sarno un peu plus tôt, portés vers le sud par une brise de Chivas et soutenus par Austin Nichols.

Un autre homme aurait profité de la proximité de son oreille parfaite pour lui murmurer une invitation à aller occuper un compartiment bien tranquille dans les toilettes pour hommes, mais la question qui me vint aux lèvres en réalité fut de lui demander si elle était de l'Ohio. Elle me regarda comme si elle ne m'avait pas bien entendu. L'importance que j'attachais à cette chose dans mon ivresse m'étonnait. Sa réponse fut hésitante, comme si c'était quelque chose de trop personnel pour le demander à quelqu'un dont on vient de faire la connaissance, particulièrement quelqu'un qui avait tout l'air de filer un mauvais coton. Oui, en effet.

« A propos, dit-elle, je suppose que des félicitations sont de rigueur.

– Et pourquoi donc ? demandai-je.

– Ce bavard de Barry Castleman a laissé échapper une allusion à votre nouvelle pub de voitures qui va bientôt être tournée, là-bas à Hollywood. Le succès d'un de nos concitoyens.

– Ça a déjà eu lieu », dis-je en pensant : *On trouve tout chez Hood.*

J'ajoutai au bout d'un moment : « On ne m'a pas invité au tournage.

– Oh ? Pourquoi pas ?

– Le réalisateur était un de ces petits génies européens. Il avait son idée sur mes idées. »

Elle reposa sa tête sur mon épaule ; elle avait le poids agréable de la compassion. Tenir une autre femme dans mes bras, une autre femme de l'Ohio, avait un effet désorientant, d'une familiarité troublée, comme un rôle repris par la doublure. Ce n'était pas une aventurière cosmopolite, comme celle avec laquelle j'avais plutôt dormi que couché à Chicago, mais une femme du cru, qui aurait pu naguère être sur les rangs pour devenir ma femme, ma maîtresse, ma voisine ou ma collègue de bureau et – waow, nom d'une pipe ! – mieux valait que je lâche cette poupée tant que j'étais encore assez sobre pour résister à mes instincts. Heureusement, Castelman m'épargna ce ridicule en venant prendre ma place après le deuxième refrain. « Gare aux ongles de ce gamin », l'avertis-je en m'en allant, et je repartis entre les tablées de spectateurs qui tournaient autour de moi. Je regardai ce bavard de Castleman mouler Kirsten sur son corps, suivant les graphiques de l'expérience, tandis que la piste de danse se réduisait à un unique carreau où ils étaient les seuls à se tenir.

Merde, où étais-je ?

Le parking n'était pas plus stable, quand nous remontâmes la pente en courant : l'épave imbibée de Barry Castleman, le couple marié, dont mes sens me disaient qu'ils étaient partis en quête d'un troisième partenaire, et moi, ce petit vieux traînard à la vessie trop pleine. Notre vision alcoolisée scruta dans le vide plein à craquer et couvert de gravier, à la recherche de leur voiture.

« Bon, gueula Barry, où est la vulve de Kirsten ?

– La *Volvo*, corrigea-t-elle avec un rire grognon à moitié choqué. Vraiment, Barry ! »

Elle me regarda fixement, comme si Barry avait mentionné une chose à laquelle elle espérait que je pensais, pour voir s'il y avait dans mon expression le moindre signe de rougeur ou d'appétit. Le regard de Kirsten Fosseck ne broncha pas avant que Barry et le mari anonyme et incohérent ne soient montés dans la voiture. Je montai à l'arrière, à côté de Barry, qui, ivre mort, avait adopté une attitude étonnamment réservée.

Après quatre ou cinq pâtés de maisons, à l'arrêt sous un feu rouge, Barry me tira doucement par la manche, si doucement que ç'aurait pu être une brise errante, mais c'était une nuit de mai très froide pour la saison, et nos vitres n'étaient pas baissées... ce qui était exactement ce que voulait dire Barry. Il me fit signe faiblement d'un doigt recourbé d'ouvrir ma vitre, et je m'exécutai car j'avais besoin d'air moi aussi. Barry s'approcha péniblement de la fenêtre par-dessus mes jambes, se pencha et éjecta jusque dans le caniveau d'abondantes quantités de crème anglaise fermentée.

Je n'avais jamais vu un homme à qui sa femme manquait autant.

Quand nous nous arrêtâmes devant mon immeuble, il était deux heures largement passées. Le mari, dans le rôle du chaperon, dormait bruyamment et Kirsten se retourna sur son siège pour me regarder, en laissant tourner le moteur. Je frissonnai à l'idée que le bruit puisse inquiéter mes bonnets de nuit de voisins et amener à la fenêtre un ou deux visages jaloux.

« Et si je ramenais ces deux-là chez eux, dit-elle avec de douces paroles qui prêtaient de l'urgence à ses yeux bleus durs, et puis peut-être que je pourrais revenir sur mes pas... ? »

Quelque chose en moi dit non, sans hésitation.

« Je suis très touché, Kirsten, mais écoutez : je porte la poisse. Je suis comme la page des nécrologies, à vous dire la vérité, devant Dieu. »

Elle ouvrit de grands yeux, à demi stimulée peut-être par ma déclaration, mais parfaitement incertaine quant à savoir si c'était une hyperbole pour dévier ses attentions ou bien l'authentique détonation d'un pistolet chargé. Je ne sais pas bien pourquoi j'ai dit une chose pareille ; à l'origine il y avait le sentiment de quelque chose qui n'allait pas, la conviction que ce n'était pas là une caravane dans laquelle je devais m'embarquer.

Je serrai la main de Kirsten, en écoutant le cliquetis de son bracelet et le son de son nom dans ma bouche, et je serrai étroitement mon oreiller en emmenant ces deux souvenirs au lit avec moi.

Ce à quoi Barry et moi avions survécu ce soir-là faisait une impression énorme et significative, mais au cours des semaines qui suivirent, cette impression se réduisit à la honte la plus élémentaire sous les feux croisés du bureau. Le Vendredi noir devint une soirée que ni lui ni moi ne souhaitions nous rappeler ; et par la suite, à chaque fois que nous nous rencontrions au bureau, l'expression évasive de Barry éveillait des souvenirs où je lui tenais le ventre, où je le voyais vomir depuis un lieu si profond en lui qu'il n'avait jamais trouvé à s'exprimer et je savais pourquoi.

Le lendemain matin, une enveloppe rembourrée avec un cachet de Santa Barbara apparut sur le seuil de ma porte. Elle contenait *deux* cassettes.

DÉMOLI

La plupart des films sont faits pour être vus et connus entièrement dès le premier coup d'œil; ils tendent aussi à s'évaporer dans notre esprit dès le premier passage. Tout film qui vaut d'être connu mérite d'être *bien* connu, d'être vu plus d'une fois, mais les films qui sont vraiment les meilleurs tendent à nous séduire par une réalité virtuelle qui nous ouvre ses portes toutes grandes pour que nous nous y enfuyions, peut-être une fois par an, tout le reste de notre vie. Nos films préférés, nous devrions les entourer d'affection, aller revoir leurs villes, faire la connaissance de leurs personnages, les adorer pour les reperdre une nouvelle fois, rejouer leurs intrigues jusqu'à une complète assimilation, comme pour un disque favori, un traumatisme familier ou une bonne longueur de bitume.

En un sens, *Gorge perforée* participait des deux catégories. Je crois vraiment qu'il s'était révélé complètement à moi dès la première vision, avec toutes ses dimensions et ses connotations; un vrai coup de foudre. Il avait pénétré si profond dans mon âme que j'avais pu aussi revisiter le film par la mémoire, et de façon si vive que mon propre souvenir du film était devenu une sorte de *sexualité virtuelle*. Tout en allant dans mon subconscient à la pêche aux idées, au travail, sur le trajet du retour en bus, et pendant des sessions-marathon de « Boucles d'oreilles et Colliers », mon souvenir de *Gorge perforée* avait abattu les murs de mon moi ancien et rajouté une nouvelle aile à ma demeure de l'expérience, un agrandissement dérangeant, avec des plafonds surhaussés et des pièces en souterrain.

Bien sûr, aujourd'hui, absolument tout ce qu'il serait possible de vouloir savoir sur *Gorge perforée* est (ou était) mis en fiches, mais en ce temps-là, c'était à nous qu'il incombait de constituer à notre usage une forme de lumière à partir des tessons de ténèbres que nous pouvions trouver au hasard. La cassette pirate de *Gorge perforée* qui arriva de Santa Barbara n'était elle-même qu'un fragment; elle paraissait complète, mais, comme Hood m'en avait prévenu, elle était distante à plusieurs générations de sa source originelle, et le flou de son visuel était à de nombreux égards moins fiable que ma propre rétention mentale de ses images et de sa voix off. Je soupçonnai que Hood, tout en prenant l'argent que je lui avais envoyé pour son exemplaire personnel, m'avait envoyé une reproduction bon marché. Les défauts générationnels étaient néanmoins informatifs : je voyais assez du film pour dire qu'il avait été copié de la même copie qu'on avait montrée à l'Eros, toutes les coupes étaient exactement telles que je les avais vues auparavant, et il manquait aussi bien la scène du massage que celle de l'hôtel. Essentiellement, j'avais payé le prix fort pour avoir la preuve, fournie de façon convaincante par la mauvaise définition de l'image sur la cassette, du fait que je n'étais pas le seul collectionneur qui s'intéressait à ce film précis. Je regardais souvent la cassette malgré ses défauts, ne fût-ce que pour me remettre en mémoire que je n'étais pas seul. Nous étions encore dans la clandestinité alors, dans l'ombre comme des graines.

Voir pour la première fois l'immense image grand écran resserrée aux dimensions de la vidéo me donna un sentiment erroné de maîtrise sur le film. Alors qu'il m'avait absorbé précédemment, voilà que maintenant je pouvais l'absorber. Je laissai pourrir les quatre autres pièces de mon appartement, la poussière s'accumuler sur les surfaces et la vaisselle s'entasser dans mon évier et autour, me consacrant tout entier à l'examen intensif de cette nouvelle aile depuis ma salle de séjour. La mauvaise qualité de la bande me forçait à me concentrer sur les images avec plus d'agressivité qu'il n'était raisonnable ou confortable de le faire. Après chaque vision, je rembobinais la cassette dans un état d'épuisement mental et je fumais un joint pour soulager la pression optique. La tête me battait pendant que je revenais sur le moment où, à la fin du film, le serre-cou indigo était suspendu, immobile, entre les mains de l'Homme aux Gants et où les perles couleur chair auraient pu former absolument n'importe quels mots, ou bien un dessin simplement. Avais-je vraiment une fois vu le mot FIN inscrit sur ce collier ? Comment était-ce possible, quand ma relation avec ce film, *avec cette séquence*, ne faisait à peine que commencer ? Encore une ribambelle de questions, assaisonnée de cachets d'aspirine, et j'appuyai à nouveau sur : Lecture.

Après avoir rafraîchi ma connaissance de *Gorge perforée*, l'un de mes premiers gestes fut d'appeler les services de renseignements de toutes les grandes villes d'Amérique du Nord pour demander le numéro de Lotus Films. Pourquoi ne l'avais-je pas essayé auparavant ? Honnêtement, je ne m'étais pas attendu à trouver leur siège dans les villes qui étaient les centres naturels pour la production et la distribution cinématographiques, mais mes espérances commencèrent de croître quand je composai les indicatifs de sites plus probables tels que Seattle et Boston. Mon excitation atteignit son comble quand, pendant une nuit blanche, l'idée me vint de regarder les pages jaunes de l'annuaire de Friendship. Hélas, il n'y figurait aucune inscription de ce genre et je ne pus trouver aucune liste de récentes interruptions de service.

J'essayai ensuite d'établir au chronomètre la longueur de chaque séquence, à la recherche d'une cohérence numérique dans l'emplacement des coupes du film. Il n'y avait pas de logique apparente, mais je ne pus non plus couvrir le film dans sa totalité ; malgré ma familiarité avec lui, il y avait toujours une image saisissante, par exemple la main de l'Homme aux Gants qui s'avançait pour caresser la gorge d'une femme, pour amener son baiser jusqu'à ses lèvres, comme si elle avait été un gobelet où il voulait boire, image qui m'aidait à oublier les intentions supérieures de la mathématique, et puis une autre image, plus choquante, et une autre qui faisait tomber le chronomètre de ma main.

Il n'y avait qu'un aspect de *Gorge perforée* qui demeurait intact sur la cassette pirate de Hood. La

Dame brune de Shakespeare, cette femme sans nom, qui se voyait offrir le serre-cou à perles à la fin – la condensation de toutes les femmes anonymes, objectifiées, qui l'avaient précédée – me hantait plus que jamais, avec son regard troublé et baissé. Il y avait sur elle un fardeau tacite, qui était visible même dans la brume du mauvais transfert de Hood, fardeau que je me trouvais ardemment désireux de définir et de partager ou d'assumer. Parfois, en passant la cassette, j'arrêtais l'image sur son visage, sur le meilleur disponible, et je tenais une loupe devant l'écran, cherchant entre l'accumulation des lignes de définition des indices reflétés dans ses yeux, révélant son environnement, les lieux où je pourrais la trouver dans le monde réel – qui était après tout le monde dans lequel *Gorge perforée* avait été tourné. Ce que j'y trouvai tout au plus, c'est le reflet bien plus lisible de mon visage possédé qui me renvoyait mon regard.

Après un mois ou deux d'usage presque incessant, mon magnétoscope engloutit la cassette de Hood. Ma machine la régurgita sous la forme d'une interminable écharpe noire de bande déroulée, et il n'y eut aucun moyen de la récupérer. J'appelai Barry Castleman pour avoir le numéro de Paul Hood que je ne retrouvais plus. D'une voix distraite, qui sous-entendait une gêne encore vivace après notre tournée des grands ducs du printemps dernier, Barry me conseilla de ne pas appeler. Le service de Hood avait été démantelé par le FBI, et son empire vidéo clandestin était mort à présent. Il ne serait pas défunt pour toujours, songeai-je, puisque j'avais toujours en ma possession la preuve la plus accablante. Je n'avais jamais rassemblé le courage nécessaire pour programmer cette seconde cassette, celle que Hood avait étiquetée *Aveugle de Lubbock*. Après avoir passé près d'une heure à contempler son boîtier en plastique sans l'ouvrir, c'est l'ange qui l'emporta, et je portai directement cette cassette gratuite dans l'incinérateur de mon immeuble.

Pour l'instant, tout moyen de retour à *Gorge perforée* m'était enlevé. Et c'est ainsi que la sécheresse arriva avant le déluge.

Une chose qui me préoccupa pendant toutes les semaines de séparation qui suivirent fut le sentiment persistant que j'avais aperçu la Dame brune de *Gorge perforée* dans la périphérie d'autres films, comme un spectre hantant les pièces reculées d'autres demeures.

Ma vie continuait, et au moment même où j'arrivais au point où j'allais l'oublier, je voyais ses longs cheveux foncés qui lui tombaient aux épaules, et sa mâchoire carrée avancer laborieusement d'un air décidé au milieu d'un trottoir bondé de Manhattan, parmi des passants qui servaient de décor à une querelle entre Sigourney Weaver et Harrison Ford..., ou se reflétant accidentellement dans un miroir en pied que se disputaient, dans un magasin d'antiquités, le couple en voie de formation Gérard Depardieu / Andie MacDowell, miroir qui, pendant leur marchandage, laissait entrevoir un instant l'équipe de tournage accroupie (était-ce donc dans cette direction qu'elle avait disparu – *derrière* la caméra ?)... ou tournant le dos à la caméra, dans le rôle d'une femme éplorée que réconfortait sa sœur jumelle Jodie Foster, qui ne ressemblait à ma Dame brune que par-derrière. Je n'aurais bien sûr jamais vu des films aussi commerciaux si l'Eros n'avait pas fini cet été par rencontrer son destin sous la forme des machines des démolisseurs.

A un mois environ de la date fixée pour la démolition, je me rendis à une vente d'objets artistiques de l'Eros organisée par la chambre de commerce, et je passai une dernière fois sous ce porche familier. La caissière à la chevelure titianesque et le bouquet si particulier de l'ouvreur, brillantine et talc, s'étaient enfuis dans le passé du cinéma, avec Tyrone Power ; j'avais survécu à ces choses. Les copeaux de bronze tombés du dôme qui couvrait le hall avaient été balayés dans les angles pour dégager l'allée centrale, et ils s'entassaient comme des feuilles dans un bois à l'automne où tout se serait transformé en or ou en éclats. Le plus désorientant au milieu de tant de déliquescence, c'était toutefois que cet après-midi-là l'Eros bourdonnât de tant de vie, l'atmosphère feutrée de ses heures d'ouverture habituelles était supplantée par de bruyants marchandages, des rires et des plaisanteries. Je vis des femmes d'un certain âge – qui avaient flirté en ce lieu en allant voir *Le Chant du Missouri* dans les années quarante, *Confi-*

dences sur l'oreiller dans les années cinquante et *Camelot* dans les années soixante – qui repartaient avec des lampes, des cendriers souvenirs et des caisses enregistreuses, ou qui suivaient d'un air victorieux des groupes de déménageurs transportant des chaises et des bureaux anciens recouverts de poussière vers des destinations de banlieue. Je vis un personnage à l'air particulièrement heureux, couvant de l'œil la machine à pop-corn; j'accomplis mon devoir civique en l'avertissant que ce n'était qu'un décor factice, que l'Eros n'avait écoulé que du pop-corn tout prêt, acheté dans d'énormes sacs transparents, et je m'entendis répondre pour tout remerciement d'aller me faire mettre.

Peut-être était-ce l'absence du personnel du cinéma, mais le sentiment de libération que j'éprouvai à l'Eros cet après-midi-là était à la fois entêtant et onirique. Il n'y avait plus de corde de velours pour interdire au public l'accès du balcon (une pensée compatissante pour l'âme infortunée qui avait acheté les rideaux de velours!); je pouvais aller dans la direction que je choisissais. Je saisis cette dernière chance, et je gravis l'escalier qui menait au balcon depuis longtemps inaccessible. A mi-hauteur dans l'escalier, il y avait, encastrée dans un énorme mur, une imposante mosaïque murale qui représentait une soirée de première hollywoodienne à l'ancienne. L'éloignement prêtait de la magie; certains des petits fragments colorés, je le vis en me rapprochant, manquaient. *Est-ce qu'ils vendaient les mosaïques morceau par morceau?* me demandai-je.

Je continuai, admirant la rampe ouvragée et dorée, confortable et rassurante sous ma main, qui épousait la courbure de l'escalier, jusqu'à la mezzanine affaissée : elle était si parfaitement ajustée qu'elle ne pouvait remplir aucune autre fonction pratique et qu'elle périrait probablement là avec le reste de l'architecture, avec ses moulures en pointe, ses tiercerons en éventail et ses cupidons dodus et hilares. En bas, un lustre avait été acheté et était en train d'être déposé, dans une lumière qui étalait aux regards la honte de ses lourdes toiles d'araignée. Quand j'y arrivai, je trouvai le balcon sombre et sentant le renfermé, mais il offrait une vue excellente sur l'écran et le parterre. Chaque coussin jaune vanille avait été tranquillement remis à sa place légitime; la table renversée était à nouveau à l'endroit.

La plupart des vieux fauteuils sales du parterre, recouverts en velours côtelé, avaient disparu, déboulonnés du sol, troqués contre du liquide, et traînés dehors sous l'éclat d'un soleil contemporain. Comme j'étais sur le point de redescendre, un cafard traversa vivement le dossier d'un fauteuil que venait dorer la lumière filtrant dans le cinéma depuis la mezzanine. J'eus le sentiment d'en être encerclé.

Je fis aussi une visite dans les caves souterraines où j'eus, en voyant les portes d'acier et les surfaces marbrées, un vif et (étant donné les circonstances) absurde sentiment de permanence ; les loges spartiates au fond du bâtiment, où George Burns et Mickey Rooney (oh pardon – alors, disons, *Joe Yule junior*) s'étaient, en quelque décennie lointaine, rendus présentables pour un numéro de music-hall ; et dans un cagibi situé à portée de voix (forte) des bureaux du sous-sol (où j'entrevis un vieux monsieur en bretelles et lunettes bifocales, qui tirait sur un bout de cigare éteint), je retournai des ballots et encore des ballots liés par de la ficelle de petites affiches qui remontaient à trente ans ou plus. Je passai plus d'une heure à fouiller dans ces paquets, ces souvenirs de tout ce que l'Eros avait passé pendant tout le temps de ma vie, mais l'affiche de *Gorge perforée* n'était pas du nombre. Je décidai de prendre une affiche de *Blue Hawaii* comme petit lot de consolation, ainsi qu'un fauteuil pris à ce qui était approximativement ma position dans l'Eros, cette nuit-là où ma vie avait changé pour toujours, et dont la surface cotelée foncée fut révélée par la lumière de soleil comme un bordeaux strié de noir.

Ce fut peu de temps après la vente que je me tenais dans une foule de plusieurs centaines de spectateurs qui portaient leur déjeuner dans un sac en papier pour regarder l'Eros se faire soumettre, comme l'une de ses starlettes des derniers temps, par les coups de boutoir d'une masse. Vlan ! Des pigeons s'envolèrent de leurs niches en plâtre comme des explosions de papier battant au vent dans le ciel d'été. *Voilà ce qui s'appelle tirer un coup*, pensai-je en mon for intérieur. J'examinai la foule et je me dis que, sur cinq employés qui contemplaient la mort de la vieille salle de cinéma, il y en avait un qui avait pénétré à l'intérieur, à un moment ou à un autre, et qui éprouvait des réflexions similaires aux miennes. Et nous nous retrouvions là, à regarder des images qu'elle nous fournissait ; à nouveau, elles ne nous donnaient aucun plaisir, simplement une inquiétude particulière qui avait le goût du plaisir, l'inquiétude qui se trouve *sous* le plaisir. La Reine de la ville mourut à l'hôpital, des tourbillons de vermine s'exhalèrent de son ventre souterrain, comme pour une monstrueuse fausse couche, tandis que d'épais nuages de poussière et de granit pulvérisé retombaient sur les David des années folles gisant dans toute son enceinte, pleins d'une dignité démantelée.

Après quoi j'allais finir mon déjeuner au troisième rang de l'Elite. Modeste salle de projection plutôt que cinéma, l'Elite ne disposait que de 168 places assises (nombre apposé sur fond blanc dans un cadre que les pompiers avaient fixé à l'extérieur de la porte) mais cet après-midi-là, il n'y avait que moi et un autre client assis à quelques rangées du fond. C'est là que je vis *My Fair Hooker* (tel est du moins le titre que ce film aurait dû avoir) tandis qu'il dormait tout le long, un film sans intérêt doté d'un budget surdimensionné avec en vedette l'une des actrices les plus irritantes que j'aie jamais vues. Ce soir-là à la télévision, je vis cette femme dont une pub de magazine faisait l'une des personnes les plus mystérieuses de l'année, et j'entendis qualifier le film que j'avais vu dans une salle pratiquement vide de mégasuccès du box-office.

Avant la fin de l'année, l'Elite ferma aussi. Le centre de Friendship se retrouvait sans un seul cinéma qui lui appartienne en propre. A défaut de salles qui puissent le contenir, le seul recours du fantasme fut de se déverser dans les rues de la ville.

III

« Je lui dis : “ J’ai en tête un spectacle effroyable. Enlevez-le de là. ” Et de fait, son agréable vivacité l’en fit sortir. »

James Boswell
Journal

DISPONIBLE

Une ville sans cinémas est une ville coupable ; c'est un lieu où les rêves sont devenus trop terrifiants pour être partagés, à plus forte raison dans l'obscurité, au milieu d'inconnus pris dans le tourbillon des mêmes images. La fermeture de l'Elite, à l'automne, fut l'occasion d'un éditorial dans notre journal local qui regrettait officiellement que ferme le dernier cinéma du centre ville de Friendship où, il n'y avait pas si longtemps, des exclusivités avec places réservées s'étaient jouées devant des salles archicombles. Encore plus regrettable, affirmait ensuite le journal, avait été la sordide déchéance de l'Elite dans les dernières années, petite boîte où des copies Dolby en fin de carrière étaient projetées en son mono, avec une mise au point toujours approximative, devant des fauteuils vides.

Le Vieux attira mon attention sur l'éditorial. Désormais, Austin avait pris l'habitude de me trouver figé dans une attitude hébétée et contemplative sur la banquette contre la fenêtre de mon bureau, regardant dehors sans bouger, comme obnubilé par une émission débilitante, remarquant parfois que j'avais l'air d'avoir regardé la télévision sans arrêt pendant deux semaines. (Il n'avait pas *idée*...) Plus récemment, passant devant ma porte ouverte, il m'avait aperçu au même endroit et se branchant sur le même panorama, il avait fait cette remarque : « Dites-moi, vous est-il arrivé d'avoir envie de pouvoir changer de chaîne ? » (Il n'avait pas *idée*...)

Quand il eut repris sa promenade hygiénique, je m'aperçus que j'étais en train de me demander si par hasard le Vieux n'insinuait pas, en me suggérant de changer de chaîne, l'offre d'un transfert dans une autre ville. Depuis un certain temps, des rumeurs circulaient selon lesquelles Sutton, Perry & Ingersoll allait ouvrir des succursales à Manhattan et à Los Angeles, quoique, disait-on, Austin, en bon excentrique, ait été fermement décidé à conserver Friendship (Ohio) comme siège central de l'agence. En commentant sous le manteau cette éventualité, nous supposions pour la plupart que Nate Wechsel (qui avait de la famille dans l'Etat de New York) était presque assuré de prendre la direction du bureau de la côte Est ; de mon côté, j'en savais assez pour ne pas faire de suppositions quand il s'agissait d'Austin Ingersoll. Je ne tenais pas particulièrement à partir, ou à être envoyé, vers l'un ou l'autre de ces lieux ; ma vie privée subissait déjà assez de stress sans que j'aille m'installer à New York, et mon emprise sur la réalité était déjà si ténue que je pourrais devenir complètement fou en vivant à Hollywood, entouré comme je le serais de stars en trois dimensions, en chair et en os, les stars que j'identifiais grâce aux images en deux dimensions des films et de la télé.

Je m'assis sur ma banquette et je m'imaginai là-bas, tombant au coin d'une rue sur la vraie Pamela Franklin, ou la vraie Joan Blackman, au supermarché du coin, passant tous les jours devant le bungalow où John Belushi avait fait son overdose et me retrouvant pris dans des embouteillages de limousines aux vitres noires commes des yeux de requin, ou confiant le soin de me représenter juridiquement à Bela Lugosi junior. Voilà des transformations potentiellement dangereuses pour la vie de quelqu'un d'aussi déstabilisé que moi, qui maintenant pourraient facilement se produire.

Telles étaient les idées qui me couraient dans la tête quand le Vieux frappa à ma porte pour attirer mon attention sur l'article consacré à l'Elite.

Comme l'Eros, l'Elite n'était plus mais le magnétoscope – prêchait ardemment l'éditorial – survivrait à ces dinosaures en les remplaçant complètement. Avec le magnétoscope, il n'y avait plus de problème de mise au point de l'image sur l'écran, plus de spectateurs bavards qui empêchaient de suivre le dialogue du film, plus de sodas renversés qui soudaient vos chaussures à un sol en pente.

« Quand j'ai lu ça, dit Austin, j'ai pensé immédiatement à vous... et à la campagne pour le Paradis de la Télé.

– Comment, la commande de *Myla* ?

– Le Paradis de la Télé est le client de Sutton, Perry & Ingersoll, m'entendis-je répondre, et Myla nous a fait savoir qu'elle prendrait un congé de durée indéterminée à ladite société, congé qui court à partir du quinze novembre.

– Je vois, dis-je gravement. Rien de sérieux, j'espère.

– Je ne puis parler pour elle ; vous le comprenez.

– Evidemment. Bien sûr que non.

– En tout cas, j'ai lu cet... *éloge* et j'ai pensé à vous. J'ai pensé que j'allais vous offrir une chance de prouver que je ne me suis pas trompé. »

Je répondis à son défi, et abandonnant ma banquette je me mis à faire les cent pas d'un air affairé sur la moquette qui était déjà bien usée derrière mon bureau.

« O.K., commençai-je (car c'est toujours une bonne incantation), voilà comment je vois le truc. Un mec comme tout le monde – hein ? –, il va au cinéma, il cherche un peu d'évasion. Dès qu'il s'assied, les gens commencent à bavarder. Ses chaussures sont collées au sol. Une grosse dame avec un chapeau encore plus gros se place juste devant lui, un vrai cauchemar de plumes et de cellulite. Le film commence.

– Le film commence... *bon.*

Ma vie continuait, et au moment même où j'arrivais au point où j'allais l'oublier...

– Et cette superbe fille apparaît sur l'écran... mais elle est complètement floue.

– Superbe fille... *superbe.*

– Notre mec s'arrache les cheveux et part gueuler vers le fond de la salle en courant. (On devrait faire ce plan en contre-plongée, qu'en pensez-vous ?) O.K. Ensuite on coupe sur l'extérieur. Et tenez-vous bien, Austin : notre mec arrive devant le cinéma au volant d'un engin de démolition, une de ces grosses masses ! Bon Dieu, je le *vois* d'ici ! Il prend de l'élan et d'un seul coup il abat tout le bâtiment avec sa grosse boule. On insère un plan de liaison et pour évoquer le temps qui s'est écoulé, on montre la construction d'un magasin du Paradis de la Télé à la place du cinéma !

– Oui, je vous suis, ronronna le Vieux. Ensuite on

voit notre héros chez lui, un peu plus tard le même soir, qui introduit une cassette du Paradis de la Télé dans son magnétoscope. Et alors... et alors la petite touche. Il nous faut une petite touche à cet endroit.

– Que pensez-vous de ça ? On coupe sur son écran de télé. A la télé, le film commence et il montre... quoi donc ? Notre héros assis sur le canapé qui est dans son séjour ! Mais ce n'est pas son séjour – c'est un *nuage* ! Et la gonzesse, celle qui était floue tout à l'heure ? Non seulement elle n'est plus floue, mais elle lui apporte une canette de bière et vient s'asseoir sur ses genoux ! Et le slogan ? La fille l'enlace de ses bras et notre héros soupire : " On n'appelle pas ça le Paradis de la Télé pour rien ! " »

Austin souriait tout seul mais je perçus qu'il hésitait sur un détail :

« Je ne sais pas pour la bière, finit-il par dire, ce n'est pas une pub pour une bière.

– O.K. alors, pas de bière. »

Règle d'or de la publicité : Il doit toujours y avoir un défaut dans votre projet pour que le patron puisse le corriger.

Il rumina, faisant les cent pas comme moi mais sur un trajet plus court :

« On pourrait aussi vous accuser de sexisme, supputa-t-il.

– Alors il faut en profiter. Ce genre de chose pourrait nous valoir deux séquences d'ouverture minimum dans *Entertainment Tonight*. Et si la fille est en bikini, peut-être trois.

– Bien sûr, ça dépendra aussi beaucoup de l'acteur, admit-il, mais... », et son sourire rusé apparut, « ça me plaît. »

Il roula son journal et m'en donna un petit coup.

En sortant, Austin se retourna et éclata de rire.

« C'est ça, explosa-t-il, il va voir un film style *Alerte à Malibu* ! »

La nouvelle campagne publicitaire du Paradis de la Télé, destinée à la télévision et aux magazines ne différa que par quelques légères fioritures de ma première inspiration. Pendant que l'on commençait en grand secret le tournage dans un studio d'Hollywood avec Danny DeVito, j'étais assis dans mon appartement de l'Ohio, pas habillé, pas rasé; je tétais un magnum de champagne et je feuilletais un catalogue du Paradis de la Télé qui était parvenu dans ma boîte aux lettres.

Contrairement à ses concurrents, le Paradis de la Télé offrait à ses clients l'accès à des imports japonais, chinois et vénézuéliens qui, à la différence de la plupart des autres pays, partageaient le standard NTSC des cassettes nord-américaines et pouvaient donc être utilisées dans des appareils américains.

C'est au milieu des listes des imports que je trouvai une reproduction, grande comme un timbre-poste, de l'affiche de *Gorge perforée*, décorée de caractères japonais en bandes criardes. Malgré l'absence de titre anglais, il n'y avait pas à s'y méprendre. Je décrochai aussitôt mon téléphone et composai le numéro indiqué sur le catalogue. C'était celui d'une boutique du Paradis de la Télé qui se trouvait sur le trajet du bus que je prenais tous les jours; et relevant le numéro du catalogue, je commandai *Gorge perforée* en import VHS. Après que la voix sexy au téléphone eut calculé le degré de mon envie et ce qu'elle pourrait me coûter, je l'entendis me confirmer l'arrivée de ma commande pour dans trois semaines environ.

Je n'attendis en fait que quelques jours avant de me décider à passer au Paradis de la Télé, en rentrant du bureau, afin de voir leur sélection de disques compacts. J'avais besoin de voix nouvelles pour me bercer de leur chant. A l'intérieur du magasin, les murs étaient couverts de milliers de cassettes à louer, chacune bien rangée dans son boîtier de plastique noir. Je fus agréablement surpris par l'ampleur de leur rayon Opéra en CD (à l'évidence l'œuvre d'un vendeur passionné qui voulait se faire plaisir), et ayant très peu de connaissance de l'opéra à tous les niveaux, je me laissai guider dans mon choix, comme d'habitude, par la photo de la gorge de la soliste sur la couverture. Mon attention venait d'être attirée par la gorge d'une geisha qui, au cours d'une représentation de *Madame Butterfly*, dans l'effort extrême pour pousser une note, avait projeté en avant son muscle, long comme un mince diapason de chair sous la peau; et c'est alors que je surpris une conversation concernant l'arrivée d'une commande. Le gérant de la boutique, un type grand et pâle qui portait un tee-shirt de Siouxsie & the Banshees signa le formulaire au carbone que lui présentait l'employé d'UPS sur sa plaquette. Puis, au moyen d'un couteau suisse, il coupa la bande adhésive renforcée qui scellait le contenu d'un paquet de taille moyenne. Je m'approchai du comptoir et le regardai extraire plusieurs cassettes d'importation de leur emballage pour les empiler une par une à côté de la caisse enregistreuse. Je lus les noms marqués sur le dos des boîtiers : *Tempête dans un point G... Comme le Tampax... Gun Crazy... Blow Up... Les dessous de la novice II... Gorge perforée!* Ma cassette était arrivée, deux semaines avant la date prévue !

Je laissai tomber le CD de *Madame Butterfly*, qui avait soudain perdu toute importance, au milieu des enregistrements de Lynyrd Skynyrd et je m'approchai de la caisse. Mon cœur battait à se rompre car je me sentais euphorisé par le succès de ma visite, mais irrité aussi par l'idée que cette cassette livrée si tôt ne m'appartienne pas, et enhardi par la résolution insensée de ne pas sortir du magasin tant qu'elle ne serait pas à moi. Mille questions me traversèrent l'esprit en un éclair à la vue du col roulé de la vendeuse du vidéoclub, ce qui rendait la situation encore plus redoutable.

Quant à elle, la seule question qu'elle m'adressa fut :

« Puis-je vous être utile ?

– Oui, je crois que cette cassette-là – et je tapai du doigt sur le boîtier correspondant dans la pile – est pour moi. Je l'ai commandée il y a un moment, et c'est simplement un coup de chance que je sois passé vous voir ce soir.

– Un import japonais, hein ? sourit-elle d'un air entendu. On ne regarde pas à la dépense. » Elle tira du lot la brebis galeuse et rentra des données sur son ordinateur. « *Gorge perforée* », dit-elle tout haut en catalputant chaque syllabe vers un infini de mon espace intérieur.

Deux ou trois clientes qui étaient présentes dans le magasin entendirent le titre et se retournèrent brusquement pour bien regarder le genre d'homme qui pouvait commander ça ; l'une d'elles passa son bras autour de son jeune enfant, comme pour le protéger, et le guida instinctivement vers un présentoir coloré préparé spécialement pour la *Cendrillon* de Walt Disney. Il me fallut une force de volonté considérable pour me retenir d'accuser à grands cris *Cendrillon* d'être à lui tout seul responsable de tout le fétichisme du pied et de la chaussure qui existait dans le monde entier.

« *Gorge perforée*, je ne l'avais pas encore vu, celui-là », poursuivit la caissière. Mais mon instinct me disait qu'elle n'était probablement pas en quête d'une invitation. « Ça a l'air vraiment très spécial. Et votre nom est... ? »

Le nom qu'elle prononça n'était pas le mien, mais je l'assumai comme tel dans l'intérêt de la conversation.

Elle sourit et fit le compte de ce que je devais, sans pouvoir s'empêcher de jeter des coups d'œil répétés sur le boîtier, qui présentait une reproduction parfaite de l'affiche d'origine. – Alors, voyons voir, ça fera 169 dollars 95 plus les taxes, soit...

– Je paye par carte », dis-je en sortant ma carte Gold de mon portefeuille. Chacun son truc.

Elle s'apprêtait à appeler l'organisme de crédit pour l'autorisation lorsque quelque chose l'arrêta tout net. Mon nom. Mon vrai nom.

« Oh, attendez, dit-elle en me rendant ma carte. Je regrette, monsieur. J'ai dû mal vous comprendre. Vous voyez, cette cassette a été commandée par quelqu'un d'autre il y a plusieurs semaines. Attendez voir. (Et ses mains coururent bruyamment sur le clavier.) Oui, murmura-t-elle en comprenant la vérité. Vous voyez, votre commande ne date que d'il y a quelques jours. Je suis désolée.

– Je vois.

– Votre exemplaire n'arrivera pas avant deux, trois semaines.

– C'est bien dommage. C'est que, vous savez, j'aimerais vraiment beaucoup l'avoir maintenant. Comme je suis déjà là et tout et tout.

– Je regrette, mais il n'est vraiment pas possible de vous donner cette cassette. » Et d'un mouvement leste, elle la rangea sous le comptoir où, ne la voyant plus, je n'aurais plus, espérait-elle, la tentation d'argumenter pour l'obtenir.

« Allez, je suis sûr que c'est possible, insistai-je. »

L'une des clientes sortit précipitamment du magasin en poussant son fils devant elle.

« Je suis sûr que c'est possible, répétai-je, en évitant de hausser la voix. Ecoutez, j'ai déjà passé beaucoup de commandes, et pas que de cassettes, et je m'entends toujours dire : *Pas encore arrivé, pas encore arrivé.* Ne pourriez-vous pas dire à cette autre personne, si elle appelle pour avoir des nouvelles, que la cassette est en réassortiment, ou n'importe quoi ? Et quand mon exemplaire arrivera, dans une semaine ou deux, vous lui donnerez celui-là ! Enfin, peut-être qu'après tout il ne va pas passer prendre cette cassette avant deux ou trois semaines ! Ne me dites pas que ça ne vous est jamais arrivé auparavant. Il s'agit simplement qu'il ne passe pas aussi tôt que prévu – et encore, peut-être... – et moi je n'aurai pas à refaire tout ce trajet supplémentaire, et en bus qui plus est, pour venir jusqu'ici.

Le trouble qui se peignait sur le visage de la fille était touchant, ce qui rendait d'autant plus excitants les secrets qui se dissimulaient sous son col roulé.

« Il y a un problème, Gail ? » C'était le gérant de la boutique qui venait à son secours. Gail la caissière lui expliqua ce que j'avais proposé et lui, reconnaissant peut-être la violence potentielle impliquée dans ma résolution, fit un geste de la main et dit : « Oh, et puis merde... »

En attendant mon bus sur le trottoir, en face du Paradis de la Télé, je regardai, doucement amusé, la pantomime réciproque par laquelle ils se communiquaient les impressions produites par mon numéro. Quand ses mines querelleuses eurent été apaisées par le patron, je vis Gail secouer la tête vigoureusement, comme pour faire lâcher prise à des démons avant qu'ils n'aient eu le temps de s'emparer d'elle. Le gérant lui donna de petites tapes dans le dos, comme pour dire : *Laisse tomber.* Au bout d'une quinzaine de minutes, le bus arriva et je m'assis à l'écart des autres passagers pour pouvoir examiner mon acquisition sans encombre.

Je déchirai l'enveloppe en Cellophane, visiblement tout juste sortie de l'usine et j'approchai de mon nez le boîtier importé, dépouillé de sa peau, pour bien pénétrer mes sens olfactifs de ses odeurs industrielles d'encre et de plastique, reniflant comme un chien en chaleur pour trouver des traces d'histoires révélatrices. Mais l'odeur de la cassette ne recélait aucune confession : la vérité s'était depuis longtemps desséchée dans l'attente d'une vente et d'une expédition. Mais après une aussi longue attente, je n'allais pas me gâcher la soirée avec des déceptions.

Ce qu'il y avait de particulièrement excitant dans l'achat d'une version autorisée de *Gorge perforée*, c'était l'espoir de voir une copie absolument sans aucun défaut – pas ces bobines fatiguées en 35 mm qui faisaient le circuit des salles spécialisées, ni une cassette de contrebande, floue et fragile, comme celle que j'avais achetée à l'homme chez qui on trouvait tout; mais un transfert direct à partir du négatif d'origine, avec un générique complet, et sans aucune coupe intempestive, bref, où tout ce qui avait été caché précédemment serait remis à sa place et mis à nu, enfin, pour le seul profit de mes yeux.

Qui es-tu, Dame brune, et pourquoi me fais-tu cet effet? Pourquoi ton aura particulière est-elle une chose que je suis le seul à pouvoir voir? Quelle instruction ton image communique-t-elle? Qu'y a-t-il dans tes yeux qui semble aussi brutalement froid et stérile, tout en étant aussi aguicheur? J'ai entendu dire que les nomades survivent à la chaleur accablante du Sahara en s'emmaillotant dans de lourds vêtements, pour s'isoler de la chaleur; tes yeux sont-ils donc la promesse offerte d'un froid encore plus glacé que la vie solitaire dont j'ai hérité, un froid qui pourrait m'envelopper et me protéger hermétiquement de mon hiver de désenchantement? Si tes yeux sont les fenêtres de ton âme, alors de quoi ta gorge est-elle la fenêtre? Pourquoi admiré-je jusqu'à l'égarement la toile âprement tendue de ta peau translucide? Qu'y a-t-il dans la peau imparfaite qui voile tes veines, dans les veines qui emprisonnent tes muscles, dans les muscles qui se bandent autour de tes os?

Qu'est-ce qu'il a qui me hante, ton cou en posture de flexion? Ton cou en posture de rotation? Ta gorge en posture d'extension? Quel est le pouvoir de son aspect latéral? La vue de ta nuque, son aspect postérieur? Le charme tout-puissant de son aspect antérieur? Qu'est-ce qui en moi réagit comme une réponse solennelle aux questions formidables que tu poses, et pourquoi ne puis-je l'atteindre? Le saurai-je jamais?

Le goût de ton sang est-il l'unique réponse, le seul remède à cette fascination? Cet abîme qui s'étend entre nous, entre réalité et fantasme, est-il possible de le franchir? Puis-je bondir tel un acrobate de ce fauteuil fatigué dans mon salon pour me suspendre à ton trapèze dénudé ? Ou bien vais-je tomber quelque part entre les deux et tout perdre ? Ou suis-je déjà en train de vivre cette chute, tandis que tu grandis jusqu'à l'éternité et que ta hauteur infinie me domine, à jamais hors d'atteinte ?

Il y avait de bonnes nouvelles et de mauvaises nouvelles.

La copie importée de *Gorge perforée* se présentait de manière absolument splendide ; la définition de l'image était parfaite, mais en termes de contenu, cette édition autorisée était de loin la version la moins complète que j'eusse vue, car il y manquait non seulement les séquences du massage et de l'hôtel, mais aussi la scène capitale du vin renversé. Aussi, contrairement à mon attente, et mis à part cela, une reproduction *exacte* du film tel que je l'avais vu à l'Eros, au Palais des Ouvreuses, et sur la cassette de Hood. Chaque coupe était identique, pavlovienne, et contribuait de façon bizarre à la magie et au caractère du film, tout autant que les sinuosités des empreintes digitales de son créateur. Cette nuit-là, en rembobinant la cassette, je sus pour la première fois que ce qu'on m'avait fait n'était pas un accident.

Il s'était agi de rien de moins que d'un acte de terrorisme conscient et délibéré.

J'avais tellement fait mes preuves au travail qu'on m'accorda bientôt le privilège directorial d'organiser moi-même le déroulement de ma journée de huit heures. Dès l'automne, je commençai donc à arriver au bureau vers midi, pour travailler jusqu'à vingt heures en déjeunant à seize. Cet emploi du temps revu et corrigé me garantissait cinq heures de ténèbres supplémentaires le soir, condition idéale pour regarder la télévision dans mon appartement ; j'employai ce temps à regarder *Gorge perforée*, à me rappeler les détails des scènes qui manquaient et à monter dans le film sur le plateau de mon imagination des séquences additionnelles dont je faisais comme si elles avaient été filmées mais n'avaient pas été retenues dans la version finale.

Puisqu'il n'y avait plus de cinéma dans le centre où je puisse aller prendre mon déjeuner, j'étais forcé de manger au restaurant comme tout le monde. Puisque à présent j'associais Sarno, le restaurant italien, à des souvenirs désagréables, je n'y mangeais que lorsque j'étais d'humeur abattue ou pensive ; autrement dit, pratiquement aussi souvent que j'allais autrefois sur le Pic de la Veuve. Les autres jours, quand un sentiment d'ennui me submergeait, je me laissais entraîner par la facilité et j'empruntais l'ascenseur du bureau pour monter au dernier étage du Sutton Building, où il y avait une petite brasserie panoramique hors de prix qui s'appelait Les Happy Few. Il faut croire que ma photographie avait été insérée dans une liste de cadres supérieurs travaillant dans l'immeuble, car le maître d'hôtel m'accueillit par mon nom dès ma première visite.

Dans les semaines qui précédèrent son départ de SPI, il n'était pas rare que je voie Myla Monteith dînant là de bonne heure. Elle était toujours seule. Elle commandait des repas spartiates et nettoyait méthodiquement son assiette avec l'air d'accomplir un devoir à contrecœur, comme si la nourriture ne lui avait donné aucun plaisir. Pour ma part, je commandais mes repas avec un véritable appétit, mais je mangeais très peu : juste quelques bouchées, suivies de café et de cigarettes que j'écrasais dans des portions encore intactes (si belles qu'elles semblaient factices) de steak tartare ou de veau à la florentine. Privé de tout compagnon qui m'amuse par sa conversation, je m'attardais en silence à me rappeler les détails de sa gorge noire musclée, ses points saillants, couleur caramel, et ses ombres de chocolat noir. Ces détails étaient devenus plus séduisants, plus intenses, depuis que ses cols avaient tranquillement remonté, quelques semaines auparavant. Myla avait certainement conscience de ma présence dans le restaurant, mais elle semblait bizarrement déterminée à m'éviter, alors que le fait que j'aie récupéré la campagne du Paradis de la Télé aurait dû, logiquement, nous fournir un abondant sujet de conversation. Peut-être sentait-elle mes yeux l'examiner à travers la fumée de mes cigarettes, essayant d'analyser pourquoi elle se réfugiait si brusquement dans des tenues classiques. Certains jours, elle me tournait carrément le dos, et certains jours aussi, en prenant sur elle, elle me faisait face les yeux baissés, plantant sa fourchette dans sa « nouvelle cuisine » avec la discipline la plus inflexible. Je n'ai jamais oublié la fois où ses yeux se relevèrent fugitivement sur moi, marron et insondables, au moment où j'allais quitter précipitamment la terrasse pour régler une nourriture que j'avais été trop nerveux pour avaler.

Aujourd'hui, je peux associer le sentiment de terreur que m'inspiraient ces non-rencontres à l'absence de la séquence du restaurant dans ma cassette importée de *Gorge perforée*. La séquence de l'hôtel manquait dans la version que j'avais vue à Chicago, au Palais des Ouvreuses ; et plus j'y réfléchissais, plus Nancy Reagan et moi avions été attirés l'un vers l'autre par le désir irrésistible de restituer au film son intégralité, ce que nous fîmes en rejouant la scène manquante la nuit même. La disparition de la scène, précédant l'introduction dans le film de son personnage le plus inoubliable, ne pouvait signifier qu'une chose, finis-je par me persuader : *Elle était sur le point d'entrer dans ma vie*.

Chaque après-midi, lorsque je franchissais la moquette orange qui me séparait de ma place habituelle, j'étais effrayé et piqué au vif par la perspective de renverser mon verre de vin, en regardant à l'autre bout de la salle, et de croiser son regard pour ne plus le lâcher. Etait-il possible, frissonnais-je, que Myla Monteith me fût révélée comme la Dame brune du film que j'adorais quand *Gorge perforée* dormait dans sa boîte ?

Négatif.

Après une semaine environ de malaise excitant, Myla prit congé de Sutton Perry & Ingersoll. Des bruits avaient couru sur le pourquoi, et sur son identité, principalement parmi les autres femmes du bureau ; je fis exprès d'éviter de les écouter. Elle n'eut pas un mot d'adieu pour moi ; mais après avoir assisté à son départ avec les autres, je retournai dans mon bureau où je trouvai son cactus en pot installé sur ma table. Il n'y avait pas de carte, et ce n'était d'ailleurs pas vraiment nécessaire. Il aimait étaler ses piquants, mais en fait il buvait très peu d'eau.

LE PROSCENIUM

L'accélération de ma vie professionnelle s'accompagnait mystérieusement d'une peur grandissante de toute autre avancée. Quoique Maverick Motors ait généreusement offert de consacrer notre association, couronnée de succès, par une Nécro LTD, je continuais à me satisfaire de prendre les transports en commun pour faire les trajets aller et retour de chez moi à mon travail ; ma campagne pour la Nécro – bien qu'elle eût presque un an – était encore représentée sur les auvents au-dessus de chaque fenêtre, et je laissais la conduite à d'autres mains. Certains voyaient dans ce choix de laisser les autres « conduire » à ma place une forme d'irresponsabilité, une réticence à saisir les rênes de ma propre vie. Je n'étais pas d'accord ; ce n'était pas de la réticence, mais plutôt la fascination de voir où le flux non endigué des circonstances me mènerait. Et raisonnablement, l'on ne pouvait, non plus, juger irresponsable mon orientation, car ma réticence à avoir des rapports avec des femmes pendant cette phase de ma vie – encore la peur d'avancer – allait à l'encontre de mes inclinations naturelles et était donc la plus grande preuve possible de mon sérieux. Si mes collègues supposaient que je vivais dans l'isolement par réaction à mon divorce (« Quand on a été mordu... », aimaient-ils à dire), c'était plutôt à cause du souvenir de cette soirée affreuse à Chicago, où nous avions défié les rêves et les films de se réaliser. Il semblait que, chaque fois que je m'intéressais à une femme, je prenais conscience de façon aiguë de la manière dont elle livrait aux yeux experts par un nombre indéterminé de signaux des suggestions de son moi secret. Signaux si extérieurs et publics que je semblais être le seul à avoir conscience de leur usage comme langage secret – un peu à la manière des messages cachés que je continuais à découvrir à chaque nouvelle vision de *Gorge perforée*.

Une fois que j'eus observé comment ces messages étaient exprimés par telle ou telle femme, j'en vins à reconnaître, d'un coup d'œil, comment toutes les femmes les exprimaient ; par exemple, tout en observant passivement mes compagnons de trajet dans le bus, je remarquai que la plupart des femmes portaient un ou plusieurs anneaux d'une espèce ou d'une autre. De même qu'une améthyste ou une émeraude correspond à un mois de naissance spécifique, les combinaisons infiniment variables d'anneaux semblaient transmettre des messages cryptographiques, chaque configuration indiquant une biographie différente pour celle qui la portait. *Je suis prise. Je suis en chasse. Je ne suis pas en chasse. Je suis mariée. Je suis veuve. J'ai le cœur brisé. Je suis infidèle. J'ai un amant. Je suis lesbienne. Je suis prodigue. Je suis une femme à histoires.* (Si vous voyez une femme qui porte une bague à chaque doigt, *ça*, c'est des histoires à n'en plus finir.) Il était impossible de déchiffrer les variations plus subtiles. Que voulait dire, me demandais-je, une bague au majeur ? Une bague au troisième doigt de la main *droite* ? Un anneau porté sur une chaîne de cou en or ? Des gants portés hors saison ? Tant qu'à choisir quels textes étudier entre les lignes, j'écartais les femmes et je préférais rejoindre au galop, au cœur de mon être, les images projetées sur les écrans immenses de cinémas depuis longtemps démolis.

Je me sentais un peu mieux armé pour déchiffrer les perplexités posées par les langages secrets des pulls à col roulé et des écharpes qui rencontraient en Amérique une nouvelle popularité, pour la première fois depuis les années soixante – réponse unanime à une tendance de la mode dont les journalistes spécialisés attribuaient l'origine à Stockholm et à Tokyo. L'observateur intéressé pouvait ne pas glaner de réponses immédiates devant une gorge emmaillotée dans un foulard ou un col roulé, mais du moins les questions posées par de tels investissements nous étaient familières. Une femme à la gorge couverte avait soit de bonnes raisons de la cacher, soit, à tout le moins, suffisamment conscience de la sous-culture qui se développait pour éprouver un rien d'intimidation à l'idée de sortir de chez elle la gorge nue. L'une ou l'autre explication était séduisante.

J'étais plongé au cœur de ruminations de ce genre, quand la traversée régulière par l'autobus du centre commercial de Friendship me rendit soudain très attirante l'idée d'errer au milieu de marées de visages et de gorges venant à ma rencontre avant de me livrer à un nouveau dîner en solitaire. Presque avant même de m'être rendu compte que j'avais pris cette décision, je me retrouvai à l'intérieur du centre commercial, recevant en pleine figure des vagues successives d'inconnus qui venaient à ma rencontre. Tout en passant en revue les dernières modes – présentées par des mannequins métalliques sans tête, tout en cous et en doigts écartés – je me dirigeai vers la galerie centrale. A l'intérieur, les magasins étaient décorés d'autant d'*X* que ce bon vieil Eros, l'abréviation *Xmas* pour Noël étant le mot clé des vitrines. Voilà que Noël aussi était en train d'être démantelé, bradé, mis à bas. Je ne puis cadrer dans le temps le moment de ma visite qu'en me rappelant que les soldes d'après les fêtes en étaient arrivés à leurs dernières cartouches, et qu'on était en train de remiser les décorations de Noël au grenier. Qui dira donc si l'année était finie ou ne faisait que commencer ?

J'empruntai l'escalier mécanique pour gagner le niveau supérieur. A la différence de certains autres clients qui prenaient l'escalier roulant au pas de course pour économiser de précieuses secondes de shopping, je préférai me tenir parfaitement immobile – sans progresser vers ma destination, mais en me laissant plutôt porter par ma destinée. En haut, d'autres acheteurs vaquaient à leurs occupations : il y avait un homme d'un certain âge assis sur un banc, qui regardait dans le vide en attendant que sa femme ressorte de chez un coiffeur franchisé avec une nouvelle chevelure... un autre portait des lunettes avec un sparadrap entre les deux verres et traînait devant la boutique de l'opticien spécialisé dans les montures express..., des enfants tiraient par la manche leur maman lasse de marcher, réclamant des BD et des bonbons..., lorsque j'entendis du chambard de l'autre côté de la galerie.

La curiosité me guida vers le lieu du chaos. Je vis une jeune mère qui soulevait dans ses bras un enfant et s'éloignait à toute vitesse, protégeant ses chaussures neuves d'une forme obscène qui filait sur eux au niveau du sol. Alors, je fis le pas qui me permit de découvrir le reste de la scène : une langue liquide et rouge s'étendait sur le sol de marbre, devant une boutique de couleurs qui s'appelait Le Proscenium. Le flot atteignit bientôt la limite de son mouvement vers l'extérieur, et je m'agenouillai au bord pour l'examiner. La teinte était un rouge sang, Technicolor; l'odeur était chimique, et non biologique. Le flot n'exsudait pas non plus de chaleur en évaporation. Le fantasme du moment vacilla.

C'était de la *peinture.*

En m'agenouillant, je relevai les yeux vers la source de l'inondation et... elle était là.

Comme une figure sortie de mon subconscient, brune et boudeuse, portant des jeans et un sweat-shirt vert pâle ras du cou, elle se mit à genoux à l'autre bout de la mare de couleur. Nos postures étaient indentiques. *Par-dessus l'inondation, ses yeux violet foncé entrent en contact avec les siens.* A chaque fois que je changeais de position, ou que je déplaçais la tête ou les bras, je m'apercevais qu'elle copiait mes gestes avec une précision presque étudiée; ça semblait être sa manière, insistante, de reconnaître ma présence. Après un moment ou deux, nous nous levâmes simultanément, avançant instinctivement l'un vers l'autre, ne pouvant chacun supporter la présence de l'autre qu'en nous concentrant sur le ruisseau rouge qui formait un trait d'union entre nous.

Je fis quelques pas en arrière pour la laisser passer. Elle fit quelques pas en avant et rejeta ses cheveux bruns qui lui arrivaient à l'épaule derrière une de ses oreilles sans lobe; cette rectification permettait une vue latérale de sa gorge, du creux de ses salières, des légères traces de transpiration dans ses plis jeunes et tendres, de la pente qui descendait vers le col ras de son sweat-shirt, de son grain de beauté proéminent. Je retournai mon esprit de fond en comble en quête de quelque chose à dire, et incapable de trouver rien qui vaille de mon cru, je me rabattis sur une réplique de *Gorge perforée.*

« Veronica Lake, je présume ? »

Elle ne livra en guise d'accord qu'un grognement sec et entendu; il n'y avait rien dans ce son qui réagisse à l'humour sous-tendant mon observation, ou suggérant une connaissance de sa source, ou se risquant à commenter autre chose que le problème que posait la tache proprement dite. Une fois qu'elle eut fait le tour complet de l'immense virgule rouge, nos yeux se rencontrèrent à nouveau... mais il était peut-être trop tôt pour de telles conspirations ; la perche tendue était trop ténue pour s'y cramponner avec quelque insistance, et elle me tourna le dos, rentrant nonchalamment dans le magasin. Je la suivis à l'intérieur où elle m'ignora comme elle aurait ignoré son ombre.

Dans Le Proscenium, la musique d'ambiance qui dégoulinait dans tout le centre commercial atteignait à un registre plus distinct.

« Hey, Viv ? appela-t-elle en s'adressant au mur du fond du magasin. On a un petit problème par ici. »

Sa voix était flûtée, et teintée d'un accent sec et désinvolte qui suscita en moi un sourire tandis que je me dirigeais au hasard vers un passage encombré de feutres de couleur, de fiches bristol et de classeurs. Parlait-elle de moi ? *Trop vite, trop vite.*

La voix de sa collègue se raidit dans l'arrière-boutique.

« Qu'est-ce que c'est encore ?

– De la peinture qui s'est renversée.

– Combien ?

– Un seau de cinq litres. »

On entendit un grognement : « De quelle couleur ?

– Rien de trop ostentatoire... rouge vermillon. »

Tout en faisant son rapport, elle s'affaissa sur le comptoir de l'entrée, faisant trop de gestes comme pour atteindre les spectateurs du dernier rang – ou du moins le couloir des feutres de couleur, des fiches bristol et des classeurs.

La femme nommée Viv jura d'une manière non moins colorée et, émergeant du fond du magasin, elle blêmit d'embarras en me trouvant là sans s'y attendre.

« Excusez-moi, dit-elle en jetant à l'autre un regard glacial et chargé de reproches.

– Oh, oui, nous avons un client indiqua l'employée boudeuse. » Elle prononça le mot *client* comme si elle avait montré du doigt un Démocrate à une pièce entière de Républicains.

Les semaines et les jours suivants, je continuai à venir

au Proscenium pour acheter des articles dont je n'avais pas besoin, des petites choses que l'agence aurait pu aisément me fournir. Je me tenais au comptoir, serrant patiemment mes fiches, mes gommes ou mes étiquettes de rangement, enthousiasmé par sa façon morose de traiter les autres clients, leurs observations sur le temps et les questions de dimensions. L'attitude qu'elle adoptait en faisant le compte de mes achats (sans réagir du tout à mes tentatives de communication) me fournissait une vue idéale de la loupe palpitant sur sa gorge, à cheval sur son pouls, véritable téton dénudé. A mes moments perdus, je me surprenais à me demander à quel endroit cet héritage génétique était apparu sur sa mère, sa grand-mère et même sur des parentes plus éloignées – combien de dérangement et de bonheur elles en avaient tiré dans les moments oubliés de leur vie – comme si je voulais la violer non seulement elle mais aussi sa lignée tout entière. Je payais toujours par chèque, pour lui laisser mon nom et mon adresse. C'était plus qu'elle ne m'avait accordé pour encourager mon rêve en folle expansion. Et en regardant ma cassette japonaise de *Gorge perforée*, le soir, je trouvais son contenu plus intense, plus immédiat, à l'idée de pouvoir être à tout moment interrompu, si elle s'était trouvée à traîner dans le couloir devant la porte de mon appartement, et avait appuyé, dans une moment d'égarement, sur la sonnette. Au fil des jours qui devenaient des semaines, je me familiarisais avec les voitures qui occupaient toujours la section du parking attribuée à son magasin, et je me demandais lequel de ces véhicules pouvait être le sien. Il y avait parmi eux une Nécro rouge. Ma campagne l'avait-elle atteinte elle aussi ? Je me demandais si c'était là, peut-être, la racine de ce qui nous liait...

Pendant toute cette période crépusculaire, j'eus deux rêves – l'un éveillé, l'autre durant mon sommeil. Eveillé, j'imaginais ce qui pourrait se passer si je me trouvais échoué au centre commercial un soir, sans moyen de rentrer chez moi. Je m'imaginais faisant appel à elle, et je me voyais roulant dans sa Nécro, remontant le flot à ses côtés à tombeau ouvert, traversant les faisceaux des phares fusant comme des comètes, arrivant à un tunnel obscur et m'emparant du volant et de sa gorge au même instant... Mais dans mon sommeil, c'était là que la *vérité* sortait. Dans mes rêves, elle n'était jamais autre chose que l'inconnue aux yeux noirs qu'elle était au grand jour bien réel. Il y avait les rêves taciturnes et douloureux où elle passait sans me voir, sans avoir conscience du son étouffé de mon cœur tombant en morceaux. Et puis il y avait les tortures plus communes dans lesquelles je sentais sa présence toute proche qui sollicitait ma conscience, sa présence palpable derrière la porte d'une pièce voisine où je ne pouvais pas entrer.

Je ne savais pas comment l'aborder, ni ce que je voulais d'elle.

Une question me revenait sans cesse : *Est-ce que ça pouvait être de l'amour?* J'avais épousé Paige quand ni elle ni moi n'avions encore vingt ans... *est-ce que ça pouvait être ça, l'effet que me faisait l'amour à trente ans passés?* Mais l'amour n'est-il pas censé nous rendre heureux? L'amour ne nous donne-t-il pas le désir d'emporter l'objet de nos affections dans les vastes espaces libres, de communier avec l'existence et la célébrer, de partager des expériences, créer des liens et nous trouver? Alors comment pouvais-je expliquer que mon désir le plus pressant, quand il s'agissait de cette femme, était de dépasser tout cela, de laisser derrière moi les banalités de nos couleurs favorites, de nos premières rencontres décisives avec l'amour, la sexualité et la mort, et de la prendre dans mes bras pour nous enfermer tous les deux dans un réduit étroit et sombre, où une musique forte et triste nous assommerait, nous submergerait et nous emporterait au-delà de tout jugement, de toutes les lois et les responsabilités humaines?

Je ne savais pas comment l'aborder, ni ce que je voulais d'elle. Je prenais le bus pour rentrer du Proscenium après l'avoir vue, mortifié et découragé par mon impuissance renouvelée à prendre l'initative, et je passais la soirée à regarder *Gorge perforée*, à habiter *Gorge perforée.* A ce stade, j'avais dépassé les lectures ordinaires et j'enclenchais l'avance rapide sur certaines séquences, je ralentissais pour établir de nouveaux rapports, pour sentir les roses, pour ignorer le fil principal de l'action dont je me souvenais au profit du flou et des petits détails révélateurs. Ou bien je modifiais ma conscience grâce à certaines aménités qui lubrifiaient mes processus mentaux et faisaient remonter d'autres associations à la surface. Mais tous mes efforts pour me distraire –

en regardant le film de manière universitaire, microscopique, synthétique – ne me permettaient pas d'éviter que l'apparition de cette femme inconnue dans le drame de ma vie ne donne au film un aspect moins mystérieux et nettement moins fantastique. Je laissais baissés les stores des fenêtres de mon salon des journées entières, à boire et à regarder le film, à fumer et à regarder le film, à regarder l'actrice anonyme (à laquelle ressemblait cette fille dans ma vie) succomber encore et encore aux séductions envahissantes de l'Homme aux Gants ; je me marmonnais à moi-même, dans un bourdonnement dépressif, que je ne serais plus jamais propre. Je pensais à elle sans arrêt et tout aussi fréquemment, avec une passion et une terreur égales, je songeais à acheter une arme. Je ne savais pas comment l'aborder, ni ce que je voulais d'elle.

Seigneur, pensai-je, *ça craint, l'amour.*

Je ne savais toujours pas comment l'aborder, mais je me sentais étonnamment vivant dans les incertitudes de l'entre-deux... errant dans les rayons du Proscenium, m'arrêtant à côté de leur machine à café gratis et de ses gobelets en polystyrène entassés en pagode, me demandant si elle changerait jamais le sweat-shirt vert qu'elle portait chaque jour, ou si nous étions pris à jamais dans le souvenir de notre première rencontre, qui se répéterait obsessionnellement. Je faisais semblant d'admirer les équerres, les buvards et les classeurs, tout immobilité, tout camouflage autour de mon cœur qui battait plus vite. Et puis, un jour, où la boutique était presque vide, deux bras, surgis de nulle part, m'enveloppèrent par-derrière et je l'entendis dire :

« Que puis-je faire... pour *mettre fin* à ça ?

– La seule manière de mettre fin à ça, lui dis-je, c'est de *commencer*. »

Elle planta ses lèvres entre mes omoplates.

« Je pensais que tu ne le demanderais jamais. »

Une inconnue tranche sur votre vie comme une ombre sœur, une forme qui correspond bien, quelque part entre le profil d'enfant qu'on croit avoir et le compagnon qu'on aspire à être. On risque le rejet, et une fois franchi ce pont périlleux, on doit construire avec des mots pour cette autre personne une représentation de la personne qu'auparavant on n'a été qu'entre les murs de son moi ; essentiellement, on *bachote*, pour faire tenir des années dans des instants, des complexités dans des clichés, pour réduire un orage de désir à une cordialité sereine.

Elle s'appelait Emma Mitsouko, mais ce nom ne lui ressemblait nullement. J'en étais venu à la considérer comme X, ce qui exprimait tellement bien sa simplicité et sa manière froide et imposante. Pour comprendre l'autorité véritable d'un X, ne le mettez pas sur la façade d'un cinéma, mettez-le devant une femme.

« Je ne savais pas comment t'aborder, lui dis-je par-dessus une bougie chez Sarno, ni ce que je voulais de toi. »

Nous échangeâmes nos vies en abrégé. Je lui expliquai que j'avais toujours vécu à Friendship, que j'étais passé par de petites agonies en voyant partir chacun de mes amis en quête d'aventures plus exaltantes ; qu'un mariage fini et un bon boulot m'avaient plus ou moins laissé échoué ici. Ce qui lui arracha une confidence parallèle : elle était l'aînée de deux enfants, son frère s'était suicidé quand il n'avait pas quinze ans, et elle avait fui ce souvenir (et d'autres aussi sordides se rattachant à sa ville natale de la Nouvelle-Ecosse) en allant passer un diplôme de cinéma à Ohio State University. Diplôme auquel elle avait renoncé au bout de deux ou trois semestres, par manque d'argent. Elle m'interrogea. J'expliquai que je travaillais dans la publicité, que certaines de mes idées avaient donné lieu à des pubs tournées à Hollywood, que, plus d'une fois, des réalisateurs peu sûrs d'eux m'avaient interdit l'accès au plateau. Je l'interrogeai. Elle expliqua que ce truc au Proscenium n'était que temporaire, une faveur qu'elle faisait à son amie Viv dont le collaborateur régulier n'allait pas bien ; elle gagnait sa vie modestement mais plaisamment dans la céramique, en confiant ses produits à diverses boutiques, dans toute la ville. Après une tentative prudente dans chacune de ces directions, nous nous aperçûmes que nous étions aussi peu enclins l'un que l'autre à parler de sport, de nos familles, de politique ou de notre vie amoureuse passée. Parler de mon mariage n'était un terrain sûr que lorsque je le mentionnais comme point de référence historique.

« Tu n'es plus marié, et tes amis sont partis, donc il n'y a que ton boulot qui te retient ici ?

– Au point où j'en suis, je pourrais trouver du travail n'importe où, lui dis-je. Mais depuis mon divorce, il semble que j'aie un problème pour aller de l'avant.

– J'ai remarqué ça, fit-elle avec ironie. »

On continua à parler, à plaisanter, à faire des discours, à calmer mutuellement nos peurs, à nous confier et à avouer. Tout en riant avec elle, j'avais conscience qu'une tragédie presque symphonique tournait sans relâche autour de notre table de restaurant. Vous connaissez ce sentiment : *Maintenant que je t'ai trouvée, qu'est-ce que je vais faire si je te perds ?* Alors abruptement, j'exprimai une curiosité que j'éprouvais de façon tout à fait authentique, mais que j'étais incapable d'expliquer rationnellement.

« Je me demande, dis-je, si je devais te dire un petit mensonge anodin – je ne l'ai pas fait, comprends-moi bien – mais si je le faisais, je me demande si tu répliquerais ? Si cela en susciterait un autre chez toi ? »

Les pupilles d'Emma se dilatèrent d'un noir tentateur.

« Je viens d'en dire un, sourit-elle, et tu viens juste d'y réagir. »

Elle s'excusa d'avoir manqué de sincérité en me touchant la main, le contact que produit une main ferme et salvatrice qui vous lâche afin de vous sauver une nouvelle fois, qui vient mettre à l'épreuve votre sentiment de sûreté pour que vous donniez à la confiance une signification renouvelée. Nous étions des inconnus l'un pour l'autre, mais nous nous connaissions quand même au-delà de nous-mêmes, impliqués que nous étions tous deux dans un mystère odieux.

Nous continuâmes la conversation dans son loft. Tout comme ses goûts vestimentaires, redondants mais pratiques, les meubles d'Emma semblaient étrangers à la femme qu'elle était ; les éléments du mobilier avaient été pour la plupart trouvés aux puces, ils n'allaient pas vraiment ensemble et avaient été choisis avant tout pour leur utilité, leur côté pratique et leur confort. C'était une personne qui avait peu de temps ou de considération pour les apparences, qui donnait la priorité aux commodités de sa vie intérieure. Son appartement avait le charme d'un musée miniature. Chacune de ses pièces, y compris le coin cuisine, était tapissée de vieux volumes reliés poussiéreux (pas de livres de poche) consacrés aux cultures japonaise et indienne, à la mythologie, à la cuisine, à l'anatomie ; la sobriété ésotérique du lieu était ponctuée ici et là de petits accents amusants, tels des gants d'amiante en forme de truite, et des coupures de journaux bizarres qu'elle fixait sur la porte de son refrigérateur avec de petits aimants. J'en lus un pendant qu'Emma était allée se repoudrer le nez :

BLOOMER (Virginie Occidentale) – Mildred Hapmeier, 43 ans, a été admise au Montgomery General Hospital mardi soir, après avoir été frappée par la foudre sur le terrain de camping de Windsor Park. Selon les autorités locales, la victime a été frappée approximativement à 20 heures 15, alors qu'elle passait sous un orme près d'un raccourci coupant à travers le terrain. Le lieu de l'accident était approximativement à deux allées de sa roulotte. Selon divers témoignages, Mme/Mlle Hapmeier a dormi quarante-huit heures et s'est réveillée en se plaignant de la soif. C'est un symptôme courant des victimes de la foudre de connaître une soif extrême, inextinguible.

La nuit s'avançait de plus en plus, et nous parlions dans son coin salon, les réponses jaillissant des questions – des questions jaillissant même des questions – comme s'il n'y avait eu entre nous qu'un miroir poreux et plastique.

« Pourquoi cet intérêt pour les cultures japonaise et indienne ?

– C'est dans mon sang, en fait, j'en ai un peu des deux », expliqua-t-elle.

Je le vis sur son visage dès qu'elle en eut parlé. Elle sut que je venais juste de m'en apercevoir, et cela l'excita.

« C'est la première chose que tous les autres remarquent. » Elle se mit à rire.

« J'ai toujours été frappé par le côté très éthéré de la culture japonaise, repris-je plus tard en examinant certains des objets qu'elle avait rassemblés, mais la culture indienne, c'est plutôt le contraire. Ce sont des mysticismes complémentaires, n'est-ce pas ? Comme la terre et l'air ? »

Emma sortit d'un meuble ancien une bouteille de whisky Bell aux deux tiers pleine.

« De l'eau de feu ? » offrit-elle.

Elle distribua la précieuse boisson en parts égales, puis m'emmena à l'autre bout du loft, là où elle travaillait. Elle avait réservé plus d'espace à son art qu'à sa vie, ce qui en disait long sur elle. Son atelier était un large territoire, aux murs de brique, avec une unique fenêtre à barreaux éclairée par un réverbère désastreusement brillant de l'autre côté de la rue. Ses vases de céramique glacée, des sculptures inachevées, une vitre encadrée d'un verre que le réverbère faisait d'une blancheur aveuglante et diverses pièces en terre cuite se tenaient en orbite autour de son four et de son tour de potier.

« Montre-moi ce que tu fais ici », l'implorai-je.

Emma vida son verre d'un trait et s'assit sur le siège qui dominait la pédale du tour comme s'il s'était agi de la selle vrombissante d'une Harley-Davidson, l'air détendue et revigorée. Elle ôta ses bagues et les posa avec cérémonie sur une serviette placée à côté d'elle. Maintenant qu'elle était prête, elle déballa une brique d'argile humide posée là, ne me quittant pas des yeux pendant tout ce dévoilement comme si elle était en train d'exécuter un strip-tease sophistiqué. Puis elle la jeta, *splotch*, sur le tour. Vaporisant l'argile avec un brumisateur à plantes, elle commença à la faire tourner, la malaxant de ses mains maternelles et expertes.

« La terre et l'eau », souris-je.

J'allumai une Consolation, résolu à associer l'odeur de mes cigarettes à cet instant, de manière à pouvoir me le rejouer encore et encore à ma guise plus tard. J'exhalai la fumée.

« Le feu et l'air », répliqua-t-elle.

Je lui donnai à tirer une bouffée de ma cigarette et je commençai à errer dans son atelier, en la laissant se concentrer sur sa glaise qui sous ses manipulations montait à une hauteur télescopique. Son travail était intriguant, ses vases étaient tous sans exception hauts et minces, l'air vaguement organique, et marqués de pointillés divers. J'admirais son sens visionnaire et son savoir-faire artistique. Je sentis que je me laissais enivrer par le rythme répétitif, presque comme un mantra, de la rotation de son tour, et par le spectacle de sa bottine poussiéreuse qui appuyait et appuyait, pour maintenir ce rythme vif et régulier.

« C'est très bien », dis-je en commentant quelques pièces placées près de la fenêtre. (Et je ne mentais pas.)

Elle regarda derrière elle sans se retourner.

« Oh, mais ce n'est pas vraiment possible d'apprécier les détails avec toute cette lumière, n'est-ce pas ? Baisse-moi ce store. Ne t'en fais pas, les mailles sont lâches ; on y verra encore dans la pièce. De toute façon, la réverbération sur le cadre de cette affiche ici me donne mal à la tête. »

Je baissai lentement le store, heureux de me rendre utile. Comme elle l'avait prédit, le store contribuait à diminuer l'éclat aveuglant qui se reflétait sur une grande affiche encadrée devant elle, dont le contenu se révéla à mesure que l'écran descendait. J'abaissai le store au maximum, jusqu'à l'appui de la fenêtre. Je m'approchai du mur où était accrochée l'image dans un silence soudain grave. Devant moi, se trouvait une fois de plus l'affiche de *Gorge perforée*, dont on avait repassé les plis à la vapeur pour les faire disparaître mais qui, sinon, était exactement telle que je l'avais vue ce premier après-midi à l'Eros, presque deux ans auparavant. Ma réaction devant l'affiche fut davantage que de la simple admiration : ce fut une extase, un transport, une perte du moi temporaire mais néanmoins complète et béatifique.

« Mais où l'as-tu trouvée ?

– Il y a eu une vente au vieux cinéma l'Eros, dans le centre. Elle ne coûtait que trois dollars.

– Tu y étais ?

– Pourquoi pas ? Je suis majeure.

– J'y étais moi aussi. A la vente. Je l'ai cherchée partout, mais elle n'y était plus.

– Je l'ai vue la première.

– C'est ce que je vois.

– Si tu avais une telle envie de la trouver, poursuivit-elle, alors c'est que tu dois être au courant de certaines choses. » C'était une déclaration intuitive, mais elle lui avait donné l'accent d'une question ou d'une accusation *ad hominem*. Peut-être les mots prirent-ils un plus grand poids à cause du silence soudain dans la pièce ; le tour s'était immobilisé.

« Je ne suis au courant de rien.

– De rien ? insista-t-elle.

– De moins en moins, en fait.

– Je sais ce que tu veux dire, dit-elle.

– As-tu jamais vu... ? » Je ne pus achever ma pensée,

car elle fut oblitérée par la forme que ses mains avaient modelée sur le tour de potier. Peut-être était-ce une autre forme restée inachevée dans le drame de notre dialogue mais, tel quel, c'était la reproduction brute mais parfaite d'une gorge humaine, mince et athlétique, impeccable, universelle, androgyne. Et puis je vis le détail que je n'avais pas remarqué auparavant : tous les vases que j'avais admirés étaient des portraits assortis de nuques et de cous. « Mais bien sûr que tu l'as vu », achevai-je.

A présent, le visage d'Emma était tout rougissant d'angoisse et d'excitation et elle me regardait avec des yeux durs. Je savais ce qu'il y avait derrière cette dureté ; elle faisait le tri dans ce qu'elle éprouvait pour moi. Des calculs semblables m'occupaient ; je faisais le total de nos accords et de nos désaccords, des conséquences de ces yeux durs. Une fois les comptes faits, il ne reste rien à discuter.

Soit c'est oui, soit c'est non.

Si c'est oui, on le fait la première fois avec désespoir, avec des excuses préalables parce que ça va forcément aller très vite la première fois, et il s'ensuit un silence complet, replié sur lui-même – d'un fumeur qui s'excuse. C'est le moment d'expulser, pas encore d'exprimer. Peut-être qu'on se sautera dessus mutuellement pendant des jours sans se dire un seul mot pendant l'acte, ou bien peut-être qu'on retombera sur les scénarios et les dialogues de cinéma, jouant la comédie pour empêcher que le poids de ce qui arrive semble aussi lourd de sens qu'en réalité. Avec le temps, vient la confiance, et le langage vrai, ces sons présyllabiques que nous réservons aux oreilles de ceux qui comptent. Ce langage se forge entre deux personnes pour devenir la clé des pièces rougeoyantes où nous gardons nos cris, nos enfances et nos orgasmes, épars sur un sol en linoléum arraché, où chaque larme jamais versée est remisée dans des pots fêlés, chronologiques ; cette clé ouvre le verrou de chambres où la douleur et le plaisir font tant de bruit que le cliquetis des hochets dans nos berceaux ne saurait se distinguer du cliquetis des menottes dans nos enfers... où les murs sont si rouges de feu et de teinte sanguine que c'est à peine si vous remarquez l'explosion de couleur lorsque...

Ce ne serait pas bien d'en dire plus, parce que ça *nous*

appartenait, ce qui s'est passé cette fois-là, la première entre nous. Comme le dit la voix off dans *Gorge perforée*, lors du moment fameux où l'écran passe au noir pendant vingt-cinq secondes :

Les pages blanches de la vie
sont les plus heureuses,
quand le chaos du désir allie
le pouls de la séduction,
et un goût d'intention.
Elles se troublent comme l'ouzo
quand on l'agite ou le dérange,
et les deux flottent comme une seule
énergie anonyme, atopique
avec les Prégnantes,
les Rêveurs et les Morts.

L'aube. Des cigarettes. Emma se fit entendre, entrecoupant de mon nom la musique légère des oiseaux

« Combien de fois l'as-tu vu ? demanda-t-elle.

– Je crains que je n'en sois plus à compter.

– Je vois.

– Et toi ?

– Une fois.

– Rien qu'une fois ? »

Elle fit un signe de tête affirmatif.

« Où était-ce, à l'Eros ?

– Non, dit-elle avec une légère irritation. Je ne serais jamais allée dans cet endroit quand il était ouvert.

– Où ça, alors ?

– Tu ne vas pas me croire, mais je n'arrive pas à m'en souvenir.

– Si, je te crois. Il y a beaucoup de choses que je n'arrive pas à me rappeler. Les choses réelles, surtout. »

Elle me pinça la poitrine et sourit.

« Tu te souviens de moi ?

– Quand le cerveau oublie, l'âme se souvient encore. C'est comme ça que des inconnus se rencontrent et s'unissent.

– Tu crois à la réincarnation ?

– Non, dis-je, mais le troisième roi de Perse y croyait. »

Elle comprit ma plaisanterie qui parut la remplir d'énergie.

« Comme ça, dit-elle en se rapprochant de mon visage, tu es prêt pour une autre séance ?

– Une autre séance avec toi, ou avec la cassette ? »

Involontairement et de manière réflexe, ses doigts m'agrippèrent – me poignardèrent presque – comme si j'avais été un de ses objets en argile. Elle hurla presque.

« Tu as *la cassette* ! ? »

Je me réveillai sur le tapis au pied de notre lit, avec une couverture qu'on avait pris soin de draper sur moi. J'avais l'habitude de me réveiller dans les fumets du petit déjeuner qui s'insinuaient dans la chambre, et aux gargouillis de notre Mister Coffee, ou au bruit des ouvriers de la voirie qui éventraient le revêtement du bout de notre rue. Ma conscience se faisant plus nette, je me focalisai sur les objets de la pièce – une télévision portable, un panier à linge en osier, de petits vases indiens, un placard ouvert bourré de livres plus que de vêtements (sweat-shirts verts et jeans), une descente de lit entre le lit et la porte, et, plus spectaculaire, un paravent oriental d'âge indéterminé qui portait un tryptique aquarellé d'esprits ailés combattants. Et je me rendis compte que je n'avais jamais vu aucun de ces objets auparavant ; de fait, je ne me souvenais que d'informations très sélectives en plus de celles que m'avaient confirmées les yeux en amande d'Emma ; des informations qui suffisaient seulement à planter spécifiquement mon pas suivant, mon baiser suivant, ma bouche, sur sa gorge.

Je m'habillai au courant d'air d'une fenêtre ouverte, tandis que filtraient par la moustiquaire les bruits des voitures qui passaient et des tondeuses à gazon, et je sentais dans mon pas une telle énergie que même ma cravate me fit l'effet d'un accessoire agréable en ce beau jour. En remontant le nœud vers le haut pour la serrer, le souvenir d'un compliment entendu la nuit précédente revint à la surface : « J'aime tes mains... et ta bouche, avait-elle dit, et j'aime aussi ton... »

Elle avait fait un geste vers ce dont elle voulait parler, incapable de trouver le mot approprié.

« Quoi, ma pomme d'Adam ?

– Je déteste cette expression, s'était-elle plaint. C'est trop biblique... et, en plus, est-ce que ce n'était pas la pomme d'Eve ?

– Mais elle l'a offerte à Adam pour qu'il y morde. Et le nom est resté.

– C'est trop biblique, répéta-t-elle.

– Mon larynx, alors ?

– Un mot aussi compliqué pour une chose aussi sensuelle. *Larynx* sonne mal dans ma bouche quand je dis ce mot.

– Alors, il faudra que tu en inventes un nouveau, suggérai-je. Je me demande comment on appelle ça dans d'autres langues ?

– En français, ça s'écrit pareil mais ça se prononce différemment – presque comme le nom de famille Lawrence.

– *Lawrence*, ça ne va pas du tout. Il n'est pas question que tu donnes le nom d'un autre homme à une partie de mon corps.

– En espagnol, le mot est *laringe* – un joli mot tendre. Comme *losange*.

– *Losange* ferait l'affaire, je pense. T'as envie d'un losange en digestif ? »

En réfléchissant à cet épisode, je défis ma cravate, la roulai et la fourrai dans la poche intérieure de ma veste, puis je défis aussi le premier bouton de ma chemise. Autre règle cardinale de l'art de la publicité : Donner aux gens ce qu'ils veulent...

Je trouvai Emma dans le coin cuisine, rhabillée dans les vêtements qu'elle portait la veille comme un rêve récurrent, tenant une grande tasse à café vide d'un doigt passé dans son anse, tandis que son autre main reposait sur la courbe subtile de sa hanche.

« Je pensais bien t'avoir entendu bouger, dit-elle en me versant une autre tasse. Tu aimes le prendre noir, n'est-ce pas ?... quand ça ne peut pas être rouge... »

La remarque aurait été désagréable venant de n'importe qui d'autre. Son café était délicieux, un mélange pour connaisseurs, avec un bouquet de fruits rouges bien distinct. Elle posa sa tasse à côté de l'évier et me tira doucement vers elle, m'agrippant par la nuque et pressant ma bouche, encore chaude de café, sur sa gorge. Sous mes yeux clos, elle poussa un profond gémissement, le bruit que les gens réservent aux massages du cou, aux douches brûlantes, au goût de cette première margarita au début des vacances d'été. Elle me dit que mes lèvres chaudes étaient agréables, puis elle me demanda de reprendre un peu de café.

« ...mais sans avaler. »

Avec curiosité, je me pliai à sa demande, et je pris un peu de café dans ma bouche. Emma fit un petit pas en arrière, écartant d'une secousse le rideau de ses cheveux mi-longs, du geste que certaines femmes utilisent pour avoir l'air attirantes, pleines d'allant ou, sinon, distraites aux yeux d'un inconnu... révélant ainsi un pansement de taille moyenne, en forme de pois, à l'endroit qu'occupait son grain de beauté. Elle enleva précautionneusement le pansement qui recouvrait un petit bleu sur lequel je vis, en y regardant de plus près, la marque de mes dents de devant.

« Ça me fait un peu mal ce matin, expliqua-t-elle. Mets-ta bouche *bien dessus*, O.K. ? »

Je m'exécutai, sans laisser une goutte de café s'écouler de mes lèvres, collant sa chaleur calmante contre ses perforations. Elle gloussa de voir mon zèle.

« Je pensais bien que je n'aurais pas à te le dire deux fois. Ne me mords pas, hein. Oh ! C'est *siiiiiiiiiii bon.* »

La bouche collée sur ce point de sa gorge qui palpitait comme un petit réveil, je réprimai le désir de lui demander comment elle avait trouvé notre nuit ; je pressentis nettement qu'il ne fallait absolument pas faire la moindre référence au nombre croissant de séquences manquantes dans ma vie ces derniers temps. *La variété est la coupe de la vie*, pensai-je.

Au bout d'un certain temps, elle me caressa l'arrière de la tête, avec douceur mais résolument, signe qu'il fallait rompre le contact qui me revint de la nuit d'avant comme un seau d'eau froide. J'avalai ma gorgée de café, Marque X, et je la regardai rebander sa blessure avec intérêt. Elle le fit aussi délicatement que Paige quand elle enlevait son soutien-gorge.

« J'espère que je suis à peu près présentable, dis-je en réprimant un léger frisson quand je me rappelai le reflet que j'avais projeté dans le miroir d'une certaine chambre d'hôtel. Où est la salle de bains ? »

Emma s'excusa et me donna les indications nécessaires. Puis elle ajouta : « Je m'étonne que tu ne te le rappelles pas. Quand tu seras prêt, nous irons continuer la fête chez toi.

– Pas de Proscenium aujourd'hui ?

– Pas de Proscenium aujourd'hui. Rien que toi, moi, et notre... amie du Japon.

– Ça m'a l'air parfait. »

Passer par la porte de la salle de bains me demanda un effort. Par une large béance dans mon humeur, la peur était en train de me vider lentement de la jeunesse que j'avais éprouvée à mon réveil. Rassemblant mon courage, je regardai dans le miroir de son armoire à pharmacie, et je sentis un calme presque olympien s'emparer de moi. Mon reflet était aussi jeune que l'avaient indiqué mes sensations de renouveau, et ma pellicule jaunissante de culpabilités appartenait désormais au passé. Je me rinçai la bouche et recrachai dans l'évier de l'eau rosâtre. Je jetai un coup d'œil à la dérobée dans son armoire à pharmacie, déchiffrant les insinuations annulaires de ses cachets d'ibuprofène et d'œstrogène, de ses lubrifiants, crèmes et coagulants, et le sachet marqué Lacroix. Me sentant mûr pour une douche, je fis coulisser la porte en verre granuleux opaque et je trouvai le sol de faïence de la cabine aspergé de petites taches brun-rouge.

Je fus bombardé de flashes – comme des photogrammes de séquences disparues – de joie et de douleur, de gain et de dépense. J'avais ouvert deux portes, mais ne pouvais en refermer qu'une.

Emma nous conduisit chez moi. Pendant qu'elle visitait ma salle de bains, l'idée me vint que je n'avais jamais vu *Gorge perforée* en vidéo avec quelqu'un d'autre dans la pièce ; ce ne serait pas d'un anonymat aussi confortable que dans un vaste auditorium sombre, au milieu d'inconnus. Me sentirais-je aussi libre, en sa compagnie, de me toucher ou bien percevrait-elle mes besoins particuliers à tel moment donné et les assouvirait-elle pour moi ? J'éprouvai un malaise soudain – un peu comme devant une menace de dénonciation – quand elle revint sans bruit et (« Je peux ? ») qu'elle introduisit ma cassette importée dans le magnétoscope. Dans la pièce aux lumières tamisées (« Là, c'est mieux. ») sa respiration était aussi irrégulière que la mienne et, en posant entre nous sur le canapé modulable une petite bouteille d'Evian (« Juste au cas où »), elle murmura avec une tension audible : « Je le sais, ça va être vraiment, vraiment *nul*... »

J'appuyai sur la touche Lecture de ma télécommande et elle s'assit jambes croisées sur le canapé, en enfouissant la moitié inférieure de son visage derrière ses genoux.

Immédiatement, j'appuyai sur Pause.

« Ecoute, dis-je, ne nous... *essayons* de ne pas nous laisser bouffer par ça, O.K. ?

– Tu veux dire ?

– Je ne sais pas. Peut-être qu'on devrait essayer de le regarder, juste pour cette fois-ci, en coupant le son. »

Elle donna son accord puis demanda si nous devions mettre de la musique à nous pour compenser.

J'avais un autre plan.

« Pourquoi ne pas parler du film à mesure que nous le regardons ? Commentaires, notes, associations libres, si c'est ce dont nous avons envie. Je te dirai ce que je vois, tu me dis ce que tu vois. Il est forcé qu'on ait remarqué des choses différentes, tu ne crois pas ?

– Alors tu feras quoi, tu vas me donner le point de vue masculin ?

– Oui, je suppose, et tu pourras me donner le tien. Et nous pourrons nous dire ce que nous voyons vraiment, et pas seulement ce que nous imposons au film à partir de nos hallucinations personnelles.

– De mon côté, c'est bon, dit-elle en appuyant le dos contre le canapé. Et si on se retrouve excités ?

– On avisera quand ce sera le moment. »

L'image libérée, *Gorge perforée* commença.

J'attirai son attention sur la coupe qui survenait après l'effacement du titre « La Lotus Films présente », en soulignant que la coupe se produisait juste au moment où une gorge apparaissait pour la première fois sur l'écran ; d'où la possibilité de lire cela comme un « coupe-gorge ». J'observai aussi une répétition du motif « coupe-gorge » au moment où les tiges d'une douzaine de roses rouges étaient coupées aux ciseaux et lâchées dans un vase allongé au cou mince. Plan prolongé des épines sous l'eau d'où perlaient des bulles.

« La copie a viré au rouge, remarquai-je. Cette détérioration de la couleur permettrait de dater le film quelque part dans les années soixante, non ?

– La couleur ne s'est pas du tout détériorée, répliqua-t-elle. Les images ont été *teintées* en rouge, ce qui est quelque chose de complètement différent. Tu vois ? Les couleurs sont encore très vivaces sous ce filtre coloré rose. Ce film aurait pu être fait hier. »

Après plusieurs séquences d'une longueur considérable tournées en intérieur, Emma me surprit une fois de plus en me faisant remarquer un plan en extérieur que je n'avais jamais aperçu. La caméra était braquée attentivement sur un gros plan de détail de la gorge nue et bronzée d'une brune ayant atteint la trentaine, qui était balayée par des cheveux mi-longs séparés en mèches brunes comme des lacérations. Je crus voir un petit grain de beauté posé à cheval sur sa carotide, mais avant d'avoir pu le confirmer, l'actrice sortit du champ pour révéler – derrière elle – pendant une fraction de seconde la vue d'une construction fabuleuse, aussi futuriste qu'archaïque.

On rembobina et on repassa cette échappée à plusieurs reprises. Emma identifia le bâtiment comme étant la cathédrale de la Sagrada Familia à Barcelone.

« Elle a été entreprise comme une expérience d'architecture d'improvisation à la fin du XIXe siècle, expliqua-t-elle. L'architecte était un homme appelé Gaudi. Il s'est fait écraser par une voiture dans les années vingt, mais le chantier s'est poursuivi. Aujourd'hui encore, il est loin d'être fini.

– Tu y es allée ? demandai-je.

– Bien sûr, affirma-t-elle. J'y suis même entrée. »

Je suggérai que la cathédrale avait l'air laryngienne.

« *Laringe* », murmura-t-elle en s'installant plus profondément dans le flot des images.

Nous tombâmes sous le charme du film même *mit out sound* (ce qui était après tout la manière dont il avait été tourné) et nous ne dîmes plus rien jusqu'à ce que les lèvres d'une femme lisent tout haut un menu en gros plan serré. Je plaisantai : « Le menu est rouge. » J'observai aussi que sa bouche était comme une blessure.

« Non, insista Emma. Sa bouche est *contre* une blessure ; c'est une double exposition, une surimpression subliminale ou je ne sais quoi. »

Je l'accusai d'inventer tout cela. Sur son insistance, nous repassâmes la séquence au ralenti. Non seulement la bouche de la femme était bien surimpressionnée d'un seul photogramme subliminal des perforations de la gorge de la Dame brune (emprunté à la séquence clou du film, mais un client du restaurant, à l'arrière-plan, portait un verre de vin à ses lèvres, dans le même photogramme. Ma charmante X avait marqué l'endroit.

Je suggérai que toute la séquence du restaurant avait été construite pour laisser la brune au centre se sentir vulnérable. J'énumérai son talon haut cassé, sa prononciation fautive des plats au menu, l'intervention de l'homme qui jouait avec le nœud de sa cravate. Ma vigilante partenaire répondit en suggérant que ces manipulations n'étaient pas du tout un tic nerveux, mais plutôt une technique conçue pour hypnotiser la jeune femme.

« Attends ! cria-t-elle. Il y en a un autre ! Tu as vu ça !

– Quoi ?

– En arrière, en arrière... *Là* ! »

La vue perçante d'Emma avait discerné la silhouette des Jardins Tivoli dans le fond d'un plan particulièrement brumeux.

« En l'espace d'une simple promenade, elle est parvenue, sans qu'on sache comment, à passer de Barcelone à Copenhague.

– Une erreur dans la continuité.

– Pas nécessairement. Ça pourrait être qu'elle est tellement mûre pour ça, qu'elle ne sait plus où elle est.

– Est-ce que c'est comme ça... pour toi ? rêvai-je. Quand tu te sens « mûre », comme tu dis... tu as l'impression de ne plus savoir où tu es ? De ne plus avoir de place ? »

Serrée contre moi, elle émit un bourdonnement vague qui aurait pu vouloir dire tout et n'importe quoi.

Il se passa beaucoup de temps, en particulier au cours de la longue séquence dans le cabinet du psychiatre, où nous restâmes silencieux tous les deux. Nous étions entraînés dans le film. Malgré tout ce qui s'y buvait, ces lèvres léchées, ces lèvres jointes, le film était une expérience desséchante. Emma tendit la main vers l'eau d'Evian, en but un peu, et puis me la passa. Bien sûr, le goulot de la bouteille était mouillé...

« Ce type a vraiment un truc sur les gorges de femme, annonçai-je en prenant ma rasade.

– Ecoutez-moi qui parle », me reprocha ma compagne. Puis après un long moment, où nous n'avions ni l'un ni l'autre d'observations récentes à formuler, elle demanda : « Quelle est la question qui te revient sans cesse en regardant ça ?

– Probablement : *Qui est l'artiste ?* lui dis-je. Non, me corrigeai-je immédiatement : *Qui m'a fait ça ?* Voilà la question qui ne cesse de me revenir. *Qui m'a fait ça ?* Et pour toi ?

– Je me demande : *Qui est l'artiste qui m'a fait ça ?*

– Des idées? Des soupçons? »

Elle secoua la tête.

« Et toi? T'en connais un rayon en cinéma?

– Suffisamment pour détester tout ce qui passe pour des films aujourd'hui. C'est pas un John Ford, je peux te le dire sans craindre de me tromper.

– Pendant longtemps, j'ai cru que ça pouvait être Kurosawa. En dépit des décors naturels européens, le fétichisme de ce film est très japonais, et en plus il y a le volume de Shakespeare. Kurosawa est connu pour ses lectures de Shakespeare. Mais...

– Mais quoi?

– Mais Kurosawa a une particularité : il aime la pluie. Et ce putain de film est trop sec pour être de Kurosawa », fit Emma qui prit une nouvelle gorgée d'Evian, et se replongea dans le film en état d'absorption totale, comme si elle avait été seule dans la pièce. « Taisons-nous maintenant, suggéra-t-elle à moitié absente.

– Tu suggères que j'accorde du repos à ma bouche?

– Repose-la sur moi, si tu veux, invita-t-elle. »

Vous aussi, sans doute, vous reconnaissez le dialogue du film? Oui, sans le faire exprès, nous nous retrouvâmes progressivement tous les deux à habiter les rôles des non-entités sur l'écran, à les guider dans leurs aventures et à prononcer leurs répliques comme deux dieux décadents allongés sur l'Olympe, et faisant avancer des pions adverses jusqu'à la chute prédéterminée d'un jeu ancien. Inconsciemment, ma Dame brune exécutait les gestes qui ouvraient les agrafes invisibles d'un col non-existant. L'Homme aux Gants se penchait sur elle et, m'appuyant sur elle, je sentais la fraîche odeur de détergent de son sweat-shirt et une giclée de parfum fruité qui parcourut un raccourci chimique de mon nez à mon sexe. L'Homme aux Gants et moi, nous ne faisions plus qu'un, Emma X et l'actrice classée XXX – des sosies virtuels, le même « type » – ne faisaient qu'une : notre bouche tombait sur leur peau tendre et vulnérable, nos dents s'aplatissaient contre leur gorge et nous sentions leur pouls contre nos couronnes. Nous les glacions; l'éclairage et la microphotographie rendaient la rugosité magique de leur peau, qui s'épaississait comme une aréole autour d'une veine en érection. Puis nous rétractions notre bouche – mais nos lèvres, refusant de lâcher, se maintenaient. Nous sucions un tendre repli de tissu entre nos canines, en le pinçant (mais si délicatement) jusqu'à ce que se rouvrent leurs cicatrisations minuscules. Elles tremblaient (mais si légèrement) au moment de notre morsure, ondoyant doucement à cause d'une fenêtre cassée dans les coulisses...

La musique de nos unions était plus forte que tout le reste, autrement l'Homme aux Gants aurait pu parler en voix off, avec une grande émotion, de la complexité de sonder l'anfractuosité jugulaire de la gorge d'une maîtresse, de trouver la région la plus chatouilleuse ou qui résiste le plus à l'exploration, car cette sensation signale la zone érogène de la gorge. Il faut mater cette région, raffiner l'agacement qu'elle éprouve jusqu'à le redéfinir comme une source de plaisir. Il aurait pu décrire le goût de son jus, et comment il faisait naître dans ses sens enivrés des émotions distinctes mais mystérieusement tressées de désir et d'inconscience. A la différence de ce qui se passe dans une relation sexuelle, dirait-il, le moment de la pénétration marque le point de quelque chose qui ressemble à un orgasme – un *oralgasme* ? – qui tourne (pour l'homme du moins) sur le flash d'une image hautement personnelle, subjective, non pas les instantanés mentaux spécialisés qui orientent les amants vers la décharge génitale, mais des images tirées des points clés intimes de notre vie que nous associons à l'énigme ou au regret. Il s'ensuit, tout naturellement, que si nous retirons de l'acte une sensation de compensation, il n'y a pas de véritable satisfaction durable. C'est à refaire. Une aura rémanente de conscience se diffusa en nous quatre, conscience du moment qui n'arrivait que trop vite où nos partenaires commenceraient à défaillir devant l'étendue de leur générosité et à redouter l'immensité de notre besoin, et à nous caresser le visage pour nous faire arrêter, nous éloignant d'une main douce mais ferme, au moment même où nous trouvions une liaison avec la source unique où tout est possible et rien n'existe.

Dans le mouvement de retrait où notre chair conjointe se séparait à nouveau pour ne plus former que des contraires inconsolables – moi contre l'Homme aux Gants, Emma contre l'actrice, tous contre chacun de nous – la seule vérité que nous comprenions était que nous avions déjà commencé d'attendre la prochaine fois.

ENCORE DES MARCHANDISES

Nous étions parvenus, Emma et moi, à nous forger notre petit monde à nous en un temps très court, complètement immergés dans le film et en nous-mêmes, mais bientôt le monde extérieur frappa à notre porte close avec ses exigences pressantes. Notre première séparation d'une nuit intervint à la date fixée pour la livraison de mon nouveau projet de campagne, qu'on me demandait de présenter devant l'état-major réuni de la société, à Washington, D.C.

Cette campagne avait chu dans mon escarcelle comme toutes les autres. J'étais au bureau, en train de fumer et de réfléchir sur les nombreuses manières habiles qu'Emma et moi avions trouvées de croiser le chemin de *Gorge perforée* pour jouer avec le film, et je me demandais où tout cela allait nous mener, quand le Vieux me surprit en m'enlevant la cigarette à demi consumée que je tenais entre les doigts. C'était la même marque que j'avais fumée depuis ce soir lointain à Chicago. Avec une fascination anthropologique aiguë, Austin lorgna les petites lettres rouges inscrites sur le cylindre blanc en dessous du filtre – CONSOLATIONS –, les yeux noyés de mysticisme.

« Vous *fumez* cette marque », dit-il sur un ton entre l'interrogation et l'ordre. Sa voix contenait une sorte d'optimisme.

Je fis oui de la tête. A cette confirmation, ses sourcils neigeux s'arquèrent soudain pour ne plus redescendre.

« Il se peut que nous – ce qui veut dire, *vous*, mon jeune ami – ayons une chance de décrocher le contrat de Consolations », annonça-t-il en se polissant les ongles sur la poche de poitrine de son costume.

Avant que je n'aie pu reprendre suffisamment mon souffle ou mon humour pour réagir, il sortit un paquet de Consolations de la poche de ma chemise. Il en tira une cigarette intacte et la plaça entre mes lèvres, dans une attitude posée et cérémonieuse, pour en allumer le bout avec son briquet à l'effigie de la statue de la Liberté. Je refoulai mon amusement en le regardant dans les yeux, perles brillantes et inquisitrices qui faisaient savoir qu'il était au moins à moitié sérieux pour cette démonstration erratique, où il jouait le rôle de l'acolyte dans un rituel sans âge, préludant à l'allumage créateur avec sa pantomime. J'inhalai, gonflant mes poumons d'une fumée lourde et d'images éthérées. Les globes bleu pâle de ses yeux semblèrent tournoyer pendant qu'il me regardait souffler la fumée dans une direction qui évitait son visage.

« Regardez-moi ce p'tit, s'émerveilla-t-il. Il s'est déjà mis au travail. »

L'après-midi qui précéda mon départ pour Washington, je me rendis dans le loft d'Emma. Notre rencontre précédente avait été un peu trop enthousiaste, la laissant trop endolorie pour pouvoir me satisfaire ce jour-là, si bien que nous passâmes notre temps ensemble au lit, à converser sans but.

« Où crois-tu que commencent les veines ? » lui demandai-je en suivant du doigt la subtile ligne bleue qui glissait du bord de sa lèvre, comme de la salive, le long de l'aspect latéral de sa gorge.

« Je ne comprends pas.

– J'aimerais trouver ta première veine. Ta source.

Emma se hâta de reprendre la position dominante.

– Mais il n'y a pas d'entrée, de « source », en soi, fit-elle en se servant des os de mon pelvis comme d'un pupitre. Le système circulatoire est une unité close, comme une cage. »

Du doigt, je dessinai ses petits seins, m'arrêtant près du centre de son sternum.

« Peut-être l'entrée est-elle quelque part à l'intérieur du cœur ?

– Je ne pense pas. La seule voie d'accès au cœur est par les veines. Ou alors par la cavité pectorale elle-même.

– Je suppose que tu as raison, conclus-je en observant le mystère de sa cage tel qu'il s'exprimait en dessins bleutés sous la peau de son cou, de sa tempe, et aux jointures de ses doigts curieux.

– Attends une minute, dit-elle en se redressant d'un trait, assise sur moi. Je sais où elle est ! Je sais où est la première veine !

– Bon et où ça ? »

Elle planta son doigt juste au milieu de mon corps.

« C'est ton nombril, fit-elle en riant. Nous sommes nourris par le placenta, par l'intermédiaire du cordon ombilical, pendant le temps de notre gestation intra-utérine. Le nombril est donc le chemin que suit notre première nutrition pour pénétrer dans notre flot sanguin. C'est la bouche que nous enlève la respiration. C'est la bouche dont nous oublions l'usage.

– Dieu merci, soupirai-je, autrement nous serions tous en train de nous promener comme ces fêtards que l'on voit sur *Vidéo-Gag*, qui ont des yeux peints sur les tétons et qui sifflent avec leur gros ventre !

– Non, insista-t-elle en se levant pour apaiser mes objections. Tu ne te rappelles pas ? Comme c'était merveilleux ? La manière dont on était fermé à tout ? La manière dont on était hermétiquement clos à tout ce qui n'était pas cette nourriture qu'on absorbait ? L'inconscience bénie ? »

Je l'embrassai de tout mon cœur, puis à mon tour je lui donnai un coup de doigt dans le nombril.

« Et si nous parvenions à réactiver *le tien*, est-ce qu'il m'embrasserait ?

– Certainement pas ! Un nombril ne donne pas ; il *prend*.

– C'est tout ?

– C'est tout. C'est ça qui fait toute la simplicité et la beauté de la chose.

– Le mien aussi ?

– Bien sûr, le tien aussi. »

Je me mis à quatre pattes, dressé comme un animal au-dessus de sa boutonnière abdominale, recroquevillée comme l'ouverture d'une baudruche qui a perdu toute sa couleur et son élasticité, et je murmurai : « Réveillons-le. »

Elle se mordit la lèvre : abîme.

Je crachai dedans en plein dans le mille, dans un acte

magique. Puis je fis le tour de son nombril à plusieurs reprises avec ma langue, dont l'humidité superficielle semblait pénétrer toujours plus profondément dans son ventre, à chaque brève révolution. Elle fit les bruits dont je savais qu'elle était capable, comme si chaque révolution remontait en elle un ressort qui se tendait toujours plus, mais je n'éprouvai rien de plus qu'une nostalgie insultante pour l'époque de ma vie où ce type de jeu avait suffi à me satisfaire. Il y avait là du plaisir, mais pas de défoulement, pas de satisfaction ; l'âpre soif du nombril est trop légendaire pour être assouvie, trop ancestrale pour être réveillée. Il n'y a pas lieu de revenir en arrière, car elle cesse d'exister une fois que son credo liquide nous est passé dans le corps. Ce vieux goût du sang nous est à jamais refusé, enseveli sous un fatras d'années, et nous ne pouvons l'atteindre que par des simulations, les plus particulières dont nous soyons capables, aussi particulières que l'on nous a faits. Avec ces pensées qui me tournaient dans la tête, je me rendis compte qu'Emma et moi courions le risque d'aller plus loin, de réinventer ce qui était déjà la réinvention de notre moi secret.

D'instinct, éprouvant une terreur où je ne savais pas encore lire un pressentiment, je bondis sur elle et enfonçai mes dents à l'endroit déjà sensible, ma bouche étroitement pressée sur cette partenaire que je commençais peut-être déjà à perdre.

Après quoi, je restai assis au bord du matelas, plongé dans mes pensées, et Emma, revenant de la salle de bains, aperçut (du moins, c'est ainsi qu'elle le décrivit) une paire d'ailes de son paravent oriental qui s'ajustait parfaitement – vues depuis l'endroit où elle était – à mes omoplates.

Imaginez ce que je ressentis quand elle m'appela « Visage d'ange ».

J'avais été trop préoccupé, jusqu'à agir en irresponsable, pour préparer quoi que ce soit et je passai l'heure que prit le vol qui me menait à Washington à me creuser désespérément la conscience pour y trouver des idées présentables, incapable de sortir – autrement que physiquement – de l'impasse formée par le cou et l'épaule d'Emma. Plus il s'installait de distance entre nous, à mesure que le 747 me faisait monter de plus en plus près du sein orageux du ciel, plus mes pensées étaient tout en proie à des réminiscences brisées, obsessionnelles, d'une attirance si poussée qu'elle n'était plus charnelle. Car en elle rentrait toute la suavité viscérale du désir, de la trahison et de la tragédie à chaque battement de cœur, nausée d'amour qui persistait même dans cet état de réciprocité.

La rumeur dont bruissait l'aéroport Dulles ce soir-là était que The Cure étaient arrivés, et j'ouvris des yeux fascinés pour regarder cette bande de spectres au visage poudré et à la chevelure grimpante fendre la foule péniblement avec toute leur suite en se dirigeant vers une sortie réservée. Le groupe m'était bien connu depuis le début des années quatre-vingt, et je savais que c'étaient des spécialistes de l'auto-apitoiement océanique et chargé d'électricité. A ma grande surprise, le groupe ne se produisait pas ce soir-là devant une assemblée intime de jeunes amateurs mélancoliques, comme c'était le cas quand j'étais à la fac, mais plutôt au grand stade Robert Kennedy, plein à craquer. Sans qu'on sache comment, la tristesse douce-amère d'hier était devenue le cri de ralliement du grand public. Du fond de la banquette bien défoncée de mon taxi Bell, je suivais des yeux les nombreuses voitures que conduisaient des porcs-épics maquillés et qui empruntaient les rues enneigées menant au stade.

Un exemplaire abandonné de *Billboard* était froissé, sur le plancher du taxi, et le maëlstrom des phénomènes m'incita à jeter un coup d'œil au classement des cent meilleures ventes de disques pour la semaine. Je ne m'attendais pas tout à fait à retrouver cette tendance morose dans ce tableau hebdomadaire. Je constatai que presque tous les tubes du moment aux Etats-Unis avaient été enregistrés par des femmes masculines et des hommes ambigus, avec des paroles sinistres qu'ils adressaient tendrement aux amants de sexe non défini qui étaient sortis de leur vie. J'identifiai le symptôme. Nous étions tous – nous tous qui façonnions la société – touchés plus ou moins par la même déprime, et notre débine noire ne profitait à personne sinon aux entreprises que nous représentions afin de rester en vie et dans cet état lamentable. Pour les maisons de disques qui enregistraient ces chanteurs de ballades, ce chagrin était une poule aux œufs de platine, un gros lot de têtes de mort, dont le couronnement était cette semaine-là : (disait le classement) la version de « Nothing Compares 2 U » par Sinead O'Connor. C'était là, dis-je pour moi-même, la première génération des disques compacts : des piles argentées, pressées pour jouer encore et encore, pour tourner éternellement sans distorsion ni amoindrissement ; les voix qui y étaient encodées – les premiers sons à avoir été choisis pour bénéficier d'une telle préservation – avaient en commun une tristesse omniprésente, qui semblait pleine de nostalgie pour les jours enfuis du vinyle, ces voix qui exprimaient une envie douloureuse d'être une fois de plus massacrées par les aiguilles d'autrefois.

La lumière des réverbères fugitifs glissait sur les pages trop grandes du magazine, éblouissant la région située entre l'information imprimée et mon attention distraite. C'était curieux que la « dance music » paraisse également populaire auprès de ces gens-là, mais après tout, que signifiait-elle d'autre que l'affirmation de la magie du corps et de la chaleur du corps face à la mort ? N'était-ce pas à peu près la même issue que celle que j'avais cherchée autrefois pour échapper à ma misère en regardant la vie et le désir se réaffirmer à grands coups de pelvis sur l'écran de l'Eros ?

Mon chauffeur de taxi, apprenant que c'était la première fois que je venais à Washington, tint absolument à me faire faire une visite en ville. Il me fit franchir des ponts historiques, passer devant des monuments célèbres, et accompagna le tout d'un commentaire monologué ininterrompu où il débitait les secrets d'importance nationale qu'il avait entendus des lèvres de ses passagers tout en conduisant son bahut. Le moindre d'entre eux, s'il était vrai, aurait suffi à vous donner des cheveux blancs. Je remarquai que les mots À LA GUERRE avaient été bombés sur tous les stops de la ville.

« Après tout, c'est le Père de Notre Patrie, dit le taxi, observation standard qu'il ressortit au moment spectaculaire où l'obélisque du monument de Washington se dressa sous nos yeux, turgescent. Je négligeai la plupart des points d'intérêt (que les cartes postales et la télévision m'avaient rendus familiers), davantage séduit par les motifs de la lumière qui se jouait sur les pages ouvertes sur mes genoux, qui me rappelaient des motifs semblables au plafond de notre chambre, la nuit, quand Paige dormait dans mes bras, et où je ne pouvais dormir, parce que quelque chose d'inconnu faisait intrusion sans y être invité dans mon esprit.

Face au tableau qui recensait les titres vidéo les plus demandés dans tout le pays, à la location, *Billboard* avait une publicité pleine page – comme une réponse à la question posée par les ventes record du monde, par l'humeur du monde – pour *Gorge perforée.* « A la demande générale : Disponible. Maintenant en cassette américaine. »

A ma stupéfaction, la sortie de la cassette par un distributeur américain figurait dans le classement à la troisième place.

« Vous êtes marié ? interrompit le taxi.

– Pourquoi cette question ?

– Ben, vous ne m'avez rien dit, alors j'ai pensé que vous étiez peut-être timide, ou j'sais pas quoi. En tout cas – et il prit un virage avant que je n'aie pu déchiffrer le nom de la rue – si jamais il se trouve que vous avez envie d'avoir un peu de compagnie, voilà où vous en trouverez. Vous avez le droit de les aborder, mais elles ne peuvent pas le faire. »

Les filles se tenaient par groupes calculés de trois, chaque trio représentant tout un monde de choix, une palette de beauté. Elles se parlaient, figées par les phares des voitures qui passaient dans des attitudes fugitives d'aigreur et de passivité. Plus loin, dans la même rue, une des jeunes femmes était appuyée à la portière d'une limousine au point mort, dont les vitres étaient couleur bleu-nuit ; d'autres déambulaient de long en large, depuis l'angle de la rue, par couples, comme des hommes-sandwichs, là encore composés délibérément de types opposés, qui se promenaient d'un bout à l'autre du trottoir avec fière allure, le corps bien en chair et les pompes à la mode. Le manque d'éclairage bien défini de ce côté-là de la rue jouait probablement en leur faveur. Je pus voir un bon moment l'une des jeunes femmes, une Chinoise en perruque mauve et minijupe à paillettes, mince, probablement héroïnomane, qui se tenait baignée dans la lumière au néon émeraude d'un bar voisin ; je suppose qu'elle avait une belle bouche, mais sa gorge avait l'air creusée et caoutchouteuse, comme une tige de céleri ramollie d'être restée trop longtemps dans un vieux Bloody Mary.

Les choses étaient plus visibles de l'autre côté de la rue, où un café ouvert toute la nuit illuminait la moitié du pâté de maisons. La lumière qui se déversait à flots de ses fenêtres bien espacées rendait les tapins plus faciles à voir par là-bas, plus attirants au sens littéral. Si le côté droit de la rue faisait la retape de la chair féminine dans toute sa variété, l'autre trottoir pourvoyait aux fantaisies des amateurs de jeunesse. Je ne pouvais vraiment en croire mes yeux; je n'en voyais aucune parmi elles qui semblât avoir l'âge légal.

« Qu'est-ce que c'est que ça? demandai-je. Le rayon pédophiles? »

Les yeux du taxi se ruèrent vers son rétroviseur où il saisit dans quelle direction je regardais.

« Tu mates du mauvais côté de la rue, mon pote! C'est pas ces loques que tu veux!

– Que voulez-vous dire? fis-je en riant. Quelle différence ça fait, le côté de la rue où je regarde?

– La différence, c'est de quel côté de *ta* rue tu regardes.

– Je ne pige pas, répondis-je en vérifiant une nouvelle fois la manière dont ces jeunes femmes étaient habillées et leur pose pour racoler. Vous n'êtes pas en train de me dire que ce ne sont pas des tapins?

– Ce sont des *garrottes*, éclaircit-il. C'est pas ces loques que tu veux!

– Moi, je ne " veux " ni les unes ni les autres, protestai-je. Qu'est-ce que vous voulez dire par " garrottes "? »

Il parla sans se retourner, les yeux sur la route pour éviter prudemment les dangers qui nous environnaient sur la route et qui s'accroissaient en nombre sur le trottoir de son côté du taxi.

« D'accord, cow-boy, ouvre-les bien. Des *garrottes*, c'est comme des putes, mais sers-toi de tes yeux. Elles ont des espèces de garrots au cou – tu vois? Ces rubans autour du cou?

– Oui. Et alors?

– Eh bien, ces garrots cachent leurs marques. Désolé de t'apprendre d'aussi tristes nouvelles, bonhomme, mais il y a assez d'enfoirés de pervers qui vivent ici dans la capitale pour que ça vaille la peine pour une certaine catégorie de gens de se transformer en banques du sang ambulantes. Ce qui est triste, c'est que c'est probablement plus sûr que de *tringler*, de nos jours.

– Vous voulez dire qu'elles se laissent... *mordre* par leurs... clients ? Mais, et leur sang ? Et... ?

– Le sida ? (Et il se mit à rire.)

Regarde-les bien, mon pote. Tu en vois une dans tout ce troupeau qui a plus de dix-sept ans, disons ? Dix-huit, à tout casser ? Une bande de fugueuses, pour la plupart. Elles pouvaient plus saquer l'école, ni maman, p'têt'-ben que papa Jim ou l'oncle Earl les ont fait sauter sur leurs genoux une fois de trop, qui sait ? Il y a un million d'histoires dans la ville sans pitié, comme on dit. Mais tous ceux qui sont de ce côté-là de la rue ont une marchandise particulière. Tu veux deviner ? »

Je me mordis la lèvre : abîme.

« Du sang vierge.

– Et une médaille d'or pour le monsieur. Surtout qu'elles ne te voient pas en train de les mat... eh, MERDE ! »

Nous nous arrêtâmes avec une secousse brutale et le chauffeur frappa le volant du plat de la main.

« Mais quelle putain de pas de bol !

– Quoi ?

– Ohhh, rien, dit-il dans un sarcasme, rien du tout ! C'est juste que le feu le plus long de tout le district de Columbia vient de passer au rouge, voilà tout. »

Il y avait au moins quatre autres voitures entre nous et le carrefour. Il y eut un moment de calme absolu – le genre de calme que l'on n'entend jamais à aucun carrefour d'une grande ville, pour tardive que soit l'heure – et puis un bruit soudain, comme d'une violente averse, s'éleva sur ma gauche. Seulement sur ma gauche.

« Remonte la vitre et verrouille ta porte, m'entendis-je ordonner, et TOUT DE SUITE ! »

En quelques secondes, une foule de jeunes filles et de garçons – ceux qu'on appelait les « garrottes » – envahirent la rue pour encercler les véhicules stoppés au feu rouge, pressant leurs mains et leur visage contre les vitres du taxi, des visages que la distance rendait anonymes tout à l'heure et qui étaient maintenant suffisamment près pour que l'horreur de leurs situations individuelles se trouve placée à parfaite distance de vision. C'étaient des gosses, seulement des gosses, et comme tout le reste, ils étaient potentiellement dangereux quand ils étaient en grand nombre. Je fis ce qu'on me disait de faire, je remontai complètement ma fenêtre contre un déferlement de reproches et d'agression.

Certains des garrottes puaient le bubble-gum, d'autres avaient des colliers de sucreries. Les garçons étaient décharnés et simples, habillés d'un tee-shirt et de jeans noirs, un mouchoir style western noué autour du cou ; la plupart des filles portaient elles aussi leur inexpérience en sautoir, leur acné déguisée misérablement par du maquillage. Leurs joues gonflées étaient trop roses, les ombres qui soulignaient leurs paupières trop prononcées, appliquées trop épais et à la hâte. Ils étaient jeunes, affamés, et probablement sans abri, toute cette bande, ces êtres sous-vitaminés qui se louaient comme aliment, maladroits comme des poulains et déjà marqués. Aussi longtemps que durait ce feu rouge, j'étais leur chose, leur jouet, leur poisson exotique se débattant dans l'aquarium.

« Ne fais pas l'innocent, mon grand, on t'a vu, tu nous regardais, moqua une voix.

– Mon grand ? Tu veux dire : “ Mon gant ”, pas vrai ? ricana une autre.

– On nous la fait pas, à nous !

– Cassez-vous, salopes, menaça un des garçons qui s'efforçait de se frayer un chemin pour venir faire les yeux doux à la portière. Il aime mieux avoir des poils sous la dent, si vous voulez mon avis.

– Je suis type A positif, proposa une autre fille qui se haussait sur la pointe des pieds pour voir par-dessus les têtes de ceux qui étaient devant elle. Ça veut dire que je suis *rare* – sale connard ! »

Ce fut le déclic : sans qu'on sache pourquoi, l'obscénité de la fille fit rompre le fil ténu de décence qui les avait retenus jusque-là. A cet instant précis, les garrottes commencèrent à marteler le taxi avec leurs poings, puis avec leurs minables réticules de quatre sous, leurs paumes moites de sueur, leurs talons de chez Woolworth. Le taxi commença à osciller.

« Mais allez, faites quelque chose », suppliai-je le chauffeur tout en me cramponnant.

Le chauffeur ne quittait pas des yeux le feu rouge qui, accroché au-dessus du carrefour, se balançait dans le ciel en maître absolu :

« Change, saloperie, change donc, grondait-il à l'adresse du mécanisme. Bon sang de bordel !

– Je croyais qu'elles ne pouvaient pas nous *aborder* ! criai-je.

– J'ai dit que les *tapins* ne pouvaient pas, me répondit-il sur le même ton. Accroche-toi, mon pote ! Tu vas voir un échantillon de la tactique de Washington ! »

Avant d'avoir pu saisir sa mise en garde, je me retrouvai propulsé à plat ventre sur la banquette arrière, dans la direction opposée du coup de volant qu'il venait de donner, écrasant du même coup le magazine que je n'avais pas lâché. Il y eut un choc assourdi dehors, et nous filâmes de justesse par le passage étroit que laissaient les deux files de voitures immobiles. Je crus entendre une voix qui criait dans le lointain : « Pez Boy ! Ils ont eu Pez Boy ! »

Le chauffeur baissa sa vitre et lança par dérision dans notre sillage :

« Qu'est-ce qu'il y a, bande de bébés ? Vous ne supportez pas la vue d'un peu de *sang* ?

Puis, remontant sa fenêtre d'un coup de poignet, il déclencha de l'autre main son signal de changement de direction pour passer dans la file voulue. Notre véhicule entièrement fermé sentit bientôt la sueur et l'inquiétude, ce qui créait une sorte d'intimité. Je regardai par la vitre arrière du taxi, où je pus voir, à environ un carrefour de distance, le personnage qui s'appelait Pez Boy que l'on aidait à se relever, visiblement secoué, mais indemne. Le feu avait dû changer car nous réintégrâmes alors le flot de la circulation, et continuâmes, laissant l'épisode s'éloigner jusqu'à ce qu'il soit englouti par les longueurs et les tournants du plan de la ville.

Je ne me retournai pour regarder vers l'avant du taxi que lorsque j'eus commencé à retrouver un peu de sang-froid, m'attendant quasiment, à chaque virage que nous prenions, qu'une foule massive apparaisse au tournant, quelques moments après nous, marée humaine porteuse de gourdins.

« Putain d'*hémos*, ronchonna le taxi. »

Une nouvelle ville, un nouvel hôtel, à nouveau une pastille de menthe dans son emballage vert sur l'oreiller. Bienvenue, voyageur : suce-moi ça.

La soirée à Washington m'appartenait entièrement et je pouvais en faire ce que je voulais. Ne souhaitant pas sortir de ma chambre d'hôtel et affronter la frénésie alimentaire du buffet, j'appelai Emma et je passai une heure à écouter sa voix, puis je passai quelques heures à esquisser des planches pour ma présentation du lendemain matin ; après quoi, je cherchai à me distraire de mes pensées en lisant les options télé offertes dans le menu des loisirs. Y étaient énumérés un certain nombre de titres proposés sur des chaînes à péage, y compris – je ne saurais dire honnêtement que cela me surprit – *Gorge perforée*. Quoique je ressentisse puissamment la tentation de me brancher sur le film, je décidai de m'en passer, le fantasme qu'il m'apportait étant maintenant pleinement concrétisé dans ma relation avec Emma ; je dois admettre que j'étais aussi quelque peu préoccupé à l'idée qu'une vision indépendante du film puisse m'inspirer de fauter, de demander au room-service de faire monter l'un de ces enfants de la nuit, sous-alimentés mais fort nourrissants. Non. Non non non non non. Je m'en tins aux chaînes gratuites.

La chaîne info locale rapportait l'histoire d'un gosse de riches qui s'était suicidé à Los Angeles en se jetant du haut d'un grand panneau publicitaire sur Sunset où l'on faisait la promo d'un film à sortir prochainement, mais personne – vraisemblablement à la demande instante du studio – ne disait ou ne montrait de *quelle* pub il s'agissait. L'affaire était éludée sur CNN et les chaînes affiliées aux grands réseaux nationaux, en faveur de la crise du Moyen-Orient. Les stations indépendantes locales proposaient un choix particulièrement cornélien entre un film de Burt Reynolds (coupé pour la diffusion télé) et une émission reprise par plusieurs chaînes, intitulée *Opinion directe*.

Opinion directe était réalisé dans un petit studio, devant un public « live » de moins de cent personnes, des garçons adolescents pour la plupart, en tee-shirt marqué AXL RULES, et nettement prédisposés à brailler et à huer. L'animateur aiguillonnait son monde de toutes les manières possibles, ponctuant sa diction tranchante de bouffées énergiques tirées sur une cigarette. Cadrant d'abord le seul animateur, la caméra élargit, découvrant deux invités – un homme et une femme – debout à des pupitres antagonistes décorés du logo de l'émission : une bouche ouverte d'où jaillissait comme un éclair une langue déchiquetée.

LE PUBLIC : HOU HOU HOU HOU HOU...

L'ANIMATEUR : « Bouclez-la ! Ecoutons un peu ce que Monsieur Anonyme que voici a à nous dire. *[A L'HOMME au pupitre]* : Vas-y, mec – tu disais ? »

L'homme au pupitre semblait avoir environ vingt-cinq ans. Ce qui aurait pu paraître de loin de l'orgueil était, à y regarder mieux, une pose moite due au trac et à de profondes préoccupations personnelles. Il avait peut-être les cheveux trop bien coupés pour que sa propre classe d'âge le considère digne de confiance, et il était bien mieux habillé que ses grossiers juges.

L'HOMME : « Vous en parlez comme si tout ça était dégoûtant, comme si c'était une sorte de violence. Mais ce n'est pas vrai. C'est... comment puis-je décrire ça ? C'est un moment de danger qui opère comme une épreuve de courage, et une démonstration d'amour qui est en fait plutôt tendre. Je veux dire, n'importe qui peut BEEP n'importe qui, hein ? Qu'est-ce que ça a d'exceptionnel ? Beaucoup de gens passent leur temps à baiser avec des gens qu'ils ne connaissent pas et qu'ils ne reverront probablement jamais. Mais combien de maîtresses avez-vous eues dans votre vie à qui vous auriez fait confiance au point de leur laisser tenir votre vie entre leurs dents ?

L'ANIMATEUR *[il postillonne]* : « Combien ? Je vais te dire combien, banane ! Un gros ZÉRO tout rond, *voilà* combien ! »

LE PUBLIC : HOU HOU HOU HOU HOU...

L'HOMME : « Je suis désolé de l'apprendre, parce qu'il ne s'agit pas seulement d'une offre d'affection. C'est la validation de cette affection. »

LE PUBLIC : HOU HOU HOU HOU HOU...

L'ANIMATEUR : « Très... très... *[Au PUBLIC]* : Eh là, bouclez-la, vous ! *[A l'HOMME, avec condescendance]* : Très éloquent, petit. Très éloquent. Mais puis-je simplement te faire part d'une petite réflexion ?

L'HOMME : Certainement, si vous le jugez bon.

L'ANIMATEUR *[Sa condescendance a pris des proportions dangereuses]* : Voici la seule chose que je veux dire. *[Se mettant à bouillir de colère, il martèle la poitrine de l'HOMME de ses deux doigts qui serrent la cigarette]* : Si t'es, si t'es aussi dépourvu d'amis que ça devrait être le cas avec l'attitude que t'as choisie, je te suggère de passer un coup de bigophone aux gars du 36.15, code : NAZI ! Pa'ce qu'Hitler, il aurait besoin d'un BEEP BEEP comme toi pour lui écrire ses discours tout spécialement ! »

L'animateur est sorti du cadre, triomphant ; ses spectateurs font entendre leur approbation par des rugissements de gorille.

LE PUBLIC : HOU HOU HOU HOU HOU...

L'HOMME : Eh bien, ça montre seulement...

L'ANIMATEUR *[Il interrompt l'HOMME]* : Boucle-la !

L'HOMME :... à quel point vous n'êtes pas au fait des réalités de ce monde, m'sieur, pa'ce que Hitler...

L'ANIMATEUR *[Il l'interrompt encore]* : Je t'ai dit de la boucler ! Alors boucle-la !

L'HOMME : Il est mort depuis plus de quarante ans ! »

L'homme recula en titubant comme un bouffon de cour, tenant vers le haut la paume de ses deux mains comme s'il avait été en train de jongler avec deux boules colossales. L'homme au pupitre réagit, avec une expression qui s'aigrit, comme si cette démonstration l'avait visiblement peiné.

L'ANIMATEUR : « Mais oui, mais oui ! Et à chaque fois qu'un salopard dégueulasse comme toi a les couilles en béton de sortir en public pour venir dégobiller le pire tas de BEEP fumante qu'on risque d'entendre en dehors d'un meeting de skins, c'est LÀ que des hommes et des femmes respectables et propres – comme les hommes et les femmes respectables et propres qui composent mon public... »

LE PUBLIC : HOU HOU HOU HOU HOU...

L'ANIMATEUR : C'est alors qu'on nous fait souvenir de cet enfoiré sanguinaire comme si on y était ! »

LE PUBLIC : HOU HOU HOU HOU HOU...

L'animateur agita le poing en faisant le geste de tourner une manivelle, pour encourager la foule et prolonger la bordée de huées qui en provenait. Je pensai à mon taxi, qui du même geste avait remonté sa fenêtre contre une marée de marchandises humaines. On eut ensuite un gros plan de la femme qui se tenait à l'autre pupitre, sans avoir encore parlé. Elle avait des cheveux bruns coupés court et était légèrement plus âgée que l'homme invité, trente-sept, trente-huit ans peut-être. Elle portait au cou un ruban, mais il n'était pas question d'y voir une intention de séduction. Elle semblait le porter comme un geste de défi. L'animateur rentra dans le champ d'un pas martial.

L'ANIMATEUR *[A la FEMME au second pupitre]* : Oui, madame. Cher public, voici Harry Anna Fellini...

LA FEMME *[Elle reprend l'ANIMATEUR]* : C'est " Ariana ".

L'ANIMATEUR : Oh, excusez-moi ! Arid'Anna – Fellini, ex-perforée aujourd'hui guérie qui a quelque chose à dire d'important. Vous êtes une parente de ce metteur en scène, Fellini, Arid'Anna ?

LA FEMME : Non.

L'ANIMATEUR : Ben mince, c'est que j'ai vu un de ses films, *8 1/2*. Oh dis donc ! Quand même ils auraient pu nous dire que c'était une note sur 100 et pas sur 10, hein ? O.K. Alors qu'est-ce qui te tracasse, ma chérie ?

LA FEMME : Je n'ai qu'une chose à dire.

L'ANIMATEUR : Vas-y.

LA FEMME : Et c'est qu'il y a des hommes qui sont prêts à inventer n'importe quoi pour éviter d'avoir à regarder une femme droit dans les yeux, et d'avoir à la traiter comme un individu à part entière !

L'ANIMATEUR : Aïe, aïe ! Où c'est qu'on a déjà entendu ça, hein ? *[Il s'adresse à l'HOMME au premier pupitre]* : Eh bien, qu'est-ce que t'as à répondre... BELA LUGOSI ? »

LE PUBLIC : HOU HOU HOU HOU HOU...

L'HOMME : « J'aimerais – oui, j'aimerais bien réagir à ça. J'ai dit, si les gens veulent bien la mettre en veilleuse une minute, j'aimerais bien réagir à ça. »

LE PUBLIC : HOU HOU HOU HOU HOU...

L'HOMME : « J'aimerais bien réagir à ça, si c'est possible ?

L'ANIMATEUR *[Au PUBLIC]* : Bouclez-la ! *[Le PUBLIC se calme]* : On écoute Hitler.

LE PUBLIC *[Avec un enthousiasme renouvelé]* : HOU HOU HOU HOU HOU...

Il fallut au moins quarante à cinquante secondes, et quelques gestes d'apaisement médiocrement conciliants de la main toute-puissante de l'animateur pour que la masse retrouve son sang-froid. L'invité se passa les doigts dans les cheveux en signe d'exaspération et se lança dans sa déclaration.

L'HOMME : « Très bien. Ce que je veux dire, c'est que le fait que je sois un fétichiste de la gorge n'a pas eu d'influence sérieuse sur la façon dont je noue ou dont je conserve des relations avec le sexe opposé. Au contraire...

LA FEMME *[Elle l'interrompt]* : Bien sûr que non !

Selon les statistiques, il y a environ trente femmes masochistes dans le public pour chaque homme doté de tendances sadiques sérieuses ! Je dirais que les nombres jouent plutôt en votre faveur.

L'ANIMATEUR : Ben, mon colon ! Vous avez bien dit trente femmes masochistes pour chaque homme doté de tendances sadiques sérieuses ?

LA FEMME : Oui, je pense que les statistiques confirmeront mes dires.

L'ANIMATEUR : Seigneur ! Et ce qu'on disait alors : Deux filles pour chaque mec, hein ?

L'HOMME : J'aimerais bien voir ces statistiques.

LA FEMME : Je suis sûre que ce n'est pas la seule chose que vous aimeriez voir. »

LE PUBLIC : HOU HOU HOU HOU HOU...

Tout en continuant de parler, la femme porta vaguement la main vers son ruban de cou, comme pour rassurer une vieille blessure de ce qu'elle ne risquait rien.

LA FEMME : « Notre société est une véritable pépinière de femmes qui sont transformées en victimes, à qui on apprend à être des victimes, qui veulent être des victimes et qui détruisent rituellement leurs propres occasions de bonheur !

L'HOMME : Pour l'amour de Dieu, c'est une affaire *personnelle*, pas un problème de société !

L'ANIMATEUR : Oh que SI, oh que SI ! Ecoutez tous une minute. Je voudrais juste vous dire une chose, O.K. ? La saison commence finalement à se réchauffer un peu, mais est-ce qu'il y a des gens parmi vous qui se sont éloignés assez longtemps de leur poste de télé cet hiver pour bien regarder la neige cette année ? Je veux juste dire ceci. Notre parking est environ à un pâté de maisons de distance du studio, et je fais ce chemin à pied cinq soirs par semaine. Les deux autres avec sursis, hein ? Et j'arrive à pied au studio, dans la neige, et je baisse les yeux vers mes caoutchoucs Totes, vous savez ? Et, hein, je marche dans la même neige que tout le monde. Je vois les taches jaunes et les machins marronasses de temps à autre, et une fois de temps en temps, je vois un petit truc, vous savez, en latex là-dedans. *[Il traverse le plateau en courant et saisit l'HOMME par les revers de son veston]* Mais c'est le premier hiver que j'ai jamais vu de la neige ROUGE, mec ! Toi et tous ces autres dégueulasses, vous vous pavanez – en vous baptisant fétichistes ! Mais selon moi, monsieur le vers de terre, monsieur l'ordure, monsieur BEEP BEEP, monsieur l'anonyme, monsieur personne, monsieur peigne-BEEP, tu n'es qu'un ignoble, un dégoûtant, un infâme... MORDEUR ! »

LE PUBLIC : HOU HOU HOU HOU HOU...

L'effet recherché une fois obtenu, l'animateur lâcha brusquement le revers de son invité apeuré. Pendant que ce dernier se rajustait, l'animateur se tourna vers la caméra avec un grand sourire théâtral – l'antithèse de l'émotion dans laquelle il se trouvait il y a à peine quelques secondes de cela.

L'ANIMATEUR : « Notre sujet ce soir : GORGE PERFORÉE – LE NOUVEAU SPORT EN CHAMBRE DE L'AMÉRIQUE ! QU'EST-CE QUE CES BEEP dégueulasses ne vont pas encore aller inventer ? On se retrouve tout de suite après ça ! »

A ces mots, la caméra coupa sur le jingle de l'émission, une séquence d'animation médiocre en couleurs délavées qui s'achevait sur le logo d'*Opinion directe* gravé sur les pupitres. Toutefois, par déférence pour le sujet traité, les dessinateurs de la station avaient outré les incisives supérieures visibles dans la bouche ouverte pour obtenir des dents de vampire, et on encourageait les spectateurs à appeler un numéro vert spécial, 1-800-976-MORD.

Mon séjour dans la capitale avait pour but de montrer aux gens de la marque Consolations mes idées pour leurs publicités intérieures (presse écrite et affichage) et internationales (télévision). A neuf heures quinze, le matin qui suivit, je rencontrai leur vice-président chargé de la publicité pour une conversation privée, préalablement à la réunion prévue pour dix heures. Niles Rodriguez, le Cercueil, était hispanique, grand, l'air distingué ; ses épaules larges et sa silhouette qui s'amincissait vers le bas faisaient de fait penser à un cercueil ; son expression était marquée par les soucis, et ses cheveux toujours noirs étaient clairsemés de part et d'autre de son crâne. En homme attentif, il comprit à mes yeux que j'avais peu dormi et eut la gentillesse de demander à un de ses subordonnés d'apporter du café pendant notre entretien.

« De grosses émotions, expliquai-je en guise

d'excuses en lui tendant mon carton de planches dans son étui en cuir. Il défit la fermeture Eclair avec une hâte élégante.

– Je vois, ronronna-t-il en feuilletant le story-board. Vous nous avez apporté plusieurs options ici, remarqua-t-il.

– Chez SPI, nous croyons à la valeur du concept originel et nous ne voulons pas de la réflexion collective. Ça ne veut pas dire que nous oublions de tout couvrir. Toutes les planches que vous avez sous les yeux sont mon œuvre. A vous de décider. »

Rodriguez manipulait les planches avec considération et douceur, les soutenant d'un bras comme il aurait enlacé le dos d'une cavalière. Je bus un premier café rapidement, reconnaissant, puis un second plus lentement, tout en battant du pied sur un accompagnement imaginaire. Après avoir admiré ce qui était mon choix personnel, et une ou deux autres solutions, il indiqua qu'il y avait quelqu'un d'autre parmi ses associés qui peut-être devrait se joindre à nous, et il appuya sur son interphone.

« Oui ? fit une voix.

– Lynn, je suis en train de voir des images *fantastiques* ici. Voulez-vous bien appeler Nancy Reagan pour lui demander de nous rejoindre, s'il vous plaît ? »

Saisissant ma réaction du coin de l'œil, Niles le Cercueil eut un large sourire et pour me rassurer :

« Non, dit-il, pas *cette* Nancy Reagan-là. »

Première affiche : un acteur au premier plan qui fait écran de ses mains pour allumer une cigarette dans le vent de la nuit ; au fond, on voit une femme qui s'éloigne en direction d'une grande ville avec le profil de ses gratte-ciel éclairés. QUAND ON A PEUR DE L'AVOIR PERDUE... CONSOLATIONS.

Deuxième affiche : le même acteur assis seul au comptoir d'un bar, l'air méditatif, fumant pensivement une cigarette ; tout autour de lui, comme une brume ectoplasmique, il y a le visage d'une belle femme. QUAND ON NE PEUT PAS L'OUBLIER... CONSOLATIONS.

Troisième affiche : l'acteur a sa main droite appuyée contre le haut vitré d'un juke-box – à l'intérieur, des centaines de chansons, énumérées sur des pages métalliques – une cigarette serrée entre deux doigts, tandis que sa main gauche hésite au-dessus des touches de sélection. QUAND CHAQUE CHANSON ÉVOQUE SON SOUVENIR... CONSOLATIONS.

J'avais dessiné d'autres planches, selon un concept similaire – tous étaient inspirés par la douleur de la séparation que j'étais en train d'éprouver – mais le conseil de direction tomba d'accord pour dire que cette séquence-là racontait la meilleure histoire.

« Ce que je trouve irrésistible dans ce concept, c'est la manière dont il n'y a rien sur ces planches qui ait individuellement plus d'importance que l'élément qui en est *absent*, déclara Niles depuis son fauteuil en haut de la table.

– Exactement, fit quelqu'un en écho. Le vide. Le vide que chaque consommateur ressent parfois. Ce vide qui dit : « Achète. » C'est suggérer que Consolations est une sorte de préservatif contre l'angoisse du vide universel.

– Vous avez raison, Niles ; c'est renversant, proclama Nancy Reagan. » Puis elle me regarda d'une manière tout à fait directe et dit, avec une ironie qui n'était perceptible que pour nous deux :

« Je me demande où il va chercher tout ça.

– Eh, il faut que quelqu'un écrive ça, fit un autre.

– Quoi ? demanda quelqu'un avec un crayon.

– Préservatifs. Vérifiez les marques déposées et puis ajoutez-moi ça sur la liste des noms que nous sommes en train de tester pour notre nouvelle marque économique. Non, non, attendez ! Mettez plutôt *Capotes* – ça fera plus british ! »

L'assemblée directoriale eut l'impression que j'avais trouvé l'identité particulière dont leur produit avait si désespérément besoin ; il fut décidé que ces publicités sortiraient aussitôt que possible, et envahiraient tous les emplacements des autoroutes d'une côte à l'autre où elles seraient remplacées tous les quatre mois par de nouvelles affiches. Niles m'offrit à dîner ce soir-là avec plusieurs autres membres de l'équipe des Consolations. Nancy Reagan essaya de croiser mes regards pendant tout le repas et, après une heure de résistance polie de ma part, elle me suivit carrément dans les toilettes pour hommes.

« Boum boum, espèce de vieil amateur de chair

fraîche, me taquina-t-elle en faisant jouer gaiement son *sterno-cléido-mastoïde*, comme elle le faisait autrefois. Je fermai ma braguette et lui expliquai que je trouvais ses attentions très flatteuses – mais que j'étais pris.

« Tu étais pris *à l'époque*, fit-elle.

– Comme ci comme ça, concédé-je. J'étais en train de me sortir d'un divorce.

– Oh ? »

Et elle alluma une cigarette, qu'elle me tendit, encore humide de ses lèvres ; je ne la pris pas.

« Et qui est la nouvelle élue ?

– C'est... elle est tout ce que je pouvais désirer. »

Nancy me souffla un peu de fumée par-dessus la tête et me lança un de ces regards inquisiteurs par lesquels ses yeux verts savaient jauger un homme.

« Il faut que ça soit une vraie star de cinéma », éructa-t-elle en pivotant pour sortir.

Je quittai le restaurant en sachant que j'allais rentrer à Friendship le lendemain avec dans l'étui de mon carton un contrat de trois ans qui n'attendrait plus que la signature d'Austin. Et que mon attachement pour Emma était bien plus fort que je ne m'en étais rendu compte.

Rentré dans ma chambre d'hôtel à l'Hay-Adams, j'éteignis la télévision et je me tins pendant de longues minutes à la fenêtre, au quatorzième étage sur la rue, à regarder fixement des voitures anonymes, taxis et limousines, se faire couvrir d'injures en passant en trombe entre deux haies menaçantes de puceaux anonymes. Je réfléchis à la phase de ma propre virginité, que je n'avais perdue qu'à ma dix-septième année (ce qui était un peu tard pour quelqu'un de ma génération), en me rappelant à quel point j'avais ressenti ses inconvénients. Maintenant que j'avais gagné un point de vue approprié, je me rendais compte qu'en fait cela avait été un avantage ; perdre ma chasteté dans le mariage, avec quelqu'un que j'aimais vraiment, avait été une absolue bénédiction. Je n'éprouverais plus jamais rien d'aussi signifiant, d'aussi bien distribué dans tout mon esprit et mon corps, que ce que j'avais éprouvé grâce à mon union avec Paige. Tous les moments de conscience, toutes les sensations que j'avais connus depuis, pour gratifiante qu'ait été leur immédiateté, avaient été fondamentalement erronés dans leur orientation ; je baisais avec mon cerveau et je pensais avec mes tripes. *Une forme d'excitation qui semble inclure le moi supérieur, un désir si neuf qu'il donne l'impression d'une forme de connaissance renvoyant les anciennes responsabilités du cerveau aux régions primaires, non pensantes et non censurées, des tripes*, pour citer le panneau au carrefour. Le chemin que j'avais choisi avait tout déformé à la ronde. A présent, j'avais personnellement vu le visage de ces âmes perdues : des enfants sans expérience, dont les yeux avaient tout vu, dont la tête était trop engorgée de rêves de bien-être pour songer à la question de leur propre sécurité et qui portaient sur leur gorge le ticket non remboursable à destination de ces rêves. Une étiquette du prix.

Sous le feu croisé de ces sombres pensées, j'appelai Emma pour que sa voix puisse les couvrir. Elle m'assura que je n'étais pas seul et me lut un passage de Shakespeare jusqu'à ce que je m'endorme à poings fermés.

IV

« L'endroit d'où tu venais n'est plus, l'endroit où tu croyais te rendre n'a jamais existé, et l'endroit où tu es ne vaut rien à moins que tu ne puisses t'en échapper. »

Flannery O'Connor
La Sagesse dans le sang

IL ÉTAIT UNE FOIS DANS L'OUEST

Et puis il y eut la fois – ce n'était pas le premier soir, et ce ne fut certainement pas le dernier, où je pleurai de l'avoir rencontrée – où j'attendis d'avoir des nouvelles d'Emma aux urgences d'un hôpital de Los Angeles. Nous sortions ensemble depuis un an environ, et nous étions venus voir la Cité des Anges pour tester notre compatibilité avec ce qui devait être le siège des opérations de la filiale de SPI pour la côte Ouest, dont le Vieux m'avait implicitement offert la direction. Emma était disposée à s'installer en Californie, à inonder Rodeo Drive avec sa ligne exclusive de vases à long cou. La question était : avions-nous vraiment envie de faire nos valises en les remplissant de choses vraies pour nous installer au Pays des Illusions ?

« Essayez quelque temps, m'avait dit Austin en me lançant les clés de son refuge de Malibu. »

A travers mes larmes, je contemplais la nuit de L.A. par une fenêtre d'observation, pensant à part moi qu'on aurait dit une toile peinte très coûteuse... mais, bien sûr, c'était *vraiment* une toile peinte très coûteuse. Au premier plan du paysage urbain, on voyait une grande publicité pour *Gorge perforée* – qui passait en exclusivité ce mois-ci sur la chaîne Cinemax. Ce film que j'avais toujours considéré comme ma chose à moi tout seul ne l'avait jamais été vraiment ; je revins par la pensée sur le public spectaculairement accru qui s'était pressé à l'Eros le dernier soir où *Gorge perforée* y avait été projeté, et c'était là toute la démonstration dont j'avais besoin pour me persuader que je n'avais aucune responsabilité exclusive dans toute cette terreur qui se répandait dans le monde réel. Bien sûr, les autres grandes affiches, facilement visibles depuis mon observatoire – pour la Nécro, le Paradis de la Télé et Consolations – suggéraient que je n'étais pas non plus entièrement innocent, mais j'étais environné à Hollywood de gens anonymes qui étaient responsables, à un titre ou un autre, de panneaux publicitaires dont l'influence avait refaçonné la réalité des cinquante Etats de l'Union, pour obtenir une configuration plus adaptée et profitable à leurs intérêts sans visage. Ici dans l'Ouest, cette culpabilité était positivement du copinage, et cela atténuait le sentiment de culpabilité de tout le monde. Les choses étaient monstrueuses à Los Angeles, mais cela parvenait à être acceptable parce qu'au cœur de cette capacité de la ville à la monstruosité et de sa potentialité de mélodrame se trouvait, non encore écrit, le grain à moudre de futurs films à faire. Tout ce qui arrive a beau être horrible (disait la sagesse du cru) je peux m'en servir. C'était mon intuition que les films d'horreur étaient à la veille d'un grand retour en force.

Emma m'avait persuadé d'accepter finalement une Nécro LTD de Lee Torrence et de Maverick Motors, et elle fut mon chauffeur pour visiter la ville dans ce symbole social flambant neuf, couleur rouge sang. Avec elle au volant, je pus dévaler à toute allure ces routes tortueuses dans les collines, à la place du mort, regardant filer des films extravagants par la vitre de ma portière. Virtuellement tous les immeubles de toutes les rues étaient apparus au moins une fois dans un film ou un feuilleton que j'avais vu. Rouler à Los Angeles, c'était comme rouler dans un film en 3-D, et grâce au smog, on avait à l'arrivée le même genre de migraines et de douleurs oculaires. Les poursuites de voitures et les carambolages étant tellement populaires au cinéma, je ne fus pas surpris du nombre de vrais accidents de la circulation dont je fus le témoin en une semaine ; je remarquai une tendance particulière à accélérer aux feux rouges. Je vis la chose se reproduire depuis ma fenêtre d'observation comme si, partout en même temps, on se mettait à confondre le rouge avec un encouragement à BONDIR.

BONDIR À LA GORGE, selon le conseil de ma campagne actuelle pour la Nécro.

On pouvait voir ces quatre mots étinceler sur de grands panneaux échelonnés le long de Sunset et La Cienaga, et je me souvins en faisant les cent pas dans la salle d'attente qu'il faudrait bien tôt envoyer mon prochain lot d'affiches pour Consolations à Washington. Je les composai sur-le-champ :

QUAND LE DOCTEUR OFFRE DE PRENDRE UN SIÈGE... CONSOLATIONS.

QUAND IL NE RESTE RIEN À FAIRE QU'ATTENDRE... CONSOLATIONS.

QUAND CE N'EST PAS VIRIL DE PLEURER... CONSOLATIONS.

Le monde avait beaucoup changé en un an. La sortie nationale de *Gorge perforée* en cassette américaine catapulta un comportement, resté raisonnablement circonspect pendant l'exploitation du film en salles et l'époque des cassettes importées, jusqu'à un stade de visibilité grand public. Comme la plupart des petites libertés érotiques, la perforation prenait un aspect un peu moins sublime dans le miroir d'une chambre qu'au cinéma ou derrière les paupières closes d'un des partenaires. Ce fut peu de temps après mon voyage à Washington, où j'avais fait connaissance avec lui de première main, que le mot *garrotte* envahit pour la première fois les gros titres des journaux. Un jeune fugueur originaire de Grand Rapids, dans le Michigan, était mort victime d'une tragique erreur de calcul, apparemment en se prostituant au locataire fortuné d'un duplex de Manhattan. A la suite de cette catastrophe privée, et de la publicité universelle qui lui fut faite, certains fanatiques de *Gorge perforée*, plus honnêtes ou tapageurs que moi dans leur choix de vie, furent dénoncés par des hommes politiques comme des pornographes et pire encore. Des groupes féministes se rassemblèrent pour condamner dans la perforation l'expression la plus scandaleuse en date de la violence contre les femmes. Un sociologue de renom décrivit la perforation comme symptôme des émotions fragmentées de personnes privées de repères par les médias – un acte qui était « non seulement impersonnel et irresponsable, mais redoutablement antisexuel dans sa résolution passionnée d'érotiser une horreur obscène ». Un autre intervenant public, dont la base était « le peuple chrétien », omit dédaigneusement tout ce jargon et stigmatisa dans cette pratique un cancer pur et simple, qui rongeait cette pierre angulaire incontestée de la société, la famille américaine. D'autres prophètes tonitruants, parlant au nom du Seigneur, affirmèrent que ce qui commençait dans la pornographie s'achèverait sûrement dans les flammes de l'Enfer, que le zèle satanique des perforeurs ne pouvait rien récolter de moins que les spores de l'Apocalypse. C'est de ce coin-là que surgit une organisation religieuse extrémiste appelée NOSFER – Noyau d'Opposition aux Sales Fantasmes Erotiques; ce furent ses membres qui prononcèrent les premiers des mots diffamatoires comme *vampire*, qui se répandirent comme un feu de broussailles depuis leurs conventicules jusqu'aux couvertures des hebdomadaires à scandales, puis aux gros titres des grands journaux de la presse nationale, pour finir dans les conférences de presse présidentielles et dans les blagues du *Tonight Show*. Entre nous, Emma et moi parlions de cette marée montante de l'intolérance comme d'une « hypertension ».

Une des affirmations préférées de ses critiques était aussi que la perforation – en tant que forme de comportement érotique dépourvu de place dans le plan de la reproduction humaine – était essentiellement, comme la masturbation, la fellation, ou le coït anal, un acte égoïste et donc à partenaires multiples. Ce n'était pas vrai, et même si ça l'était, je les emmerde. Je parle pour moi, mais les tensions érotiques impossibles que j'avais ressenties autrefois en présence de femmes à la gorge nue, ou de femmes en pull à col roulé, s'apaisèrent complètement une fois que j'eus trouvé quelqu'un avec qui je pouvais leur donner libre cours, et Emma et moi, nous nous étions engagés avec bonheur dans une sorte de monogamie qui statistiquement aurait fait rougir une relation hétérogénitale sur deux. Bien sûr, je continuais à remarquer les autres femmes, comme l'ont fait des milliards d'hommes heureusement mariés tout au long de l'histoire humaine. Comme je l'expliquai à ma compagne, en déformant amèrement à mon profit le discours des préjugés ordinaires : « Peut-être que je suis un *vampire*, mais je ne suis pas un cadavre ! »

Je ne puis parler que pour moi-même : je n'ai jamais été motivé par la soif du sang, et faire saigner Emma ne m'a jamais excité sexuellement en aucune manière; c'était, si vous voulez, notre moment de décharge, le signe que nos tensions charnelles s'étaient débridées et détendues. Je buvais son jus aussi souvent que je ne le buvais pas, tout comme d'autres actes où il y a congrès buccal impliquent d'avaler ou pas, sans privilégier l'un ou l'autre, et la décision de le faire ou pas n'intervenait en rien pour rendre l'acte lui-même plus ou moins jouissif pour moi ou ma partenaire. A chaque fois, c'était un virage qui se négociait suivant l'impulsion du moment.

J'aurais fait n'importe quoi pour elle, mais Emma n'exprima jamais le moindre intérêt pour un retournement des rôles où c'est elle qui m'aurait perforé. Ç'aurait été contraire d'une certaine façon au film dans lequel nous nous sentions unis, cela aurait perverti les sensations sublimées que le don lui apportait. Pourtant les exemples offerts par le film n'étaient pas strictement observés par tous les couples; *Gorge perforée* ne contenait pas d'épisodes homosexuels mais il m'arrivait de temps en temps de voir des hommes dans les rues de Friendship qui portaient des ascots et des cols roulés, et ces accessoires s'avéraient encore plus populaires chez les hommes des grands centres urbains que nous voyions à la télévision, aperçus à l'arrière-plan de reportages tous apparentés, réalisés à Londres, New York ou San Francisco. Le col roulé et l'ascot étaient en train de prendre leur place parmi les autres messages vestimentaires de la culture gay contemporaine, comme des substantifs fraîchement apparus dans le langage secret du mouchoir dépassant de la poche revolver, du paquet de cigarettes roulé dans la manche du tee-shirt et le bracelet de cuir noir. Des cibles aussi clairement désignées étaient des proies faciles pour des armes vengeresses.

C'est en plein milieu de ce climat politique qu'Emma et moi avions senti que notre Eden à peine découvert succombait déjà sous les ténèbres. Dans la résolution de nous désolidariser du reflet de nos mœurs que nous exhibait grossièrement chaque soir le miroir des rues et de la télévision, nous cherchâmes à redéfinir qui nous étions. Dans notre envie désespérée de demeurer ensemble purs et exempts de souillure, nos plaisirs mutuels s'orientèrent de façon expérimentale dans des directions connexes mais autres.

Comme avec l'épisode du nombril.

Comme avec son rêve.

J'étais rentré à Malibu ce soir-là pour trouver la maison vide, la table de verre, dans la pièce vidéo du Vieux, renversée. Tout en la remettant sur ses pieds, je saisis des signes de violence sur le patio, et s'empara de moi l'angoisse qu'Emma ne m'ait quitté. L'œil rouge du répondeur clignotait de messages. Il y avait les appels attendus d'Austin et de Nancy et puis d'Austin et encore d'Austin, mais le message le plus important était celui qu'avait laissé un médecin de l'hôpital voisin.

« Bonjour, ici le docteur Appèlatous. Pourriez-vous, s'il vous plaît, vous rendre aussi vite que possible dans notre service des urgences ? »

Il expliquait qu'Emma se trouvait hospitalisée pour des raisons qui me seraient révélées à l'hôpital ; elle était dans un état préoccupant mais stable. Il continuait :

« Ah oui, je crains que nous n'ayons dû déchirer ses vêtements pour lui administrer des soins. Si vous vouliez bien lui apporter une tenue de rechange ? Vous donnerez seulement mon nom à l'accueil. Merci. *Clic.* »

Je tirai du placard une paire de jeans et un sweat-shirt vert, en me demandant ce qui avait pu se passer et en imaginant le pire, me représentant les vêtements que j'avais dans mes bras détrempés de sang noir-violet. N'ayant guère confiance après tout ce temps dans mes capacités à me débrouiller avec une voiture, je fis le chemin jusqu'à l'hôpital en courant sans m'arrêter. Les urgences étaient désertes, de façon quasi surréelle. A bout de souffle, je m'annonçai au bureau des renseignements, où une infirmière séduisante à la peau laiteuse me débarrassa des vêtements d'Emma. Elle m'invita à aller m'asseoir dans la zone d'attente, au bout du couloir, la pièce adjacente à la salle d'observation. Je serais appelé quand le docteur Appèlatous serait prêt à me voir.

Près de la fenêtre, il y avait un petit canapé deux places, avec des coussins en vinyle vanille, où je m'installai. Le service comptait quatre zones d'attente différentes, une à chaque coin de couloir, et elles étaient toutes vides. Depuis le canapé, je voyais le bureau central où deux infirmières bavardaient en buvant du café. Leur téléphone sonna, mais elles reposèrent le combiné en toute hâte, suggérant un faux numéro. Après quelques instants, l'une d'elles se tourna vers moi et commença à s'approcher, et je fus inquiet à l'idée que les lettres vertes à reflets métalliques, sur l'écran de leur ordinateur, lui avaient fourni de mauvaises nouvelles. Cette infirmière – une brune si proche de mon type que je faillis la prendre pour Emma ou quelqu'un de plus approprié – prononça mon nom depuis le bout du couloir, puis s'approcha de moi lentement. Nous n'avions pas encore échangé un mot, aussi d'instinct je tendis la main pour serrer la sienne. Nous eûmes un petit rire nerveux, puisqu'il n'y avait pas de règles de savoir-vivre édictées pour de telles situations.

« La nuit va être longue, dit-elle. Nous venons de refaire du café au bureau, si ça vous tente.

– Oui, merci, volontiers.

– Vous ne m'avez pas l'air de vouloir du lait ou du sucre.

– Non, vous avez raison. »

Je fis mine de la suivre vers le bureau, mais elle me fit rapidement signe de rester à ma place.

« Ne bougez pas, je vous l'apporte ; ça m'occupera. »

Quelques instants je sirotai le café noir en regardant l'infirmière retourner tranquillement à son poste dans ses bas couleur crème. Le temps continua à passer sans que j'aie la moindre explication de ce qui avait pu arriver à Emma. Je repassais en tous sens mes souvenirs de notre entrevue du matin, dont l'élément le plus remarquable avait été qu'Emma était presque complètement dépourvue de curiosité. En regardant s'éloigner paisiblement les jolies jambes de l'infirmière, je me demandai pourquoi je n'avais pu avoir quelque chose d'innocent comme fétiche – des bas blancs, par exemple ? Vouloir ces bas... faire une fixation sur leur chatoiement spermatique... ou me faire attacher avec... ou alors quoi, aimer me les mettre... *n'importe quoi* plutôt que...

Elle avait les yeux morts, mais sa voix était ressuscitée. Je l'entendais à nouveau, comme la voix off d'une autre séquence disparue. La Séquence de la Salle d'attente.

Bébé, j'ai fait le Rêve le plus Incroyable.

Je n'étais pas dedans. Mais toi si.

Tu étais dans un hôpital inconnu à faire les cent pas. Tu attendais des nouvelles de mon état. Ça devait être moi, parce que tu étais aussi bouleversé que si quelque chose t'était arrivé à toi.

Notre téléphone sonnait au milieu de la nuit et je n'y étais pas, et tu as fait tout le chemin en courant, juste pour me retrouver. Je te sentais dans ma chambre d'hôpital – au travers des calmants – qui courais vers moi, qui venais me rejoindre, faisant tout le chemin depuis l'autre bout de la ville.

Au service des urgences, les salles étaient vides pour l'essentiel, comme ça n'arrive que dans les rêves.

Tu attendais vraiment très longtemps, mais ensuite un médecin venait te montrer comment me trouver.

Il t'escortait tout au fond des entrailles de l'hôpital, jusqu'à un endroit où tous les couloirs étaient sombres. Tu jurais constamment pour ne pas perdre courage.

Tu continuais à avancer encore et encore, jusqu'au moment où le médecin te disait que tu pénétrais maintenant dans le service où se pratiquaient les Opérations de l'Inconscient.

Les numéros sur les portes des chambres des patients flottaient dans les ténèbres, avec une signification presque viscérale.

Le médecin voulait te mettre à ton aise, sachant bien que tu avais besoin de tout ton courage pour l'épreuve que tu allais affronter. Aussi décidait-il de te parler de certains des patients placés dans ce service particulier. Comme la femme qui avait fait momifier son corps de son vivant dans les veines d'un homme marié qu'elle avait longtemps aimé en silence.

Il te dit qu'ils l'avaient fait parce que c'était l'amie d'un ami...

Puis il t'amena dans une chambre très spéciale. Le numéro sur cette porte t'était particulièrement familier, résonnant dans tes nerfs et tes muscles comme ton premier baiser. Et alors tu comprenais la signification de ce numéro, qui était non seulement le numéro de la chambre dans cette section particulièrement inhabituelle d'un hôpital, mais le numéro de la maison où nous vivions ensemble. Oui, mon chéri : dans ce rêve, nous vivions ensemble.

Tu regardais le numéro et tu disais : « Comme le monde est petit. » Mais alors, presque tout de suite, tu comprenais que le monde n'était pas si petit, pas vraiment.

C'est seulement que Dieu prend soin de moins en moins de gens.

Je me réveillai en jurant, en sentant le café brûlant qui m'ébouillantait la jambe ; l'épuisement et le sommeil m'avaient saisi avant que je n'aie pu déposer ma tasse. Je me ruai vers les toilettes pour hommes au bout du couloir, qu'un tournant dissimulait à la réception où les infirmières ricanaient de mon juron violent, et j'appliquai de l'eau froide sur la tache pour essayer de la faire disparaître. Je fermai le robinet une minute plus tard pour découvrir que l'acoustique caverneuse des toilettes carrelées était envahie par intermittence par les lourds sanglots d'un homme provenant d'une cabine occupée.

Je m'étais rassis sur les coussins en vinyle vanille du canapé, en lissant mes *chinos* là où la tache n'avait pas pris, et je pensais à Emma. J'eus l'impression d'avoir fait à cette femme une injustice affreuse – cette femme avec qui j'avais partagé un rituel répété à l'infini, hors duquel nous existions à peine à présent comme amis – et d'avoir fait un tort égal à l'autre moitié de moi-même, la moitié qui avait été mon épouse, avec laquelle seule cette unique petite forme d'expression avait été impossible. Pour le goût d'un peu de sang, j'avais gaspillé tout un cœur.

J'entendis les souples chaussures blanches de l'infirmière se rapprocher de moi à nouveau. Je crus qu'elle allait m'offrir une couverture, mais quand elle fut arrivée devant moi, brune et morose, je me rendis compte que c'était en fait l'autre infirmière de garde.

« On dirait que la nuit va être longue, annonça-t-elle. J'allais faire un saut à la cafétéria. Y a-t-il quelque chose que je peux vous ramener ? »

Je me refusais à la nourriture. La faim, l'attrition des instincts oraux, devenait une alliée. Je sentais vaguement que la réalité de la faim mettait à vif mes extrémités nerveuses et me rapprochait de la sensation de vivre.

« Non, merci, dis-je. Avez-vous appris quelque chose sur...

– Non, je crains que non.

– Y a-t-il eu une nouvelle évaluation de son état ? Quand pourrai-je la voir ?

– Il faudrait que vous posiez cette question à un médecin ou à une infirmière, monsieur.
– Mais vous n'êtes pas infirmière ?
– Seulement une partie du temps, sourit-elle en se plaçant devant le panorama des hauteurs de Hollywood. A vous dire la vérité, je suis actrice en réalité... »

Le médecin ouvrait la porte où notre numéro était inscrit.

Lui et toi, vous entriez dans une chambre où tout était blanc comme pour un mariage. Tu mettais une main devant tes yeux afin de te protéger de la lumière, ou peut-être pour cacher tes larmes. Je suppose qu'il y a des fois où ce n'est pas viril de pleurer.

Le médecin te guidait par le bras jusqu'au superbe lit où je reposais. Peut-être que dans le rêve je me voyais pour la première fois avec tes yeux : j'avais l'air si apaisée, si claire et si belle, que la menace sous-jacente au mystère sortait du rêve comme par lévitation. Est-ce vraiment ainsi que tu me vois ?

Tu me tenais les mains, et tu avais l'air si heureux de me trouver là, au centre de tout ce mystère, après toute cette horrible attente qui t'avait été infligée, après avoir traversé la ville de part en part en courant, seulement pour être avec moi – que tu te mettais vraiment à pleurer.

Toutes mes couleurs se dissolvaient dans tes larmes.

Je laissais échapper tes mains, et je commençais à défaire le nœud de dentelles sur ma gorge. Le médecin se retirait pour nous laisser seuls. A compter de ce moment, rien n'existait plus en dehors de notre aura mutuelle.

Je défaisais le devant de ma chemise.

Ecartant mes seins, j'enfonçais la main jusqu'au centre de ma poitrine, et je te l'ouvrais, comme une paire de portes dorées d'un buffet.

La lumière de la chambre me touchait à l'intérieur, là où la lumière n'avait jamais pénétré. Mon cœur battait à l'intérieur, et je t'invitais sans parler, avec seulement un sourire, à le prendre. A le tenir....

Je ressemblais à une madone. Mon sourire semblait dire : Prends ceci, car tout ce que je t'ai donné est parti d'ici, et c'est ici que sa puissance est la plus grande. Tout ce que je te donnerai jamais viendra d'ici, où je suis maintenant en train de l'engendrer. L'amour que nous partageons est renfermé ici, pleuré d'ici, refoulé d'ici. Je veux sentir dans tes mains la récompense de notre amour, la déposer entre tes mains.

Tes mains s'étendaient dans la lumière, et le rêve se refermait autour de mon visage, comme un plan avec fermeture à l'iris, dans un film muet. Tout ce que je voyais, c'était la lumière de mon sourire, de mon sourire parfaitement heureux... de ma satisfaction parfaite... qui rayonnait sur toi d'en haut comme la grâce céleste...

Je n'ai jamais vu un amour pareil.

Je n'ai jamais connu pareil amour.

Mais moi, j'en ai envie.

Je ne suis pas le seul à nourrir certains rêves d'une nature érotique que je sais être impossible. Au contraire, y a-t-il quelqu'un qui ne garde pas secrètement et n'entretient pas un rêve à l'intérieur d'un rêve ? Ne nous trouvons-nous pas toujours en train de revenir dans nos pensées à la même extase, comme un gage laissé pour compte ; son mouvement animé suspendu à jamais dans les endroits tendres de notre corps, désir idéalisé par le principe même qu'il ne doit jamais se réaliser, qu'il doit pour toujours demeurer en deçà du passage à l'acte – non dit – à cause de qui nous sommes, à cause de ce que nous sommes devenus par rapport à nos êtres chers ? Pour le monogame juré, il se peut que ce dilemme soit presque aussi immense que le sexe opposé. Il se peut qu'un raciste brûle d'une suave curiosité pour les peaux des races qui outrepassent ce qu'il tolère. Ou qu'un homme sans enfants soit obsédé par l'idée qu'il a toutes les chances de mourir sans connaître jamais le goût du lait d'une femme. Ces choses sont aussi obscures et indicibles qu'elles sont humaines, ces choses qui ont à voir avec le fait d'être vivant, et condamné à mort, et refuser qu'il y ait un coin d'expérience humaine profitable qui nous échappe.

C'était dans cet esprit qu'Emma m'avait confié son rêve. Quoique ma première impulsion après avoir entendu ce fantasme ait été de ressentir une nausée, je vis bien que cela l'excitait terriblement ; je sentais même le goût de l'excitation produite par ces images, une pointe d'adrénaline dans le sang qu'elle communiquait en me confiant son rêve encore et encore, comme une vision d'un pays lointain.

« N'est-ce pas magnifique ? » me demandait-elle, tout à trac.

Bien que le sujet n'eût en rien touché au thème de notre conversation, ni à la paix du moment, je savais exactement ce qu'elle voulait dire.

« Je ne sais pas, lui disais-je, en toute honnêteté. Tout ce rouge.

– Le sang est bleuâtre jusqu'à ce qu'il entre en contact avec l'air. C'est alors qu'il devient rouge. On ne peut le voir bleu qu'au cinéma.

– Dans des " films bleus " [1], plaisantai-je. Non, sérieusement, ça a l'air si dégoûtant. Le sang, c'est une chose, mais... des *organes* ? Je ne sais pas. Et si j'avais la nausée ?

– Tu n'as pas vu ça comme moi, je l'ai vu, Visage d'ange. » Il se passait plusieurs minutes, jusqu'à un quart d'heure, et puis elle se mettait à songer :

« Je me demande comment nous pourrions faire pour que ça arrive.

– Mon Dieu, mais tu le voudrais vraiment ? Imagine la douleur, sinon pendant, alors après. Les points en acier, le choc de l'intrusion dans le thorax. Il y a des gens qui se tuent après une opération à cœur ouvert, tu sais. C'est un acte profondément dérangeant.

– Ce serait différent dans notre cas, disait-elle, aussi sereinement que si la chose était déjà arrivée. Ces malheureux se font opérer à cœur ouvert parce qu'ils y sont *obligés*, pas parce qu'ils en ont *envie*. Moi, la douleur ne me gênerait pas. C'est vrai ! Je veux dire, ça me fait mal chaque fois que nous perforons, mais c'est un don que je te fais. Mais te donner mon cœur littéralement ? C'est le don suprême. C'est de l'amour incontestable. Tu aurais dû voir mon visage. Je n'ai jamais vu un amour pareil. Je n'ai jamais *connu* pareil amour. Mais moi, j'en ai *envie*. »

Puis elle se tourna vers moi et dit, d'une voix dérangeante tant elle était formelle :

« Le docteur Appèlatous va vous recevoir... »

L'infirmière se pencha un peu plus vers moi, amortissant son intrusion par un contact presque intime. L'espace qui nous séparait était rayé et tacheté comme de la pellicule en mouvement.

« Je suis navrée de vous avoir dérangé, monsieur,

1. *Blue movies*, c'est-à-dire films érotiques. (N.d.T.)

mais le docteur Appèlatous va vous recevoir tout de suite. »

Le docteur Appèlatous était un homme qui avait le visage comme une outre, la soixantaine finissante, avec des lunettes foncées qu'il portait à l'intérieur, même dans les pièces peu éclairées, comme pour dissimuler son identité. Il leva les yeux du dossier médical d'Emma – je crus d'abord que c'était un scénario qu'il était en train de lire – et m'invita à m'asseoir d'un geste de la main.

« Je voudrais être sûr de comprendre, balbutiai-je depuis son fauteuil après avoir entendu une explication partielle. Elle a été attaquée ? Agressée là sur notre patio, au vu de tous ?

– C'est exact.

– Docteur, commencé-je prudemment après quelques moments d'un profond silence, pendant son examen préliminaire, on a dû remarquer certaines marques sur son corps. Près de sa gorge ? »

Appèlatous murmura un assentiment.

« Euh, je voulais simplement m'assurer que vous comprenez qu'il ne s'agit pas exactement de blessures... Je veux dire, je suis sûr que vous comprendrez ma préoccupation, quand je vous aurai dit... »

Le menton d'Appèlatous se plissa, devenant ainsi la seule partie de son visage qui manifestât un scepticisme visible.

« J'ai identifié immédiatement la nature de ces marques, jeune homme. Veuillez bien comprendre que je ne suis pas ici pour vous juger, et qu'il ne m'est pas non plus permis d'informer ceux qui pourraient le faire.

– Quand puis-je la voir ? demandai-je.

– Pas avant un bon moment. On est en train de la préparer pour la salle d'opération.

– Une *intervention* ? Est-ce vraiment nécessaire ?

– Je crains que ce ne soit quelque chose que seule une intervention pourra nous apprendre, expliqua-t-il. »

Je pouvais me représenter l'expression sur son visage au moment où ses agresseurs avaient envahi le patio, presque comme si j'y avais été ; c'était la force de mon amour, mon empathie.

« Elle n'est pas vraiment comme ça, docteur, finis-je par dire. C'est moi. Je ne puis résister, mais elle fait de son mieux pour me..., je ne sais pas...

– Sevrer ?
– Je suppose que c'est ça. Maintenant quand nous le faisons, c'est comme... comme si elle était ailleurs, comme si elle n'était même pas là. Je pense qu'elle est en train de passer à autre chose.
– Ça vous effraie ?
– Parfois oui.
– Qu'est-ce qui vous effraie ? »
Mais moi, j'en ai envie.
« Elle dit qu'elle veut me donner son cœur. »
Le docteur sourit d'un air entendu.
« Vous savez, on raconte qu'Ulysse était un grand aventurier. C'était un vrai héros ; incarné par Kirk Douglas au cinéma. Il a couru les mers du globe et traînassé sept ans sur l'île de la nymphe marine, Calypso, où il jouissait de l'immortalité d'une image saisie sur pellicule ; il a dévalisé et aveuglé le Cyclope ; il a pris du lotus, dont le parfum lui fit oublier son pays et il a combattu des tribus d'anthropophages féroces, et il a vu son équipage réduit à ses pieds à l'état de pourceaux incohérents ; il s'est fait attacher au mât de son navire pour pouvoir résister au chant plaintif des Sirènes ; et pendant la plus grande partie de sa vie sur la Terre, il a laissé son foyer sans défense et sa femme sans mari. Dans toutes les aventures, il arrive un moment où un homme doit se demander s'il se jette dans l'inconnu parce qu'il ne peut affronter ce qui lui est familier. Ulysse était plutôt disposé à aller dans l'Hadès qu'à rentrer chez lui.
« Un conseil gratuit. N'ayez pas peur de l'intimité, mon petit. »
Appèlatous me raccompagna jusqu'au canapé de la zone d'attente, puis il poursuivit son chemin dans le couloir, en franchissant d'un pas résolu les deux battants d'une porte automatique, qui portaient l'avis en lettres rouges : ACCÈS INTERDIT.

J'avais le cerveau ramolli, trop rempli d'images, détrempé de trop de leçons, apprises avec trop peu d'effort. Je m'étais reposé sur les images depuis si longtemps – et à mon tour je me sentais si impliqué dans la diffusion forcée de cette escroquerie de l'image vers le monde extérieur – que j'avais perdu tout rapport avec toute information qui ne venait pas me danser sous les yeux de sa propre volonté. Il me semblait me rappeler que, dans une autre vie, j'avais été lecteur de livres, mais depuis deux ans, je me sustentais de choses aussi peu littéraires ou objectives que mes propres panneaux d'affichage.

La salle d'attente proposait peu de distractions (la télévision, la fenêtre, la pendule, des magazines) pour faire passer les heures, et il y en avait peu d'autres à trouver dans le reste du service (d'autres fenêtres, les infirmières, les portes ouvertes des chambres des patients, d'autres pendules). Ma désaccoutumance des mots me retenait de feuilleter les magazines déployés en éventail sur les consoles, mais le désespoir des heures vides et de mes mains vides – ajouté à la résonance littéraire du conseil homérique d'Appèlatous – les faisait apparaître de plus en plus tentants.

Je décidai de jeter un coup d'œil sur un ou deux, ou davantage si nécessaire, me contentant de regarder les images ; ça aiderait à passer le temps. De fait, c'était *Time*, le plus en vue de tous ces magazines étalés devant moi ; je vis des couvertures consacrées à Ted Turner, à « La Folie des vacances », et au cancer du sein. En dessous, je trouvai des numéros d'autres publications – *Newsweek*, *Sports Illustrated*, *Highlights*, *Reader's Digest* – qui avaient tous été lus et relus dans la porte tambour de la tragédie que constituait cette pièce, jusqu'à ce que la couverture se détache de ses agrafes. Le plus attirant, c'étaient des numéros du magazine de cinéma *Cel.* Après tout, j'étais dans un hôpital de Hollywood.

J'allumai une cigarette, je jetai un coup d'œil à la pendule au mur et je me mis à tourner les pages glacées de *Cel. Soupe* aurait été plus approprié ; le magazine était presque entièrement composé de publicités, avec des reportages réalisés sur le tournage de films qui n'existaient pas encore, différents classements qui faisaient la liste des entrées du week-end des dernières sorties, dont la production avait coûté des dizaines de millions de dollars, et qui étaient ensuite soumises à des jugements instantanés et irréfléchis, du type « j'aime/je n'aime pas ». La portion la plus intrigante de ce magazine, de mon point de vue, était la section des petites annonces, où j'en relevai un certain nombre fort curieuses. Ainsi celle-ci, rangée dans la rubrique « Recherches » :

GORGE PERFORÉE : *Recherche désespérément toute info. pour article à paraître dans* Cel. *Récompense sérieuse sur base d'argent pour renseignements solides. Ecrire à* Cel *BP 100.*

Et cette autre, à la rubrique « Rencontres » :

HOMME-AUX-GANTS, BLANC, HÉTÉRO *(36 ans, sain) recherche* GARROTTE BLANCHE *(18-25 ans et saine) intéressée par reconstitution séquences 95 à 101 de* GP. *Pénétration réelle only, pas de mime svp. Envoyer nom et photo avec adresse à* Cel *BP 77357.*

Et celle-ci à la rubrique « Accessoires » :

NOTRE COLLIER EST CELUI DE LA FIN ! Fac-similé exclusif *du serre-cou de GP, courroie indigo confortable, avec motif de perles authentique, couleur chair. Vous jurerez que vous êtes dans le film ! Prix : 29, 95 dollars seulement (un seul article par commande) à* CEL *BP 32578.*

Dix minutes plus tard peut-être, j'avais épuisé ce numéro de *Cel* et je passais au numéro suivant. En feuilletant le *Cel* de novembre, je fus stupéfait de trouver deux photos tirées de *Gorge perforée*. Les images ne vacillèrent pas, elles ne me glissèrent pas entre les doigts pour passer dans quelque autre réalité : elles *tenaient*. La légende disait : « Mosaïque pour la bouche : *Gorge perforée* (1986). » Le grain des photos suggérait des photogrammes agrandis, ce qui n'était guère surprenant si on considérait qu'aucune photo de plateau proprement dite n'avait jamais été diffusée pour ce film – chose que j'ignorais à l'époque, mais que je sais à présent. Les plans apparaissaient au milieu de l'interview d'un personnage nommé Jorge Corazón Pálido, un nom entièrement neuf pour moi.

Ma température s'enflamma avec mes espérances : Avais-je fini par trouver la signature qui manquait au film ? *Qui m'a fait ça ? Qui est l'artiste ? Qui est l'artiste qui m'a fait ça ?*

Mon avidité de lire, savoir, comprendre, dépassa tout d'un coup mon avidité de voir, comme si mon intérêt pour la lecture n'était jamais mort, mais était resté assoupi pendant plusieurs années. Je n'arrivais pas à boire les mots assez vite ou assez profondément, une fois redécouverte la valeur de leur formule oubliée. Je revins en arrière de deux ou trois pages jusqu'au début de l'article.

À L'OMBRE D'EL SOMBRE
Une interview de Jorge Corazón Pálido par...

Mes yeux sautèrent avec impatience la signature pour tomber sur les paragraphes d'introduction :

« Une étudiante en cinéma de UCLA, pleine de promesses, se suicide en sautant d'un panneau d'affichage pour un film, installé en surplomb de Sunset Boulevard. Un homme de trente-trois ans, à Milwaukee, appelle sa femme du nom d'une autre, l'attaque sans provocation puis l'abandonne, elle et leurs deux enfants... puis se retrouve en état d'arrestation à Detroit trois semaines plus tard, pour le massacre d'une femme du même nom, suivi de cannibalisme.

« Qu'est-ce que ces vies (et ces morts) apparemment sans relation ont en commun ? Selon ceux qui ont réchappé de ces scénarios extravagants, la réponse est un obscur film fétichiste qui s'appelle *Gorge perforée*.

« Filmé avec des bouts de ficelle dans des conditions de clandestinité au milieu des années 80, *Gorge perforée* fut acquis pour être distribué aux États-Unis par la Lotus Films, une société de distribution peu recommandable qui fit rapidement faillite – apparemment avant même qu'on ait pu rédiger le moindre document établissant la légitimité commerciale de cette société. Bizarrement, les distributeurs du film en Grande-Bretagne, en France, en Italie, en Espagne et au Japon ont disparu depuis dans des circonstances similaires. Du fait que *Gorge perforée* est sorti sans générique, le nom de son « auteur » véritable – qui pourtant aurait bien des choses à expliquer – demeure inconnu.

« C'est ici qu'intervient Jorge Corazón Pálido, journaliste de cinéma catalan, qui prétend connaître les secrets qui se cachent dans le mystère de *Gorge perforée*. Unique personne à avoir répondu à notre récente petite annonce, où nous sollicitions des informations sur cette production énigmatique, Pálido a consenti à se laisser interviewer à deux conditions : son lieu de résidence actuel ne serait pas décrit ou indiqué et sa version des faits serait publiée sans aucune coupure. “ Les coupes sont des choses dangereuses et manipulatrices, nous a-t-il expliqué. ” Notre rencontre eut lieu dans un petit estaminet à peu de distance de chez lui et, après que nous eûmes commandé deux cafés turcs, il indiqua qu'il avait préparé une déclaration liminaire... »

Q : « *Si je comprends bien, vous avez une déclaration liminaire que vous aimeriez lire, Jorge ?* »

R : « Oui. Je n'ai jamais parlé de ces questions à la presse, mais j'en ai déjà parlé à trop de gens. Le besoin désespéré que j'ai ressenti de me confier a eu sur nous tous des effets à long terme et à court terme. Ce que je vais vous dire – où rien ne s'écarte de la stricte vérité – en a souillé certains, enrichi d'autres, et a conduit à la disparition de quelques-uns. Essentiellement, nous avons été utilisés. Voilà tout ce que je voulais dire. Vous expliquer cela avant de vous dire ce que vous voulez savoir, c'est comme se signer avant de prononcer des blasphèmes, non ? »

Q : « *Rien à redire. Commençons par le commencement. Dans quelles circonstances avez-vous fait la connaissance du metteur en scène de* Gorge perforée ? »

R : « J'étais étudiant et j'avais été très intrigué par son premier long-métrage, *El Sombrero grasiento* (*Le Chapeau graisseux*, 1969) que j'avais vu présenté en avant-première, à l'université de Barcelone. Comme la plupart de ses films suivants, *El Sombrero grasiento* a depuis été retiré de la circulation par le metteur en scène lui-même, et ses services – si vous pouvez les trouver – perpétuent la légende qu'il n'en subsiste aucune copie. »

Q : « *Vous m'avez l'air sceptique. Quels sont vos souvenirs de ce film ?* »

R : « Même alors, le metteur en scène jouait avec ce qu'il a nommé devant moi “ l'émotion de l'émulsion ”. *El Sombrero* contenait un certain nombre de pellicules assemblées de manière hétéroclite, avec l'effet pour le spectateur qu'il ajoutait plus de foi à certaines parties qu'à d'autres, et chaque copie – il n'en a jamais été tiré que deux, pour autant que je sache –, chaque copie avait été coupée et montée à la main pour donner au public l'impression que ce qu'ils regardaient était tellement explosif que la censure était intervenue massivement. Cette technique intensifiait l'avidité de l'œil à absorber les éléments qui “ passaient ” entre les coupes ; elle accélérait l'absorption par le cerveau et le traitement des images.

« En tous les cas, quand les lumières sont revenues dans la salle, je me suis senti abasourdi et métamorphosé par ce que je venais de voir. Et la salle était devenue totalement silencieuse. En regardant autour de moi, j'ai vu qu'elle était remplie de visages éclairés par la magie d'une transformation dans leur vie. »

Q : *« Ainsi le film vous a " marqué ", comme disent les critiques. Quelle était la signification du titre du film ? »*

R : « Le titre est une image, une image tactile. Des explications verbales se substituent mal à l'expérience filmique ; c'est comme d'essayer d'expliquer la chute d'une plaisanterie. Il fallait que j'en sache davantage sur le film, alors je suis allé trouver immédiatement Enrique Mar'a Calderón, qui était le président du ciné-club et que je connaissais bien. Je lui ai demandé la permission de rapporter moi-même la copie seize millimètres d'*El Sombrero grasiento* à la personne qui l'avait fournie. Enrique était trop occupé à démêler sa propre réaction massive au film pour avoir même l'idée de faire des difficultés. Sur les boîtes des bobines, il y avait une adresse située à Barceloneta. Je suis rentré chez moi avec le film et j'ai passé la nuit à écrire à son sujet.

« Le lendemain matin, j'ai pris les transports en commun pour monter à Barceloneta ; c'était bien avant... c'est le film sur lequel vous travaillez qui a permis au cinéaste de s'installer dans des bureaux plus chic, au cœur des Ramblas. Je suis monté à pied au troisième étage d'un immeuble plutôt étroit et je me suis retrouvé dans un bureau miteux et bordélique avec une moquette orange à poils longs.

« A cette époque, l'assistante du metteur en scène était une Suédoise du nom de Svéa Hellstrom. Je lui dis que le Señor Calderón m'avait demandé de rapporter cette copie d'*El Sombrero* à son metteur en scène. Et à personne d'autre qu'à lui. Elle me dit qu'El Sombre – c'est le sobriquet qu'elle avait donné à son patron, par croisement de " *sombra* " (ombre) et de " *hombre* " (homme) – qu'El Sombre était sorti, et qu'elle ne savait pas quand il rentrerait. J'étais prêt à cette réponse, toutefois, et je posai sur son bureau, à côté des boîtes du film, mon essai sur *El Sombrero* – qui m'avait coûté une nuit blanche – dont je lui dis qu'il avait été accepté par la prestigieuse revue littéraire *El Duende*. C'était un mensonge, bien sûr, mais ça ne l'est pas resté longtemps. Quand j'ai porté mon article aux bureaux de *El Duende*, ils l'ont accepté sans hésitation. »

Q : *« Votre article a donc été publié ? »*

R : « Il a bien été publié, mais, comme pour le film, il semble que tous les exemplaires de la revue aient disparu – à l'exception d'un seul. Pour assurer sa sécurité, je ne puis vous en dire plus. Enfin bref, un jour j'ai trouvé une carte postale dans ma boîte aux lettres. “ *Usted es la única persona que entiende* El Sombrero grasiento. *Sadilsa.* – Traduction : “ Vous êtes la seule personne à comprendre *Le Chapeau graisseux.* ” Il signait cela “ Sadilsa ”, ce qui n'était bien sûr pas plus son vrai nom qu'El Sombre. Mais c'était le seul nom qu'il révélait jamais à ses proches... si tant est qu'on puisse dire qu'un homme aussi monstrueux ait eu des proches. »

Q : « *Il n'était même pas espagnol, n'est-ce pas ?* »

R : « De fait, Sadilsa était un émigré américain, qui faisait des films et les diffusait à la ronde comme... comme des œufs de sangsue, non ? »

Q : « *Que voulait dire Sadilsa avec ce message ? Il n'avait pas l'impression que son film était compris par les critiques grand public ?* »

R : « C'était un film d'art qui n'a certainement pas été un succès public – et ce n'était pas son but de toute façon, comme le suggérait mon article. Après une projection surprise, au festival de Sitgès en 1970, Sadilsa a retiré *El Sombrero grasiento* des circuits de distribution sans crier gare, ce qui a eu l'effet annexe inattendu d'élever mon article à la dignité d'œuvre de remplacement. La lecture de mon article était la seule manière possible pour quiconque de « voir » le film dans un sens. Mais à la fin, comme je vous l'ai dit, mon article aussi a disparu. Il y a des gens qui ont dit que Sadilsa avait recruté de jeunes voyous pour détruire la plus grande partie du tirage avant que le numéro ait été réellement distribué, et j'ai aussi entendu dire qu'il avait racheté lui-même les exemplaires. Les deux me semblent absolument vraisemblables ; les deux sont aussi exactement le genre de bobards que Sadilsa se délectait à fabriquer. Tout se passe comme si les films eux-mêmes n'avaient pas été le résultat final qu'il cherchait. Comme si son véritable objectif avait été de faire quelque chose qu'il pouvait ensuite remplacer par de la propagande.... »

A cet endroit – de façon très comparable avec ce qui s'était passé lors de ma première rencontre avec *Gorge perforée* – l'article de *Cel* s'arrêtait brusquement en différant la vérité : LA SUITE DANS NOTRE PROCHAIN NUMÉRO.

L'autre numéro de *Cel* qui se trouvait dans ma zone d'attente n'était pas le numéro suivant, celui de décembre. Je me mordis la lèvre : un abîme. Mais j'étais à présent en possession d'un nom, ou du moins de l'ombre d'un nom, à accuser. Le monde que je parcourais n'était plus entièrement ma création ni, ce qui était plus important, simplement ma perception.

Je décidai d'aller explorer les assortiments de magazines disposés dans les autres zones d'attente, en espérant y trouver le numéro de décembre de *Cel.*

« N'allez pas trop loin, me conseilla l'une des infirmières au moment où je passais en flèche devant leur poste.

– C'est un conseil qui vient un peu trop tard, lui dis-je en continuant mon chemin. »

Il n'y avait pas le moindre exemplaire de *Cel* dans la seconde zone d'attente que je visitai ensuite – à en juger par le choix de lectures, elle était réservée aux enfants, aux pêcheurs et aux ecclésiastiques – mais je trouvai ce que je cherchais dans la troisième. Comme tout l'étage, à l'exception des quelques membres du personnel qui y étaient assignés, cette zone d'attente était déserte – ou était-ce que j'étais tout bonnement trop obsédé pour voir autre chose que les mots qui allaient me rapprocher peut-être d'une compréhension de ce qui m'était arrivé, et du comment de la chose ?

BLA BLA OMBRE BLA BLEL SOMBRE (2e Blartie)

Jorge Corazón Pálido interviewé par Bla B. Bla

Dans notre numéro bla, nous bla bla bla bla bla bla bla bla bla bla bla...

Q :« *Nous savons maintenant comment vous avez attiré l'attention de Sadilsa. Pouvez-vous décrire quelle relation vous avez eue avec lui par la suite ?* »

R : « La relation ne s'est pas produite immédiatement. En fait, après la perte d'*El Sombrero grasiento*, je n'ai plus rien lu ou su de Sadilsa ou de ses projets pendant deux ans. Ce qui a rendu une période assez difficile sur le plan personnel – je suis parti de chez mes parents dans des circonstances désagréables – encore plus pénible pour moi. Le cinéma avait toujours été toute ma vie, mais sans Sadilsa il y avait quelque chose de profondément transformé en moi, et à présent, pour moi, la grande masse des films ne voulait plus rien dire. Ce genre de chose arrive plus souvent aux cinéphiles qu'on ne le dit d'habitude. Je sais que c'est une façon tortueuse de répondre à votre question... »

Q : *« Ça ne fait rien, allez-y. »*

R : « Je veux parler de cette déviation qui éloigne du cinéma. Regardez Truffaut. A l'époque de *La Nuit américaine* (1974), Truffaut a découvert qu'il avait perdu toutes ses illusions sur le cinéma, et il est allé jeter un long regard sévère sous ses jupes pour voir de près les simples mécanismes qui étaient dessous. Le résultat a été une déclaration d'amour unique et parfaite, mais les films qu'il a tournés après sont presque l'œuvre d'un autre homme : ce n'est plus cet enfant rebelle qui boit des bouteilles de lait volées, mais quelqu'un de plus sombre, de plus cynique et obsédé par la mort.

« C'est le même genre de passage à vide qui a semblé se produire en moi après avoir vu le film de Sadilsa. Ce n'est pas que Sadilsa était nécessairement un grand cinéaste ; mais c'était *mon* cinéaste, il révolutionnait ma pensée. Il parlait pour moi, et je réagissais en parlant pour lui. En même temps, bien sûr, je réagissais à des choses dans l'œuvre de Sadilsa qui semblaient exprimer des sentiments déjà présents en moi, mais à l'état informulé. Rétrospectivement, je le considère comme une sorte de vampire... qui m'a saigné du besoin de produire mes propres expressions artistiques, également impératives. Ce passage à vide m'a rendu triste.

« Ma mélancolie m'a conduit à m'intéresser au jazz. J'étais allé voir un concert en plein air par une belle journée avec un ciel couvert – ce qui est très rare à Barcelone – et pendant un morceau d'Astrid Gilberto, il y a eu un orage. J'ai couru me mettre à l'abri, et qui ai-je retrouvé sous les gradins, à partager un parapluie et à fumer des cigarillos ? Svéa et El Sombre ! Nous sommes allés tous les trois dans une partie de l'enceinte qui était à l'abri et nous avons parlé. J'étais si content de les revoir. Je leur ai parlé des choses que j'avais faites sur le dernier film de Victor Erice, pour qui ils semblaient avoir du respect, et ils m'ont dit qu'ils venaient de rentrer à Barcelone avec un nouveau film. Ils n'ont pas voulu me dire précisément où le tournage avait eu lieu. Il est probable qu'ils avaient travaillé sans autorisations officielles. La résidence officielle d'El Sombre était le Liechtenstein, ce qui le mettait à l'abri de toute poursuite judiciaire. »

Q : « *Ce " nouveau film " était-il* Gorge perforée*?*

R : « Non. C'était une chose intitulée *Longue Vérification finale avant de lancer un projectile dans l'espace*, et réalisée en 1971. Le titre original en français – qu'on aurait pu résumer plus simplement en " Compte à rebours " – m'indiquait que c'est quelque part en France que s'était déroulé le tournage. L'importance et la signification du film repose dans le fait que le film se présentait comme une série de " rushes " ; autrement dit, un ensemble non linéaire de séquences et de prises multiples tirées d'un film pas encore monté, séparées par des comptes à rebours de débuts de bobine. Sadilsa restait là comme un mannequin dans une vitrine mais Svéa m'a dit : " El Sombre meurt d'envie d'entendre ta réaction devant ce qu'il a filmé. " Elle m'a invité immédiatement à une projection privée du film le lendemain.

« Comme vous pouvez l'imaginer, j'étais tellement excité que c'est à peine si j'ai pu dormir. Je n'arrêtais pas de penser que ma vie allait enfin reprendre son cours. La journée du lendemain a fini par arriver ; Svéa m'a fait signe devant l'immeuble et m'a escorté jusque dans la salle de projection où se trouvait Sadilsa, assis au fond. Il m'a fait bonjour de la tête. Et le film ! Une fois de plus je me suis senti complètement rajeuni par cette expérience ! Ensuite, j'avais la tête comme si on avait ouvert toutes les fenêtres pour faire rentrer un merveilleux courant d'air frais purificateur. Mes deux hôtes avaient disparu à un moment donné pendant la projection. Si bien que j'ai écrit une longue lettre flatteuse, adressée au seul Sadilsa.

« J'y louais l'extrême originalité de son concept qui consistait à utiliser des rushes non traités et des prises multiples des mêmes séquences pour raconter son histoire obsessionnelle et lui donner du modelé ; l'effet hypnotique et cumulatif des inserts de bouts de compte à rebours (6, 5, 4, 3, blip !) et aussi l'impact inattendu du coup de feu tiré dans la caméra à la toute fin du film, qui permettait au titre complet de prendre un double sens particulièrement satisfaisant, et d'une amertume notoire. La balle étant... »

Q : « *Oui, le projectile lancé dans l'espace. Voilà qui a l'air bien intrigant.* »

R : « Oui, mais voyez-vous, on ne m'avait pas fait comprendre, avant la projection, que ce qu'on m'avait invité à voir, ce n'étaient *que leurs rushes* – et non pas le film achevé ! Svéa m'a confié, une ou deux semaines avant son suicide, que tel avait bien été le cas ; que Sadilsa quant à lui avait à l'origine toutes les intentions du monde de monter le film à la manière traditionnelle mais qu'après avoir reçu mes applaudissements écrits il avait décidé de le " boucler " tel qu'il était. »

Q : « *Comment a-t-il réagi à votre lettre ?* »

R : « Réagir à ma lettre aurait été admettre qu'il l'avait vue, qu'il l'avait lue et avait subi son influence, non ? Vous pourriez dire que le film lui-même était sa réponse à ma lettre – qui soit dit en passant s'est commodément égarée dans le bordel organisé de Svéa. Alors Sadilsa a " récompensé " mes observations en m'invitant à venir observer ses techniques de travail en personne, dans le rôle de son assistant et de superviseur du script. Vous connaissez le proverbe : Gardez vos amis près de vous, et vos ennemis encore plus près. »

Q : « *Mais le travail de Svéa Hellstrom ne consistait-il pas à superviser le script ?* »

R : « Non, Svéa était essentiellement à la tête de son bureau et quand il était en tournage, elle servait de directrice de production avec des techniques dignes de la guérilla. »

Q : « *J'imaginerais d'après l'intitulé de votre travail que vous aviez des horaires très lourds et que vous étiez à même d'observer Sadilsa dans toutes ses humeurs.* »

R : « Absolument, mais il y avait un mur d'intimité auquel je me suis heurté constamment dans pratiquement tous mes rapports avec El Sombre. Il aimait ses prétentions. Je me rappelle qu'une fois il m'a montré une séquence qui n'avait pas encore reçu de bande-son. Le découpage était très fluide, patient, musical même – si bien qu'ensuite je lui ai demandé si la partition était déjà écrite. Il m'a regardé, quelque peu ébahi, et il m'a dit : " Imbécile, le film vient toujours avant la musique, jamais l'inverse. " – Ce à quoi j'ai répondu : " Tout art aspire à la condition de musique. " Je n'oublierai jamais le regard qu'il m'a lancé. »

Q : « *Et pour ce qui est d'un niveau plus personnel ?* »

R : « Eh bien, vous savez ce qui arrive quand vous rencontrez quelqu'un avec qui vous avez en commun un grand nombre de centres d'intérêt, qu'ils soient personnels ou professionnels. Vous échangez des informations, vous partagez des expériences et des histoires drôles, vous finissez par élargir votre relation en vous ouvrant mutuellement à des histoires de malheur ou de désespoir – bref, vous devenez comme des amis, non ? C'était bizarre avec Sadilsa. Il en savait tellement sur le cinéma, et pourtant il n'éprouvait aucune passion pour lui. Je ne l'ai jamais vu aller voir un film à part ceux qu'il faisait, et il ne disait jamais comment son intérêt était né, pas plus qu'il ne nommait les films qui avaient influencé ou stimulé sa pensée.

« Malgré cela, Sadilsa savait tellement de choses que j'avais l'impression d'avoir besoin de connaître. Il conservait à mon égard une attitude ouverte, mais inévitablement distante, du genre qui donne envie à la personne de statut inférieur – car telle était l'idée que je me faisais de moi-même – d'essayer de gagner un pied d'égalité en partageant des confidences, des secrets. Plus les secrets sont terribles, plus la confiance est grande, non ?

« Quand je repense aux quelques années que j'ai passées avec lui, Sadilsa a appris beaucoup sur moi, des choses que j'aimerais pouvoir récupérer – des secrets de cœur embarrassants, et ainsi de suite – et j'ai appris aussi beaucoup de choses sur lui, plus par observation que par aveu de sa part – mais après tout ce temps, je dois reconnaître que je ne sais absolument rien *de* lui. Il ne m'a jamais ouvert son cœur. »

Q : « *Et son portefeuille ? Combien vous payait-il pour être son – comment avez-vous dit ? – son superviseur du script et son assistant ?* »

R : « Je me considérais comme un apprenti ; je travaillais pour rien. Je travaillais pour mon éducation, pour l'expérience. »

Q : « *Diriez-vous que c'était une erreur ?* »

R : « Dans toute autre branche, non. Mais dans le cinéma, en particulier aujourd'hui, on ne donne de la valeur qu'à ce qui a une valeur en dollars (ou en pouvoir) ; les deux sont absolument synonymes. Si vous travaillez pour rien dans le cinéma, vous non plus, vous n'êtes rien ; en outre, on ne vous embauchera jamais, parce que vous avez déjà posé que vous êtes prêt à travailler pour rien. Oui, c'était une erreur. J'aurais dû faire la même chose que mes camarades de l'université – louer, emprunter ou voler une caméra trente-cinq millimètres et un groupe électrogène, coller bout à bout des bouts de film vierge trouvés dans des poubelles pour avoir de la pellicule, et mettre quelque chose d'aplomb à la va-comme-je-te-pousse, mais en faisant semblant d'avoir un message. Costa-Gavras junior ! Mais rappelez-vous, je n'avais pas une réflexion passionnée ; j'avais perdu mes illusions sur le cinéma. Ce qui m'obsédait, ce n'étaient pas les films, mais les films de *Sadilsa.* Ma fascination était si puissante que tous mes autres points d'intérêt en étaient éclipsés. Même mes ambitions personnelles en termes de carrière en étaient éclipsées. Les exigences de ma position d'apprenti m'ont forcé à renoncer à ma dernière année à l'université. L'amour du cinéma doit être polygame pour rester sain ; mon obsession pour l'œuvre de Sadilsa était comme une monogamie perverse. Même alors je le comprenais, mais il me fallait aller au bout de ma fascination. Et comment y arriver autrement ? La route à suivre était toute tracée. »

Q : « *Pensez-vous que votre totale dévotion envers Sadilsa ait été une erreur ?* »

R : « Parler d'erreur –, c'est sous-entendre un *choix*, voyez-vous.... »

Q : « *Vous aviez prouvé vos capacités, et pourtant personne n'était disposé à vous payer pour ce qu'elles valaient ? Pourquoi croyez-vous que le cinéma soit fait ainsi ?* »

R : « Cela permet de tenir à l'écart le genre de gens créatifs, indépendants, pensant librement, qui aiment vraiment le cinéma et qui feraient – si on leur en donnait l'occasion – des films importants, sincères et adultes, et qui pourraient rendre à notre pauvre cinéma moribond sa magie et à son public infantilisé sa dignité – autrement dit, exactement le genre de gens qui n'hésiteraient pas à cracher sur les cochonneries de ses exécuteurs. Sadilsa regardait mes scénarios, ceux que j'écrivais pour me consoler le soir, et il me disait qu'ils étaient trop sophistiqués. Je n'arrivais pas à comprendre la différence entre sa sophistication et la mienne, ce qui rendait la sienne acceptable au cinéma et la mienne impossible. »

Q : « *Sans argent, comment viviez-vous ?* »

R : « Je vivais de la charité de mes amis, je mangeais les repas de mes amis, qui ne suffisaient jamais à me repaître, je dormais sur leurs canapés, je promenais leurs chiens, j'écoutais les bruits qu'ils faisaient au lit, et après j'écoutais la femme demander au mari quand donc la chambre d'amis serait à nouveau un salon. Quand je me faisais mettre à la porte, je vendais mon sang jusqu'à ce que je trouve un nouveau salon à transformer en chambre d'amis. Il y avait des jours où je m'entendais dire carrément que mon sang n'était pas bon, que je souffrais de malnutrition. Et il y avait des nuits où je pleurais un peu, de ne pas avoir assez d'argent pour inviter à dîner une femme à moi, ou parce que je me rendais compte que je ne disais plus bonjour aux femmes que je voyais et dont j'aimerais peut-être faire la connaissance. C'était impossible. Que pouvais-je bien leur offrir ? »

Q : « *Comment les choses ont-elles commencé à tourner ?* »

R : « La faim n'est pas bonne pour les enfants, mais elle peut rendre un adulte très perspicace. Quand Sadilsa ne tournait pas un film (c'est-à-dire, évidemment, la plupart du temps) et qu'il n'y avait pas de table de cantine pour me nourrir, je connaissais des périodes où essentiellement je crevais de faim. La colère que m'inspirait la structure de l'industrie cinématographique était une sorte de naïveté, et elle m'avait rendu aveugle. La vérité, c'est qu'un film n'est pas une œuvre d'art. Si vous dites à un cinéphile qu'il n'y a pas d'art dans le cinéma, il ne vous croira pas, l'idée lui est si étrangère qu'il ne vous entend même pas ! Le cinéma permet à d'autres choses de devenir possibles. L'industrie fait crever de faim ses artistes – d'abord pour les décourager, mais aussi pour les garder dans un tel souci de leur ventre qu'il leur est impossible de voir *au-delà* de la structure financière de la branche.

« Croyez-moi, le côté financier n'est qu'une surface durcie – la croûte, si vous voulez. En tant que journaliste de cinéma, vous devez avoir du courage et regarder en dessous. Vous devez voir les asticots, leur activité. L'argent n'est rien du tout. L'argent, les chiffres des entrées du week-end, les millions des cachets des grandes stars, tout cela vous pouvez le lire dans n'importe quel journal ou le voir en images dans n'importe quel programme de télé. Les réalités financières sont à présent si bien montées en épingle qu'elles en sont devenues insignifiantes.

« Au moment où je me promettais de ne pas laisser le cinéma que j'avais aimé me détruire, j'ai eu une atroce vision hallucinatoire de la vérité qui se cache derrière l'industrie du cinéma. J'ai soudain vu au travers de la façade gothique de sa structure financière – pour découvrir les orgies de sa structure de *pouvoir.* »

C'est là que s'arrêtait la seconde partie de l'interview de Pálido, tout aussi brusquement que la première, avec la promesse d'une conclusion dans le *Cel* du mois de janvier, que je ne trouvai nulle part. De fait, comme je l'ai appris plus tard, *Cel* avait cessé d'exister avec son numéro de décembre. Quelqu'un quelque part avait veillé à ce que la révélation finale de Jorge Corazón Pálido ne voie jamais le jour.

La dépression qui accompagna cette nouvelle était réservée pour plus tard ; à ce moment-là, je n'éprouvai que du découragement. Je me sentais tiraillé par une sorte d'obligation de retourner à la zone d'attente qui m'avait été assignée, mais je trouvais quelque chose de très séduisant dans cette dernière zone d'attente, de l'autre côté de l'hôpital, située au bout du couloir, séparée par un seul angle de la pièce où on m'avait dit d'attendre. Son mobilier était composé des mêmes coussins en vinyle vanille qui dominaient partout ailleurs – choisis, sans aucun doute, par un psychologue de l'hôpital, à qui ces surfaces crème paraissaient d'une neutralité agréable – mais leur confort se trouvait éclipsé par un distributeur de cigarettes particulièrement bienvenu, le seul de tout l'étage. Je m'appuyai contre, comme on s'appuie sur un ami rassurant, ou sur un juke-box bien fourni de disques réconfortants, et je lus les marques proposées qui étaient présentées dans de petits cadres par-dessous sa vitrine. Il n'y avait qu'un seul choix représenté : CONSOLIDATIONS, CONSOLIDATIONS, CONSOLIDATIONS...

J'avais la vue très fatiguée ; je n'avais pas dormi depuis près de trente heures. J'insérai brutalement mon argent dans la machine, je tirai la poignée comme pour commencer une partie de flipper et je la regardai revenir en place avec le bruit métallique de son ressort, expulsant un paquet de ma marque dans la fente. Je portai le paquet à mon nez et j'inhalai profondément l'odeur du tabac serré ; ma tête et ma vue s'éclaircirent. CONSOLATIONS, CONSOLATIONS, CONSOLATIONS...

J'arrachai le haut de l'enveloppe de Cellophane du paquet et je fumai avidement ma Consolation tout en continuant mon parcours fuyant dans les couloirs. A quelques pas du distributeur, je passai devant une petite pièce ouverte et, pensant que je trouverais peut-être Emma à l'intérieur en train de se réveiller, je fis demi-tour pour aller voir. Là, l'espace d'une entrée, la blancheur qui dominait dans l'hôpital laissait agréablement la place à des niches éclaboussées de rouge vif et d'indigo. Je lâchai ma cigarette et passai par un entrebâillement de draperies blanches plissées pour pénétrer dans le milieu raréfié d'un petit auditorium que définissaient six bancs à dossier, en cèdre richement vernis, un cyclorama de vitraux éclairés représentant la crucifixion, et un pupitre central portant gravé à la feuille d'or le symbole de cette crucifixion.

J'avais trouvé la chapelle de l'hôpital.

Je pris place dans ce sanctuaire désert à part moi, et j'eus la claire impression d'être sorti de mes difficultés, d'avoir trouvé un endroit où je pourrais contempler ma vie avec l'objectivité nécessaire pour faire des plans d'avenir. Je réfléchis au rêve d'Emma et à son effet corrosif sur les rêves que nous avions déjà accomplis elle et moi – la fois où je m'étais abattu sur elle, où elle s'était tournée vers moi et m'avait dit, portant ses regards au loin sur des horizons vierges : « Non – c'est de la petite bière. »

Après que j'eus repassé pendant plusieurs minutes dans ma tête ce jugement débandant, un prêtre apparut. Avançant dans l'allée centrale en traînant les pieds, il exécuta un simulacre de génuflexion, et monta sur le podium. Il s'y affaira quelques instants avec des paniers de fleurs, avant de me remarquer.

« Je suis désolé, je nous avais pas vu là-bas, dit-il. Vous êtes un peu en avance, non ? »

Je lui répondis que je ne comprenais pas.

« Le service funèbre n'aura pas lieu avant une heure, une heure et demie.

– Oh, dis-je, je ne suis pas venu pour ça.

– Vous êtes là pour vous confesser ? Ou pour avoir un peu de calme ?

– Je ne sais pas, avouai-je. Je me sens mieux ici que là-dehors, mais je ne saurais dire pourquoi. Dehors, tout est si blanc, c'en est aveuglant.

– Parfois, être aveugles nous aide à regarder en nous-mêmes », dit-il en reposant les paniers de fleurs et en se passant les doigts dans ses épais cheveux grisonnants. Derrière les verres de ses lunettes à monture foncée, il lança un regard perçant dans les ténèbres où j'étais assis, et, comme si soudain cet inconnu délirant l'intriguait, il vint me rejoindre sur le banc. Il ne prit pas la peine de me serrer la main ni de se nommer ; il alla droit au but.

« L'un de vos êtres chers est un patient ici ? » supposa-t-il.

Il était si rafraîchissant de voir quelqu'un dont le col impliquait l'innocence que j'eus hâte de le tranquilliser.

« Oui, dis-je.

– Un parent, ou votre conjointe ?

– Ma conjointe, hésitai-je, mais pas devant Dieu, comme on dit.

– Je vois. Comment va-t-elle ?

– Ils me disent que son état est stable, mais... L'état de notre relation, c'est une autre histoire.

– Racontez-la.

– Dites-moi, lui demandai-je après une pause lourde de sens, comment il est possible de vivre avec quelqu'un pendant un an – de leur donner tant de sa personne – de tout partager avec eux, même les choses les plus... indicibles et puis, brusquement, quand ils ont le plus besoin de vous, tout se passe comme si vous n'étiez plus sûr de leur identité, ou de les avoir jamais connus.

– C'est possible parce que ça arrive à tout le monde, tous les jours, très naturellement, répondit-il en hâte comme s'il avait déjà répondu à cette question, tous les jours même. L'homme que je suis dans cette petite chapelle – ce n'est pas que le moi qui ne peut s'empêcher de fumer des cigares puants après avoir mangé du fromage bleu, ou que le moi qui aime lire du Ken Follett. Nous sommes tous des individus complexes par nous-mêmes, tous tant que nous sommes, et on devrait considérer que c'est une bénédiction d'avoir la compagnie des hommes, en raison des moyens qu'elle nous donne de compliquer encore – de *développer*, si vous voulez – le don de notre moi.

– Si je ne connais pas la femme que je suis supposé aimer, comment puis-je être sûr de seulement me connaître moi-même ?

– C'est une question sérieuse, mais consolez-vous avec le fait qu'il ne nous appartient pas vraiment de connaître qui que ce soit, pas même nous-mêmes, complètement. Vous pourriez dire que cela relève d'une sensibilité supérieure. Nous avons tous besoin de savoir qu'il existe en nous-mêmes un espace qui ne peut être atteint de l'extérieur, qui ne peut être atteint par des moyens *physiques*. C'est cela qui nous donne l'initiative de regarder à l'intérieur, de réserver une portion de nous-mêmes pour la vie contemplative. C'est cela qui nous montre la voie vers Dieu. C'est pour cela que nous maintenons ce lieu dans une telle obscurité.

– J'ai essayé d'atteindre ce plan – par des moyens physiques.

– Vos fils sont mal branchés, insista le prêtre. C'est impossible. La seule expérience qui s'approche de ce niveau de communion, pour autant que je le sache, c'est le sacrement de la Sainte Eucharistie. Mais quelque chose me dit que vous n'êtes pas catholique.

– Non, admis-je, mais cette... femme et moi, nous... nous avons pratiqué une forme de... communion *laïque*. »

Le prêtre se figea. Il demeura immobile si longtemps que j'eus peur qu'il ne m'ait point entendu, qu'il ne me faille tout répéter, peut-être même tout reformuler, avec une transparence plus grande, ou à défaut, dans des termes d'une franche obscénité. Alors, tremblant et très solennel, il se signa. Sa bouche fit la mimique de marmonner, sans prononcer les mots, pendant qu'il cherchait à leur donner l'angle le plus diplomatique.

« Ce qu'il y a de tragique ici, balbutia-t-il, c'est que vous n'êtes pas le premier à rechercher la transcendance dans une telle perversion, et que vous ne serez pas le dernier. »

Perversion. Le mot, son infamie si étrange, sonna comme une gifle. L'effet dut être visible.

« Oh, ne vous méprenez pas, reprit-il vivement en réagissant à mon sursaut. Je me sers de ce mot à bon escient, expliqua-t-il, dans son acception médicale, et non pas morale. Je comprends la perversion. J'en ai vu ma part de mes propres yeux. Les faits de ces questions ne me concernent pas vraiment. Mais, ce qui me concerne bien, ce sont les implications de ce symptôme social.

– Je ne vous suis pas.

– Vous avez, quoi ? presque trente ans.

– Passés.

– Là, vous voyez, fit-il avec un sourire énigmatique. C'est l'heure de tous les dangers, n'est-ce pas ? C'est l'heure de la vie où les jeunes hommes bien portants se trouvent entraînés sur de mauvais chemins, au milieu d'une forêt obscure, comme dit le poète. Ils s'engagent dans des liaisons, en supposant que... euh, que mordre la vie à belles dents, dirons-nous, c'est se donner toutes les chances et arriver à vivre à jamais. Que vivre maritalement avec une femme qui n'est pas la leur devant Dieu, cela leur permettra de ne pas attirer l'attention au jour du Jugement. Beaucoup d'hommes reviennent vers l'Eglise passé trente ans. Vous seriez étonné, vraiment. Vous savez, j'ai une sorte de théorie sur toutes ces... histoires », ajouta-t-il en levant deux doigts vers sa gorge.

Je n'arrivais pas à croire que j'entendais ce que j'entendais, mais je le laissai divaguer, supposant que ce sermon en tête à tête finirait par revenir à Emma et moi, et que j'en tirerais quelque enseignement.

« Il m'est venu à l'esprit, reprit le prêtre, en lisant des nouvelles de ces décès dans les journaux et en apportant mes conseils aux gens qui passent par ici occasionnellement, que cette sorte de choses est peut-être prévisible dans le comportement humain. Nous sommes des animaux nés dans le sang, et pour cette raison nous avons le sentiment, sans savoir bien comment, que nous devons être rendus au sang. Ce n'est pas sans rapport avec les façons dont les hommes cherchent, dans leur expérience sexuelle, à retourner symboliquement dans le ventre de la mère, ou dans les testicules. C'est un comportement naturel mais qui est contre-productif pour la société. C'est la raison pour laquelle il y a toujours eu des guerres. C'est une sorte de catharsis globale. La guerre canalise nos énergies animales d'agression contre des adversaires commodes, un négatif contre un négatif pour former un positif. Il y a toujours une perversion de la société avant une guerre. On déclare la guerre pour consolider des sociétés qui pourraient se consumer, sinon.

« Or, votre génération, dit-il avec une rigueur puissante, est la première dans l'histoire de ce jeune pays qui n'ait pas connu la guerre. Et elle réagit donc de la seule manière qui lui soit possible, expliqua-t-il désignant à nouveau de deux doigts écartés sa gorge couverte par son col romain, puisqu'elle a été privée de son retour rituel au sang.

– Peut-être que dans votre profession vous n'avez pas l'occasion de voir beaucoup la télé, mais est-ce que vous n'oubliez pas la guerre du Golfe ?

– La guerre du Golfe, cracha le prêtre. Vous êtes jeune, vous ne sauriez pas reconnaître une vraie guerre – excusez-moi de vous le dire – si elle venait vous mordre le nez. Croyez-moi, ça, ce n'était pas une guerre. Une vraie guerre bouleverse un pays, tous les pays, même ceux dans les nuages. Une vraie guerre n'est pas un petit conflit qu'il vous faut regarder avec un microscope qu'on appelle la télévision. Une guerre est une plaie nationale qui reste ouverte pendant des années – et pas une *semaine* de raids suivie par une *année* de défilés. Votre génération ne voit pas la différence. Mais vos corps, *si*, à l'évidence.

– Bien sûr que c'était une guerre, protestai-je. Il y a eu des victimes.

– Il y a des victimes en temps de paix, ironisa le prêtre. Ecoutez-moi bien : ce gouvernement que nous avons élu apprendra bien assez tôt que cette " guerre " n'a pas eu l'effet souhaité.

– A savoir ?

– De réaffecter l'énergie perverse, comme je vous l'ai dit. La jeune Amérique n'a pas encore la nausée de l'effusion du sang. Comme elle est issue des années soixante, votre génération se considère trop civilisée pour une vraie guerre. Et sans cette catharsis pour satisfaire votre désir de sang instinctif, vous recherchez cet assouvissement ailleurs – partout où vous pouvez le trouver, au cinéma, dans les chambres et dans des banques du sang. Voilà pourquoi il s'agit littéralement d'une *perversion*. C'est une énergie naturelle, une mémoire génétique qui n'est pas encore perdue, et qui se trouve canalisée de manière aberrante – vers une expression civilisée, dans un monde que nous avons conçu délibérément sans défouloirs lui permettant de s'exprimer, en pensant qu'il pourrait d'une manière ou d'une autre éradiquer ce que nous portons de pire en nous. Mais ce n'est pas ce qui s'est passé. Pas encore, en tout cas. Alors ne croyez pas un instant que la vie que vous avez choisie me choque. J'ai vu pire, et j'ai noyé ce souvenir dans le sang le plus puissant auquel l'homme ait accès. »

Je remerciai le prêtre pour son temps précieux et je m'apprêtai à prendre congé.

« Vous m'avez donné bien des éléments sur lesquels réfléchir.

– Alors j'ai fait mon office. Qu'allez-vous faire maintenant ? »

Je fis un signe de tête en direction de l'autre côté du bâtiment.

« Je ferais mieux de rebrousser chemin. Peut-être qu'ils ont des nouvelles et qu'ils sont à ma recherche.

– Croyez-vous pouvoir retrouver votre chemin ?

– S'il n'est pas déjà trop tard. »

Je ne pouvais m'empêcher de revenir en pensée – j'étais à mon poste d'observation à la fenêtre, d'où je dominais, plusieurs heures plus tard, les scènes immuables, un peu plus bas, des *garrottes* du grand miroir aux alouettes houspillant les limousines aux vitres fumées qui filaient sur le Sunset Strip – sur l'histoire de tant d'hommes et de femmes de la génération de mes parents qui s'étaient rencontrés à un bal de l'USO [1], où les regards voués à la mort dans les yeux des soldats dissolvaient les réticences que les filles de l'USO éprouvaient normalement en temps de paix. La théorie du prêtre était sensée. Cet attrait et ce danger revenaient de façon prévisible, péristaltique, à travers l'histoire – pour que les choses continuent à se produire, pour que notre terre soit toujours retournée et labourée. Ma génération était la première, en Amérique, qui n'ait pas été touchée par la guerre, posée sans espoir à égale distance de nos aspirations à un plan supérieur et nos instincts essentiellement animaux, qui nous disaient que, si nous avions survécu aussi long-

1. Organisation des forces armées américaines chargée de maintenir le moral des troupes en organisant spectacles et divertissements pendant la Seconde Guerre mondiale. (N.d.T.)

temps, ce n'était qu'en baisant ce qui nous faisait peur et en mangeant ce que nous tuions.

Mieux valait du rêve, du cauchemar, de la sociologie de salon, que méditer sur l'instant où mon attente prendrait fin, et l'instant après où Emma et moi serions réunis – si c'était bien ce qui devait se passer.

« Monsieur ? Voulez-vous me suivre, s'il vous plaît ? »

Quand un chirurgien au visage masqué finit par apparaître et me fit signe de le suivre, il me sembla que c'était davantage un pressentiment qu'un moment de vérité. Une infinité d'heures s'étaient passées à attendre, mais soudain, avec l'arrivée de mon guide, j'éprouvai le besoin de différer l'inévitable encore un peu, besoin encore par l'urgence qu'exprimait un médecin dont le temps précieux se trouvait gaspillé.

« Elle va bien ? » demandai-je, mais il demeura silencieux, glacé dans son geste d'invite, sur le côté des portes marquées ACCÈS INTERDIT. Je franchis après lui les portes redoutables, à plusieurs enjambées de distance, et je me sentis traîné inexorablement, par la seule force de son magnétisme personnel, vers un choc unilatéral, ou une réalité finale qui exigeait d'avoir un témoin pour atteindre sa pleine définition. Les passages ténébreux entre nous et notre destination vague n'étaient eux-mêmes définis que par l'odeur des désinfectants cliniques et les numéros des chambres qui flottaient sur les portes dans une luminosité crue. Par les portes laissées à peine entrouvertes, je saisissais des bribes d'agonies et de nudités intimes, et je n'avais pas la moindre idée de l'endroit où l'on me menait : je m'en remettais entièrement à la blancheur flottante du tablier immaculé du chirurgien.

« Où m'emmenez-vous ? » demandai-je.

Son gant de caoutchouc blanc émergea de l'obscurité, deux doigts élastiques se tortillant dans une invitation à le suivre, à le suivre toujours.

« Là où vous voulez aller, me défia-t-il d'une voix étouffée par son masque.

– Toutes ces portes...

– Des options, s'écria le chirurgien. Elles mènent toutes quelque part !

– Mais on opère une déviation sur toutes, dis-je avec agacement.

– “ On opère ! ” N’est-cc pas *épatant* ! »

La plaisanterie qui m’échappa nous plaça, sans que je susse pourquoi, sur un pied d’égalité ; le chirurgien m’enveloppa un moment l’épaule de son bras blanc, le temps de dépasser vivement une nouvelle série de portes, puis il me lâcha et ralentit le pas de façon que je le précède. Les gants moulants qui m’aiguillonnaient périodiquement le dos suggéraient que je n’avançais pas assez vite à son gré – mais où est-ce que j’allais donc ? Je regardai derrière moi, en espérant trouver dans ses yeux une indication, mais au-delà de mon dos et de la barre de ces doigts-aiguillons, je n’aperçus que des ténèbres qui s’étendaient en arrière sur des kilomètres et des années – je n’aurais pas eu la moindre chance de retrouver mon chemin vers notre point de départ.

Après avoir dépassé les salles de réveil, je fus introduit dans une pièce carrelée, avec un grand évier transversal surmonté de robinets. Des médecins et des infirmières en tenue étaient là à attendre mon arrivée et ils remontèrent leur masque de chirurgie avant que j’aie pu regarder leurs visages convenablement. Tandis que l’un d’eux se préparait les mains pour opérer avec du Brylcreem stérilisant et du talc, une infirmière à la chevelure de feu avec des lunettes à monture effilée me flanqua dans les bras l’attirail d’un plateau-déjeuner.

« Où est le docteur Appèlatous ? demandai-je.

– Le docteur Appèlatous – le docteur Appèlatous n’*existe* pas, me dit l’infirmière. C’est un nom qu’on utilise dans les hôpitaux sur le système des haut-parleurs quand on a besoin de l’aide de tout le personnel disponible en cas d’urgence. C’est pour empêcher les patients et les visiteurs de s’inquiéter.

– Sommes-nous dans un cas d’urgence ?

– C’est à vous de nous le dire ! se plaignit l’infirmière.

– Ça ne peut pas être en train d’arriver, l’informai-je. Comment puis-je sortir d’ici ?

– Ça dépend entièrement de l’endroit où vous voulez aller.

– Je veux rentrer. Il faut que je rentre. »

Je franchis violemment une nouvelle paire de portes à ressort pour déboucher dans un amphithéâtre d’opération qui avait la taille d’une petite église. La lueur des bougies caressait les bords des lames en argent massif du matériel de chirurgie et les visages encagoulés des personnages présents, hommes et femmes, comme sous le pinceau de Rembrandt. Pour envelopper la table d'opération proprement dite au centre de la salle, il y avait une mise en scène compliquée de draps tendus, de fioles suspendues à l'envers d'où dégouttaient des aliments incolores par de sombres tuyaux vénériens et un concertina respiratoire dont s'occupait soigneusement un anesthésiste. Les draps qui recouvraient la table d'opération étaient verts, de ce vert nauséeux auquel vire sur pellicule le bleu ciel quand il n'a pas été développé convenablement, ou quand on laisse cuire le film pendant des semaines dans son boîtier sans le décharger, sur un tournage en extérieur dans un climat d'une chaleur infernale, en Nouvelle-Guinée ou en Afrique du Sud ; ils flottaient, agités par le courant d'air d'une fenêtre cassée dans les coulisses. J'étais guidé vers cet autel incongru comme la mariée d'une cérémonie de minuit en plein cœur de la forêt. Je suivis le bruit des applaudissements qui éclatèrent au-dessus de ma tête, vers le rassemblement de pratiquement tous les gens que j'avais jamais connus et aimés, installés dans le pentagone en gradins de sa flèche de cristal.

Tout ce qui avait précédé jusqu'à maintenant, me sembla-t-il entendre depuis une salle adjacente, *avait été une préparation pour ce moment-ci. Tout ce qui avait précédé jusqu'à maintenant lui avait donné une opportunité de rassembler lentement le courage nécessaire pour l'épreuve qui était enfin arrivée.*

Le bruit d'une respiration familière provenant de la table d'opération m'attira vers son bord. Encadré dans les draps se trouvait l'ovale parfait du visage de ma bien-aimée, comme un masque flottant à la surface d'une mare verdâtre ; elle tourna vers moi ses yeux conscients. D'un sourire extatique qui fit rayonner son visage, sa bouche murmura : « Joyeux anniversaire ».

Au-dessous de son visage, les draps reposaient en deux plis obliques, comme une paire d'ailes au repos. La main classique d'un chirurgien fit délicatement intrusion dans son champ de lumière pour écarter l'une après l'autre ces deux couches qui révélèrent une ouverture parfaitement ménagée dans le linge, mettant à nu sa poitrine de la clavicule à l'abdomen. Etait déjà en place un diagramme chirurgical complet : deux tranchées rouges qui se croisaient entre ses seins dorés et reluisaient humides au rythme de sa respiration : un X.

Allongée sur ce catafalque d'une séduction perverse, Emma dégageait une vulnérabilité extraordinaire, touchante. Elle voulait tellement voir son rêve accompli qu'elle allait jusqu'à l'organiser, comme un cadeau de notre anniversaire à tous les deux, devant Dieu et le monde entier. Elle n'hésitait pas un seul instant à formuler ses anciens désirs, si près du moment d'être accomplis, avec les mêmes mots qu'elle avait utilisés quand ce moment avait semblé inaccessible.

« Je n'ai jamais connu pareil amour, dit-elle. Mais moi, j'en ai envie... Mais moi, j'en ai envie... »

Il était aimé sans limites. Avait-il le courage de rendre ce don d'un amour illimité ?

Seul le soupçon que le moment n'était pas tout à fait réel m'encouragea à continuer. Sur l'invitation chaleureuse de ses yeux, je tendis les mains pour les poser, comme dans une expérience, sur ses seins. Ils étaient froids, presque pétrifiés à mon contact, et j'essayai de leur redonner un peu de vie en les frottant. Cette friction eut un effet inattendu : tout ce qu'il y avait d'autre dans la salle ou au-dessus – l'équipement, nos témoins – se retrouva exclu de ma perception, qui ne vit plus d'autre lumière que celle qu'émettaient son visage et ses seins, îles lumineuses dans une impossible obscurité. Plus j'essayais de la réchauffer par mes frictions, plus les panneaux de sa poitrine semblaient se projeter en avant, élargissant son incision et l'ouvrant de force. Il n'y avait pas de saignement – rien qu'un élargissement rayonnant de la lumière qui sortait de derrière les portes de ce buffet doré, où battait l'aurore de son cœur.

Je contemplai son cœur, subjugué par son incandescence, touché par la confiance implicite de son contour facilement meurtri ; je le pris dans mes mains et je fus détruit, réinventé – récompensant ainsi sa confiance.

Empli de doute, je relevai la tête, penchée vers ce Don suprême, et je vis Paige qui me souriait d'en haut avec toute la sagesse, la bonté et la grâce céleste d'une madone. Ses incisions étaient guéries à présent, ses seins étaient chauds et nous étions rentrés chez nous.

Du fond de l'enfer, j'apercevais la totalité de ce que j'avais perdu.

V

« Tout ce qui commence dans le mystère s'achève dans la politique pratique. »

Charles Péguy

LE PALAIS DE LA SAGESSE

Tu n'as pas compris un seul mot de ce que j'ai dit.

J'ai trouvé cet endroit tout au bout du long chemin qui mène à la vieillesse, guidé jusqu'ici par la bonté des autres ; j'ai souvent désespéré de jamais trouver cet endroit, craignant que ces gens ne se soient contentés de décrire une route qui m'éloignait d'eux. Alors, par charité chrétienne, feignons de croire que toutes les indications qui m'ont été données l'aient été en connaissance de cause – depuis Friendship vers Chicago, Washington, D. C., Los Angeles, Amsterdam, Barcelone jusqu'ici – et que ces décombres d'une zone de combats soient en fait les ruines du Palais de la Sagesse.

J'ai eu peu de compagnons dans le voyage qui m'a conduit à cet instant, et plus aucun depuis quelque temps. Les gorges des femmes qui ont mon âge ont peu d'attrait pour moi ; à mesure que la peau croît en années, elle perd sa fraîcheur, sa douceur et sa fermeté, ce qui réduit le cou des hommes comme celui des femmes à n'être plus que l'exagération épuisée et usée de son ancienne sensualité. Les gens dont je t'ai parlé, brièvement ou en détail, ont depuis longtemps disparu du champ brouillé de ma vie, pour tomber dans un passé plus lisible que ne l'a jamais été mon présent, et si je puis les décrire aussi bien que je l'ai fait, ce n'est que parce que le regret que j'ai d'eux tous est si aigu.

Je regrette Emma, dont les obsessions se sont avérées transitoires tandis que les miennes étaient dans une stase permanente ; je regrette le Vieux, qui s'est excusé de devoir me renvoyer quand la réputation de la société n'a plus pu supporter le scandale de ma présence prolongée ; je regrette Myla Monteith, Kirsten Fosseck, Colleen Sangster et toutes les autres femmes qui ont frôlé ma vie avant de passer dans l'empâtement touffu du mystère de la vie ; je regrette mon pays, où la faillite du système éducatif a miné l'efficacité du gouvernement de la majorité et fait des élections une bouffonnerie dangereuse, où les gens s'entêtent à chercher des réponses faciles dans un dilemme où se heurtent armes à feu et bureaucratie ; et comme ceux qui évoquent une époque plus simple pour trouver des solutions à leurs problèmes, c'est Paige que je regrette le plus profondément. Au fil d'une vie que j'ai largement ignorée, et que j'ai à peine le droit de dire mienne, je les ai tous perdus, et j'ai voyagé jusqu'ici pour apprendre pourquoi.

Tu n'en as pas compris un seul mot, mais je fais aussi bien de continuer mon bavardage ; comme les gens dont je t'ai parlé, bientôt je ne serai plus. Mon effacement a déjà commencé, ici, dans les ruines de cette *cinemateca* au sommet de la colline.

C'est au cours de mes années à Amsterdam que j'entendis pour la première fois la rumeur qu'existaient des archives secrètes et aux mains d'un particulier, quelque part sur le continent européen, qui détenaient tous les documents, tous les articles, toutes les photos et les affiches, toutes les bribes de souvenirs, tous les lambeaux de vérité concernant le phénomène connu sous le nom de *Gorge perforée*. Fouler ses sols de marbre bombardés, étrangement dignes dans leur déconfiture, c'est parcourir le crâne rasé d'un art vaincu – ici et là sont éparses des pages en désordre de périodiques de cinéma, brûlées ou emportées aux quatre vents au-delà de tout espoir de reconstitution... les photos classées au sous-sol ont été ventilées par des rafales de mitrailleuse... les quelques bobines de film restantes, que les assaillants et les sauveurs de cet endroit ont laissées derrière eux ont été soudées à leur bobine de plastique jaune par un soleil accablant qu'aucun toit ne venait interrompre. A la vue d'une destruction aussi gratuite après être venu d'aussi loin, je ne pouvais faire autre chose que m'effondrer sur ces escaliers de pierre en miette et pleurer longuement dans mes deux mains.

Je n'avais pas conscience que tu me regardais depuis

l'intérieur, et que tu jaugeais les intentions de ce *loco americano*. Mes larmes m'ont fait paraître sans danger ; elles ont dû te sembler familières. Ta petite main a touché mon épaule, et j'ai ouvert les yeux – d'abord sur ces petits doigts boudinés avec leurs ongles rongés, puis sur le petit visage sale, bruni par le soleil, d'une enfant abasourdie, brune et taciturne, ayant survécu dans ces ruines on ne sait comment à ces temps incertains, cible déjà touchée. Tu ne pouvais pas avoir plus de six ans. Tu avais une robe sale et déchirée en plusieurs endroits, et trop petite d'une demi-taille peut-être. Tu serrais contre toi des choses que tu avais trouvées éparpillées dans les environs. Je me suis demandé si ta robe aussi tu l'avais trouvée, ou si l'effort de ton corps en train de grandir contre le tissu était une indication du temps depuis lequel tu vivais en orpheline du désert.

Pour m'aider à oublier mes larmes, tu as déposé tes débris sur mes genoux – des choses récupérées par tes petites mains dans les gravats des étages supérieurs effondrés du côté nord-est, ou bien ramassées dans les broussailles noircies qui couvrent le coteau montant vers ce petit plateau – des choses que tu avais récupérées longtemps avant mon arrivée, que tu avais trouvées jolies, et conservées. J'ai examiné tes trouvailles sous tes yeux. Il y avait des maquettes de costumes multicolores pour des comédies musicales oubliées, un vieux programme pour *This Is Cinerama*, avec des gravures hors-texte, et un chausson de danseuse dépareillé avec, cousue à l'intérieur du talon, une étiquette numérotée des magasins de la MGM – des épaves du vieil Hollywood. J'étais tellement obsédé par *Gorge perforée* qu'il ne m'était pas venu à l'esprit que cette *cinemateca* de légende pût aussi abriter d'autres collections. J'éprouvai un haut-le-cœur à la pensée que peut-être rien n'avait survécu des archives consacrées à *Gorge perforée*. Tout avait-il été détruit par les armes de la résistance ? Si c'était le cas, la collection avait-elle été mise sur catalogue ? Le catalogue avait-il survécu ? Même une liste d'articles sur un bout de papier pourrait être éclairante...

Pendant toutes mes questions, tes yeux n'ont pas quitté les miens : farouches, noirs, bouleversés. Tu ne comprenais pas un mot de ce que je disais.

Me débarrassant de ma canne, tu m'as pris la main et

nous avons franchi le porche toujours debout de cette *fachada* écroulée ; à l'intérieur tu m'as précédé pour m'avertir des passages difficiles, des crevasses cachées dans le sol et des murs trop faibles pour que même un vieil homme s'appuie dessus. Nous sommes passés sur des fragments de brique et de pierre tombés en pluie sur une couche de photos de studio roussies et dispersées : les yeux familiers de Bela Lugosi, de Joan Blackman, de Pamela Franklin et d'autres lançaient leurs regards depuis un passé monochrome à travers les débris d'aujourd'hui. Le sentiment du passé de la *cinemateca* n'avait pas été soufflé par une bombe. On pouvait encore en voir assez dans ce qui restait de l'auditorium – où on avait autrefois projeté des films pour des adultes du cru et leurs familles – pour percevoir la majesté qui avait bien dû exister.

« Toi... voir des films... ici ? » t'ai-je demandé.

Tu te rappelles ce que tu m'as dit, *chiquita* ?

« Papa mener. Nous voir Charlot. »

Et me voyant froncer les sourcils, tu as exécuté une imitation parfaite de la démarche de Chaplin, avec ma canne, prenant un virage en titubant sur ton talon déchaussé.

Je t'ai suivie dans l'une des zones de recherche centrales. La propagande des résistants que j'avais entendue et qui vantait les pertes incalculables de la *cinemateca* n'avait pas été exagérée, mais une proportion encourageante des documents paraissait intacte, soit ne portant aucune trace de violence, soit ayant été seulement dérangée. Même dans ce cas, il n'y avait guère de quoi pavoiser dans ce petit espace de grâce ; cela voulait seulement dire que les soi-disant Armées de Dieu n'en avaient pas encore fini avec cet endroit. Ils reviendraient.

Il fallait travailler vite.

« *Gorge perforée*, t'ai-je dit, sans guère espérer que tu me comprennes. J'ai besoin de tout, de tout ce qui a à voir avec *Gorge perforée.* »

Puis je me suis souvenu du langage gestuel du prêtre et j'ai désigné le côté de mon cou avec deux doigts. Tu as disparu dans les entrailles de ces ruines.

Au soleil qui restait dans la gigantesque aile sud-ouest de la *cinemateca*, miraculeusement sortie plus ou moins intacte des attaques, je me suis affairé, essayant de bricoler la remise en route d'une visionneuse Steenbeck ; même si l'électricité du bâtiment n'avait pas été coupée, il y avait des chances pour que les vibrations de l'attaque aient détraqué les rouages. J'ai senti qu'on me donnait un coup dans les côtes. C'était toi, ma petite compagne, qui me tapais avec une surprise que tu avais trouvée – une sorte de brochure sans couverture, abîmée par les flammes. Tu avais l'air agacée de ma concentration sur le matériel de projection.

« Pas regarder, m'as-tu réprimandé. *¡ Lee !* »

J'ai remis d'aplomb un fauteuil renversé et je me suis installé devant la visionneuse. J'ai ouvert le livre – comme il n'avait pas de couverture ni de page de titre, il était déjà ouvert dans un sens – en le manipulant prudemment, en prenant soin de ne pas lui infliger de dommage supplémentaire. Dans un cadre en carbone sur une feuille aux bords roussis, il y avait les vers suivants :

Une jeune bergère avec beaucoup d'amants
Les séduisait avec le médaillon de grand-maman ;
Sa chaîne d'or écorcha
Son cou délicat...
« Si t'as jamais perforé, n'en dis rian ! »

J'ai ri de plaisir ; tu avais trouvé quelque chose ! *¡ Brava, chiquita !* C'était un recueil de limericks spécialisés, du genre qu'on vendait dans des librairies cochonnes, de l'attrape-nigauds cherchant à profiter d'une mode. C'était tellement bête qu'il y avait de quoi faire pleurer un vieillard. Sachant que tu pouvais interpréter à tort mes larmes et croire que tu m'avais blessé sans le vouloir, je t'ai remerciée du sourire le plus chaleureux que j'ai pu dénicher.

D'une main indiscrète, tu as fait un geste vers mes fanons, tu les as tapotés en m'appelant : « *Pollo* ». Cela nous a fait rire tous les deux plus franchement.

Le limerick qui attira mon œil ensuite fut le suivant :

Je reçus à l'encre rouge un billet doux
Qui demandait une date pour nous perforer le cou.
Me sentant diffamé,
J'ai toussé, protesté...
Et le mot est passé à dix autres matous.

Et vers la fin du volume qui se désagrégeait :

Il était une garrotte du nom de Marie...
Usagée, ce qui faisait que ses clients se méfient.
Alors avec sa carte de platine,

Elle se fit rétablir, la coquine,
Un pucelage tout neuf indestructible !

Ce dernier poème a gâté quelque peu le plaisir que j'avais eu de découvrir cette œuvre d'art, parce que dans l'innocente suite de ces trois limericks se trouvait décrit tout l'éventail du phénomème *Gorge perforée* dans un condensé d'une exactitude diabolique – depuis le charme insouciant du premier limerick, qui s'achevait sur une invite à la reproduction adressée au lecteur, à peu près comme le film l'avait fait envers ses spectateurs – en passant par les thèmes doux-amers du deuxième, hésitation et désillusions qui avaient caractérisé ma période de tentation et d'indécision – jusqu'aux monstrueuses caricatures du troisième, qui indiquaient bien la peur et les préjugés qui avaient fini par amener la fondation d'organisations cryptofascistes, du type NOSFER.

– Où as-tu trouvé ça ? » ai-je demandé. Tu n'as rien répondu, et j'ai donc simplifié ma question du mieux que j'ai pu : « Où ? *¿ Dónde ?* »

Tu m'as pris la main et tu m'as fait laisser la Steenbeck pour aller précisément dans la cache du trésor que j'étais venu trouver. La plus grande partie du plafond était le ciel crépusculaire, la plupart des articles conservés en dessous avaient été exposés à l'action récurrente du soleil, de la pluie et des bombardements, mais la plupart des périodiques et autres documents sur papier étaient toujours entiers et disponibles, encore lisibles. Avec si peu de temps, il a fallu que je sache exactement où chercher pour trouver quoi que ce soit qui ait une valeur particulière, aussi ai-je farfouillé dans plusieurs classeurs avant de repérer quelque chose de familier, quelque chose de spectaculaire. Il s'est trouvé que c'était un paquet marqué « Pálido, Jorge Corazón ».

Et incroyablement, le dossier contenait tout ce que j'aurais pu souhaiter, y compris le légendaire numéro « maudit » d'*El Duende*, où se trouvait l'essai de Pálido sur *El Sombrero grasiento* (le texte original était dans une langue bien trop complexe pour que je puisse le déchiffrer), ainsi que le manuscrit de la troisième partie, restée inédite, de son interview pour *Cel.* J'ai fourré tout le dossier dans ma besace.

Et puis un énorme bruit sourd est venu de ton côté de la pièce, résonnant à travers l'immense pièce vide. J'ai sursauté, sensible (étant donné les circonstances) aux éclats soudains. Tu te tenais au-dessus d'un gros livre relié en cuir, que tu avais laissé tomber bruyamment, parce qu'il était bien trop lourd pour que tes petits bras puissent le porter. Tu t'es agenouillée près de lui, et tu as donné un coup de ta main sur la couverture où on lisait *The Complete Works of William Shakespeare.*

« *¿ Americano ?* as-tu demandé en désignant le nom.

– Pour ainsi dire », ai-je fait en allant vers toi à cloche-pied.

Je me suis mis à genoux moi aussi, avec une impression de respect écrasante devant cette relique importante de l'histoire du cinéma. Je l'ai ouvert et j'ai cherché *Antoine et Cléopâtre* dans la table des matières, puis je me suis reporté à la dernière page de la tragédie, qui était elle-même la scène sur laquelle s'était joué un moment capital d'histoire cinématographique. Les caractères noirs ressortaient bien sur la tache rouge séchée. J'ai parcouru le texte de mes yeux fatigués, me rappelant précisément comment l'actrice avait dit ces mots, et j'ai passé ma main ouverte sur la page salie.

Enfin, après tout ce temps, *le contact.*

Le temps avait fait virer l'éclaboussure de vin humain à une couleur plus automnale. *Peut-être que le sang est plus puissant que l'eau*, ai-je songé, *mais il est moins permanent que l'encre.*

Sous un ciel trop couvert pour la lecture, un crépuscule prématuré, j'ai partagé avec toi les derniers fruits secs que j'avais dans ma besace. Même moi, j'ai senti que ce n'était pas assez, et qui sait depuis combien de temps tu mourais de faim, perdue ici au milieu des éléments ? Tout d'un coup, tu m'as étonné en te repliant, aussi vite qu'un couteau à cran d'arrêt, dans une position accroupie. Tes mouvements étaient si vifs et si experts que j'ai cru avoir une réponse, que tu subsistais depuis un bon moment par ta seule intelligence grâce aux ressources de la campagne.

« *¿ Qué es ?* » ai-je murmuré, car mes craintes d'une attaque surprise s'étaient réveillées.

Tes yeux s'étaient fixés sur les broussailles derrière un mur en ruines, voraces, aussi grands que les yeux d'un animal nocturne.

« Chhhht, as-tu sifflé. Un *conejo.* »

Sur cette explication, tu t'es levée et tu as bondi par l'ouverture avec une souplesse habituelle.

Et à présent la nuit est arrivée en toute authenticité et sous son aile au plumage d'étoiles, je t'ai raconté la seule histoire que je sais. Je savais que tu ne comprendrais pas un mot de ce que je disais, et d'une certaine manière cela m'a aidé à me dépouiller en entier des secrets de toute une vie. Tu ne comprenais pas, mais je te remercie – *¡ gracias, chiquita !* – d'avoir tout écouté avec autant d'attention, sans que les motifs du jugement ou du préjugé viennent une seule fois obscurcir ton expression, au moment où je reconnaissais les aspects les moins attrayants de mon caractère. De l'autre côté de notre feu de camp, tu es couchée sous une longue table de bibliothèque, déformée par la pluie, et sur laquelle de la mousse a commencé de pousser ; tu me regardes à la lumière tremblotante, avec le visage qui m'a toujours regardé. Au cours de mon histoire, les brindilles qui alimentaient notre feu de camp se sont consumées en cendre et en fumée. J'ai aperçu dans les flammes des braises en croix qui avaient la forme d'un crucifix en dissolution, ainsi que les os du lapin que tu avais pris. Et à présent, ma petite compagne épuisée, ma chasseresse, mon public – bercée par les douceurs, qu'elle a si peu connues, d'une histoire pour s'endormir et d'un ventre plein – a murmuré doucement « *Bue'noches, señor Pollo* » et s'est endormie au moment où un ultime soupir s'élève des braises mourantes.

J'ouvre *The Complete Works of William Shakespeare*, je regarde la célèbre tache à l'intérieur et je pense à part moi : *D'abord tu étais celle sur l'écran à l'Eros. Tu as nourri mes yeux.* Le clignotement du feu n'est pas fidèle et sous mes yeux la page ensanglantée semble devenir cette peinture fortuitement renversée devant Le Proscenium au centre commercial de Friendship, quelque part de l'autre côté du globe... *Et puis tu étais celle de la boutique de couleurs. Tu as nourri mes fantasmes.* La langue de peinture continue de s'étendre pour prendre la forme de la table de bibliothèque, qui est à l'autre bout de la pièce et qui sert de toit au-dessus de la tête endormie de son ultime incarnation... *Et je te trouve à présent dans cette lointaine* cinemateca *bombardée. Tu as nourri mon ventre.*

Mon Amour. Mon Type. Ma Muse.

La page tachée m'appelle à grands cris, elle exige une compensation sous quelque forme, mais le moment n'est pas encore venu. Je referme le livre, et je le range sous ma besace, officialisant par ce geste mon vol. Je jette sur le feu les lourds dictionnaires du cinéma de Halliwell et, dans la résurgence de chaleur et de lumière dont bénéficie la pièce, je dirige mon attention sur le dossier Pálido, et sur la partie inédite de son interview.

J'étais prêt pour les réponses.

Q : *« Je ne comprends pas tout à fait ce que vous voulez dire, Jorge, par " les orgies de sa structure de pouvoir ". »*

R : « Dans l'industrie cinématographique, le pouvoir est tout. Je ne veux pas dire pouvoir au sens de richesse ou de rang, mais pouvoir au sens d'*horreur*. Si l'industrie du cinéma est terrifiée par un individu, tout devient possible pour cette personne. Par exemple : il y a un certain individu – dont je ne peux mentionner le nom parce qu'il est très célèbre – qui s'est servi de l'horreur comme d'une méthode pour acquérir gloire et notoriété à Hollywood. Il avait fait quelques films, sans succès pour l'essentiel, et il est arrivé un moment où il a été hospitalisé pour une opération mineure. Il a pris soin de donner l'instruction à son attaché de presse de ne donner aucune explication aux journaux au-delà de cette « opération mineure ». Les rumeurs n'avaient pas manqué sur son homosexualité si bien que la presse a tout de suite eu le soupçon que son séjour à l'hôpital était lié au sida. Bon, au bout d'un moment, un membre du personnel hospitalier a révélé que son opération avait concerné le rectum. Il n'a pas fallu attendre longtemps pour que le bruit se répande que ce type et son petit ami avaient été mêlés à des " courses de gerboises " – qui consistent à se fourrer mutuellement une gerboise dans le rectum. Le petit ami avait eu de la chance, mais dans le cas de la célébrité, le bruit s'est répandu que le pauvre animal était mort asphyxié à l'intérieur de son corps. »

Q : *« Je n'ai jamais rien entendu d'aussi dégoûtant. »*

R : « Le plus beau dans cette histoire, c'est que les journalistes ont fini par aller trouver l'attaché de presse pour lui parler carrément de ce bruit. Ils ont exigé qu'il leur apprenne la vraie nature de son opération, sinon ils allaient publier la rumeur. Peu après cette confrontation, l'attaché a tenu une conférence de presse où il a dit : « C'est très simple vraiment – il s'est fait enlever un *poireau.* [1] »

« Quand notre célébrité est sortie de l'hôpital après ce qui avait été effectivement la petite opération décrite par son attaché de presse, il s'est retrouvé éminemment solvable. Son potentiel ténébreux fascinait les gens d'argent de la profession autant qu'il les dégoûtait, mais il montrait aussi qu'il était non seulement capable de tout – facteur important pour être une star – mais qu'il savait aussi garder des secrets, et les garder avec panache.

« Les mêmes techniques fonctionnent aussi bien pour les femmes. Je connais un cas où une jeune actrice, le genre brave fille saine qui se retrouve toujours dans le même rôle dans les sitcoms, s'est inventé une fausse mort dans un *snuff film* bidon pour mieux mettre en scène son " come-back ". Bien sûr, tous ceux qui avaient vu le film et qui ensuite ont vu son nom sur les listes d'auditions ont consenti à la voir. Ils l'avaient vue dans la pire situation possible, sans le moindre élément de comique, et tout d'un coup ils pouvaient la " voir " dans des rôles plus sérieux. Et les types qui l'ont prise dans des films avaient aussi une peur terrible d'être dénoncés comme amateurs de snuff films. Et aujourd'hui sa maison de production fait de la promo pour son dernier rôle avec des pubs style " nous attirons votre attention ", pour l'Oscar de la meilleure actrice.... »

Q : *« Ce que vous me racontez est incroyable. En quoi la connaissance de tous ces secrets vous a-t-il aidé à reprendre contact avec Sadilsa ? »*

R : « Il s'était passé des années sans que Sadilsa sorte un nouveau film, et l'idée s'est soudain imposée à moi qu'il attendait que je lui fournisse une idée. J'ai décidé de tirer une sorte de vengeance du mauvais traitement qu'il m'avait infligé et j'ai donc commencé à lui envoyer des paragraphes découpés dans des articles extraits de divers journaux et magazines. Moi, je m'attendais qu'il se serve de ces éléments et qu'il s'expose ainsi à une action en justice de la part des vrais auteurs de ces articles. Au lieu de quoi, j'ai été convoqué un jour à son bureau par Svéa qui m'a demandé si j'étais libre pour

1. Le même mot anglais *mole* désigne un grain de beauté et aussi une taupe. (N.d.T.)

faire l'assistant sur le nouveau film d'El Sombre, dont le tournage devait commencer sous peu. J'ai consenti, tant je mourais d'envie de voir couler ce navire avec à son bord son capitaine à sang froid.

« Quand j'ai rencontré El Sombre cet après-midi-là, j'ai vu punaisées sur son mur les coupures mêmes que je lui avais envoyées... mais elles étaient piquées *avec le texte face au mur!* Par une coïncidence triviale, il y avait, au verso de pratiquement chaque coupure, une photo ou un dessin de gorge de femme – tirée de pubs pour des maillots de bain, pour des colliers, pour du vin. C'était incroyable, vraiment! Bien sûr, ce n'était pas le cas de toutes les coupures que je lui avais envoyées. Au dos d'une autre, il y avait la photo d'une paire de gants de chirurgien. Au dos d'une autre, le mot FIN. Et au dos d'une autre, un portrait de William Shakespeare.

« Sadilsa m'a remercié des coupures, mais il a dit qu'il trouvait les articles bien moins intéressants que la mosaïque des publicités qu'il avait trouvées au verso. Il s'est vanté de ce que ces dernières lui aient donné une idée absolument brillante pour un film nouveau, complètement original. Il m'a expliqué qu'il n'y aurait pas de scénario, que le récit serait entièrement improvisé, et qu'on n'aurait recours aux coupures de presse que pour l'orientation structurelle – en particulier la récurrence obsessionnelle des images de gorges de femme. »

Q : *« Vous avez dû être furieux de voir votre plan vous exploser dans les mains aussi lamentablement. »*

R : « Ça m'a prouvé que sans l'ombre d'un doute Sadilsa avait des associés bien plus influents que moi à sa solde – les forces des ténèbres, ou donnez-leur le nom que vous voudrez. C'étaient elles, le secret de sa réussite et aussi de son anonymat absolu. Mon plan m'a pété dans les mains horriblement, mais ce n'était que la première de nombreuses catastrophes du même genre pendant tout le tournage de ce film. Et même pas la pire. El Sombre avait trop bien compris ce que j'avais essayé de faire. »

Q : *«* Gorge perforée, *enfin. Le film a l'air d'avoir été réalisé à Barcelone et Amsterdam. Que pouvez-vous nous dire d'autre sur le tournage? »*

R : « *Gorge perforée* a été filmé en fait de façon sporadique sur une période de six semaines à Barcelone, Copenhague et Halmstad, en Suède. Le film n'a pas eu de titre jusqu'au dernier jour de tournage. L'équipe était extrêmement réduite, elle se composait de Sadilsa, metteur en scène et directeur de la photo ; de Svéa Hellstrom, qui assurait les fonctions combinées de productrice-machiniste-décoratrice-script-girl ; et de moi-même qui portais la batterie de la caméra d'El Sombre, bougeais les câbles, assurais les éclairages et qui conduisais tout le monde d'un lieu à un autre dans une camionnette de location ; il y avait aussi un ou deux acolytes, plus jeunes que moi – Sadilsa prenait plaisir à les appeler des " Pseudo-Jorges ", en me fixant à travers ses lunettes noires tout en prononçant cette insulte dans un grognement – qui exécutaient des tâches annexes, telles que le maquillage et nourrir l'équipe. »

Q : *« Et les acteurs du film ? »*

R : « La plupart des femmes que vous voyez dans le film ont été photographiées telles qu'elles étaient quand nous les avons trouvées, et n'étaient pas des actrices, ou alors dans un sens très vague. Certaines savaient qu'elles étaient filmées, mais la plupart ne le savaient pas. Aucune ne savait *pourquoi* on était en train de la filmer. De fait, plusieurs des gorges que l'on entrevoit dans les séquences dites de " Connaissance du monde " vers le début du film sont précisément cela : des extraits de vieux documentaires géographiques, agrandis par Sadilsa parce qu'il voulait doter le film d'un sentiment d'éternité – comme pour les gorges autrefois séduisantes de femmes qui à présent étaient, soit mortes, soit d'un âge très avancé. Tous les acteurs que l'on voit dans les flash-backs montés dans la longue séquence chez la psychiatre étaient des professionnels, à l'exception de la psychiatre elle-même que jouait Svéa Hellstrom. La patiente de la psychiatre a été jouée par une actrice de Stockholm – il fallait une actrice professionnelle à cause du texte très long qu'il lui fallait apprendre (c'est la seule portion du film écrite à l'avance), et j'ai toujours pensé que nous avions quitté Halmstad sans avoir payé aucun de ces gens. Comme vous devez bien vous en douter maintenant, c'est El Sombre lui-même qui jouait l'Homme aux Gants. »

Q : *« Vraiment ? Alors qui tenait la caméra pour ces séquences ? »*

R : « J'ai été autorisé à filmer ces séquences moi-même. »

Q : « *Et la femme ? Enfin, je veux dire, la femme de la scène finale ?* »

R : « Elle s'appelait Sinikka. C'était une étudiante de cinéma norvégienne qui s'intéressait à la direction artistique, et qui s'est jointe à notre troupe à Halmstad. Sadilsa lui a permis de travailler en tant que " conceptrice de production ", c'était son titre, pour les séquences en studio, tournées soit dans le bureau soit dans l'appartement de Svéa à Barceloneta. Nous avons travaillé côte à côte pendant presque deux semaines sans interruption, et quoique nous ayons eu toutes les raisons de nous parler, ça ne s'est jamais produit. Elle se comportait en ma présence comme si elle était soit intimidée par moi, soit séduite, et je suppose que cette attitude la rendait à la fois plus intimidante et plus séduisante pour moi. Je me rappelle avoir dit à Sadilsa qu'il n'y avait rien de plus séduisant que la séduction. »

Q : « *C'est une réplique de* Gorge perforée, *vous savez.* »

R : « Là aussi, j'aurais beaucoup à dire. Enfin, mes sentiments – lorsqu'on les combine avec le fait que nous avions une relation de travail étroite et que, pour une raison que j'ignore, nous n'échangions même pas les salutations les plus banales, et avec l'érotisme abstrait sous-jacent aux séquences que nous étions en train de filmer – notre calendrier de tournage a eu l'effet d'accélérer mon implosion émotionnelle jusqu'à la dépression nerveuse. Je suis absolument convaincu que le film a été fait dans le seul but de mettre en œuvre mon effondrement nerveux. »

Q : « *Qu'est-ce qui vous fait dire ça ?* »

R : « Pour une raison que je ne puis expliquer – que je ne puis toujours pas expliquer – je n'ai pu trouver le courage de parler à cette femme qui éveillait en moi tant de sentiments irrépressibles et je me suis donc trouvé, après environ une semaine où je ne mangeais presque rien et où je pleurais dans mon lit jusqu'à ce que je trouve le sommeil, avec le besoin impératif de me confier à quelqu'un. Je ne comprenais pas ce que je ressentais, vous voyez. C'était chimique, physiologique, ça dépassait les mots. Comme le cinéma. J'espérais que peut-être quelqu'un comme El Sombre pourrait m'expliquer. »

Q : *« Vous avez donc confié vos sentiments envers Sinikka à* El Sombre*? »*

R : « Oui. Deuxième erreur fatale. J'étais au bord de l'implosion; je ne réfléchissais plus. On a eu une réunion consacrée au film avec Sadilsa, entre quatre murs. Il a vu que je ne me concentrais pas entièrement, que j'étais *incapable* de concentration. Je lui ai dit que j'étais tombé, etc. Il s'est enfoncé dans son fauteuil et m'a dit que ça ne l'étonnait pas, que la seule chose qui l'étonnait, c'est qu'il m'avait fallu tant de temps dans ce métier de dingue de metteur en scène, où il faut écouter son cœur pour avancer, et il m'a demandé qui était l'heureuse élue. D'abord, je lui ai dit que je préférais ne rien dire. Quand j'ai dit ça, il a semblé reculer sous le coup de la déception, et même dans l'état d'esprit où j'étais, une petite voix m'a dit que peut-être que ça allait être ça, le secret partagé qui nous lierait enfin comme de vrais amis, de vrais égaux.

« Et donc, oui – Dieu me pardonne – j'ai prononcé le nom de Sinikka.

« El Sombre m'a regardé sans rien dire, puis il a souri et il a dit qu'il était épaté, que c'était un bon choix. Je me rappelle lui avoir dit que ce n'était pas une question de choix. Il m'a dit que Sinikka était une fille intelligente, très séduisante. Peut-être trouverez-vous cela bizarre – en tout cas, c'est bien mon avis – mais j'avais été trop emballé par l'effet que la simple présence de cette fille avait sur moi pour considérer si elle était séduisante ou non. Pour moi, elle n'était rien de moins qu'une force de la nature. Sadilsa m'a regardé droit dans les yeux un long moment, comme s'il essayait de mesurer la profondeur de mon tourment et il m'a dit quelque chose qui m'a coupé le souffle. Il m'a confié que " Nika " avait aussi tenu la caméra dans son dernier film et que, sur ce tournage, il y avait eu avec elle une espèce de blague continue où il s'agissait pour elle et lui de s'enfermer discrètement dans une chambre d'hôtel. J'ai souri faiblement; j'avais gagné la confiance du grand Sadilsa, enfin. Mais mon propre aveu m'avait enlevé tout courage, et je n'ai rien senti bouger dans notre déséquilibre réciproque, aucun sentiment de victoire et toujours pas de vraie amitié.

« J'étais tellement naïf, qu'il m'a fallu des semaines pour que mon cerveau enregistre pleinement toute l'horreur de l'infériorité dans laquelle je m'étais placé moi-même, et la pauvre Sinikka aussi, sans réfléchir. Et puis je me suis rendu compte qu'il avait vu à quel point j'étais bouleversé, que j'étais littéralement prêt à brûler d'émotion, et qu'il ne m'avait pas du tout mis dans sa confidence. En fait, il était évident pour moi que sa blague avec Sinikka sur l'envie de se ruer ensemble dans un hôtel n'était rien de tel. Un sentiment d'horreur s'est fait jour dans ma conscience, à l'idée que j'avais peut-être avoué mon amour pour Sinikka à un homme qui était déjà son amant...

« Et c'est ainsi que j'ai encore plus pris mes distances avec Sinikka, et que j'ai été lentement dévoré et éliminé par ma réticence. J'étais réticent à l'idée de m'approcher de trop près des vérités qu'elle aurait pu connaître, si vous me comprenez. »

Q : *« Vous aviez peur d'un échec ? »*

R : « Pas du tout. J'avais peur qu'elle m'*accepte*. Une fois que Sadilsa avait planté sa mauvaise graine dans mes pensées, je me suis trouvé soudainement avoir peur de la façon dont peut-être elle ferait l'amour, de ce que ses techniques dans ce domaine seraient peut-être monstrueusement évoluées, ou perverses, ou autrement contraires à la pureté et la beauté que suggérait son visage. »

Q : *« Vous avez vu dans Sinikka la dépositaire des pires secrets de Sadilsa ? »*

R : « Il existait entre eux une tension intéressante. Il y avait des années entre eux. »

Q : *« Revenons en arrière une minute, Jorge. Vous êtes en train de décrire un membre de l'équipe, pas une actrice. Je vous interrogeais au sujet de la femme qui est à la fin du film, celle à qui l'Homme aux Gants offre le... »*

R : « Je *sais* de qui vous parlez...

« Le matin qui a suivi mon aveu à Sadilsa, je suis arrivé sur le tournage, dans l'appartement de Svéa – en me sentant vaguement mis à nu et profondément vulnérable – pour trouver Sadilsa en train de mettre en place une séquence avec Sinikka. Elle était assise dans un fauteuil ancien, dans un peignoir décolleté non transparent, avec sur ses genoux un gros volume de Shakespeare. Elle avait l'air absolument rayonnante, d'une beauté pâle et habitée. Sa peau faisait penser à un clair de lune tombant sur du lait. En me voyant entrer dans la pièce,

El Sombre a embrassé Sinikka dans le creux de l'épaule, il s'est excusé d'une courbette qui l'a fait sourire, et il s'est approché de moi. Il m'a dit que notre tête-à-tête intime de la veille lui avait donné une idée merveilleuse. Mon amour pour Sinikka l'avait aidé à s'apercevoir que toutes les femmes que nous avions filmées ces dernières semaines avaient une vague ressemblance avec Sinikka – qu'elles étaient toutes brunes et moroses –, qu'elles avaient toutes une certaine beauté pâle et habitée – et alors il a annoncé que Sinikka allait paraître devant la caméra pour la scène finale du film, et que j'étais le seul à pouvoir la filmer parce que je l'aimais. Il a ajouté qu'il s'était réveillé en ayant trouvé un nouveau titre pour notre film. Oui, à ce moment-là, il l'a appelé " *notre* film "... »

« Svéa faisait du café dans la cuisine au moment où nous avons tourné la scène. La seule directive qu'il m'a donnée a été de suivre ce que mon œil me dicterait en réagissant à la scène. Il a crié " Action ! " et nous avons commencé. Et alors j'ai vu ce que vous et des milliers d'autres personnes ont vu. Je m'attendais qu'il l'embrasse, qu'il la caresse, vous savez – pour m'humilier. Au lieu de quoi, il lui a mordu la gorge... il a enfoncé ses dents en elle... et il a bu son sang. Sinikka n'a pas réagi. J'imagine qu'il l'a hypnotisée. Puis il a sorti de sa poche le fameux bandeau indigo et il le lui a attaché autour de la gorge. Il fallait que je détourne les yeux, mais la caméra tournait toujours, alors j'ai baissé la caméra sur le livre posé sur ses genoux. J'ai remarqué que le sang de Sinikka avait coulé en plein sur une des pages et quelques moments plus tard ma caméra a été à bout de pellicule. Ce que le film n'a pas saisi demeure indélébile dans ma mémoire : Sadilsa s'est relevé de sa gorge, la bouche maculée de son sang et il a crié vers moi le titre de " notre " film.

« Je suis désolé, mais je ne puis me forcer à le dire... »

Q : « Gorge perforée. *Que s'est-il passé ensuite ? Qu'est-il arrivé à Sinikka ?* »

R : « J'ai perdu connaissance, peut-être sous le choc de tout ça. Je me suis réveillé quelques jours plus tard sur le divan du bureau, qui était toujours inoccupé pendant le montage d'un nouveau film. Je suis allé chercher El Sombre dans sa salle de montage. J'ai exigé de voir Sinikka, ou à tout le moins une preuve qu'elle était toujours vivante. Il m'a dit que Sinikka était partie, que j'avais trop attendu pour lui dire ce que je ressentais... que j'avais laissé passer ma seule chance... et il m'a invité à le regarder monter le passage que j'avais filmé d'elle et lui ensemble. " C'est curieux, m'a-t-il dit, en regardant les images depuis ton point de vue, je peux presque ressentir tout ce que tu as ressenti pour elle, et pourtant je peux aussi voir quelque chose dans ses yeux, au moment où mes lèvres touchent sa gorge et qu'ils te regardent dans les yeux... "

« Il a arrêté l'image pour moi sur la Steenbeck. C'était vrai. Les yeux de Sinikka disaient clairement qu'elle attendait que je me déclare, que je m'oppose. Et j'ai fini par comprendre qu'il n'y avait jamais rien eu entre elle et Sadilsa, que Sadilsa s'était simplement servi d'elle pour se venger de moi qui avais essayé de saboter sa carrière. Il était possible que Sinikka ait éprouvé quelque chose de semblable à mes émotions, mais qu'elle ait été – comme moi – trop timide pour les exprimer, et à cause de mon hésitation, mon triste sort avait été de la voir tomber sous mes yeux entre les mains d'un monstre. »

Q : *« Quand Svéa s'est-elle suicidée ? »*

R : « Pendant la post-production, peu après le montage final. Elle était présente, si je comprends bien, à une projection de cette ultime version, à laquelle je n'ai pas assisté pour des raisons évidentes. Il a fallu deux ans avant que je trouve le courage d'aller voir le film achevé.

« La dernière fois que je lui ai parlé, Svéa m'a dit que le film n'était pas aussi efficace qu'ils l'avaient espéré. La dernière scène était parfaite, disait-elle, mais les images des autres femmes, avant ça dans le film, n'étaient pas aussi convaincantes, ou indicatives ou annonciatrices qu'elles auraient dû l'être. Il fallait quelque chose de plus. J'ai suggéré que moins c'était plus, et en conséquence Sadilsa a commencé à infliger une série de coupes massives – technique qui venait d'*El Sombrero grasiento*, bien sûr – qui a été une fois de plus très efficace. L'homme en savait plus long sur la destruction que sur la construction. Mais ce n'est la plus importante des modifications survenues à la post-production. »

Q : *« Que voulez-vous dire ? »*

R : « Comme vous le savez, la société de Sadilsa était

une petite affaire. Il supervisait toutes les phases de la fabrication du film, depuis l'écriture jusqu'au tirage des copies. C'est une des raisons pour lesquelles il existait aussi peu de copies de ses films ; il était un paranoïaque de la maîtrise. Au cours des derniers jours de la post-production, Sadilsa est parti un matin pour se rendre dans l'appartement de Svéa, et il m'a demandé de m'occuper du bureau et de répondre au téléphone. Tout ce qui pouvait être fait sur le film avait été fait ; ni Svéa ni Sadilsa n'étaient contents du film à cent pour cent, mais ils ont décrété qu'il était " bouclé ", bon à tirer. J'ai reçu un coup de fil, plus tard dans l'après-midi, du principal journal qui demandait les réactions de Sadilsa à la mort de Svéa Hellstrom, à quoi j'ai donné ma propre réaction, selon laquelle il n'y avait rien de vrai dans cette rumeur.

« Sadilsa est revenu peu après, avec son air habituel, et portant dans sa main un petit paquet. Il m'a dit qu'il allait tirer quelques copies et qu'il ne voulait être dérangé en aucun cas. Je lui ai parlé du coup de téléphone et il m'a dit de façon presque désinvolte : " Hélas, Jorge, c'est vrai... Au cas où la presse rappellerait, dis-leur que Svéa Hellstrom était une collègue de valeur dont l'apport à mon projet était inestimable, et que le succès du film dans l'avenir sera son fait de manière non négligeable. "

« Sa visite à son appartement ce matin-là... la découverte de son corps l'après-midi du même jour... le petit paquet qu'il tenait quand il est revenu... il souhaitait ne pas être dérangé pendant qu'il tirait les premières copies... Tout cela s'est matérialisé dans une nouvelle horreur quand j'ai fini par voir le film lui-même, bien après que j'aie vu Sadilsa lui-même pour la dernière fois. Il vous faut une certaine acuité visuelle pour le discerner – et c'est bien moins visible sur la bande vidéo, encore que ça y soit quand même – mais sur la copie trente-cinq d'origine, j'ai pu voir très clairement une coloration rougeâtre. A tout le moins, je soupçonne que Sadilsa a découvert le corps de Svéa, a recueilli un peu de son sang avant de prévenir les autorités et qu'il a ensuite ajouté son " apport " à l'agent chimique C-22 utilisé pour tirer les copies relativement peu nombreuses qui ont été réalisées. Je répète : C'est le *moindre* de mes soupçons. A l'inverse, le *pire* est que le suicide de Svéa, comme tous les aspects de la fabrication d'un film, ait été le fruit d'une collaboration. »

Q : *« Avez-vous la moindre idée de la localisation de Sadilsa à l'heure actuelle ? »*

R : « J'ai entendu dire qu'il réalise des pubs télé quelque part en Amérique du Nord – à un endroit évident – sous un autre nom. Peut-être est-ce son vrai nom, pour une fois. »

Q : *« Avez-vous quelque chose à déclarer en conclusion, Jorge ? »*

R : « Ceci seulement : que quiconque est capable de baiser un de ses amis est capable d'assassiner quelqu'un qu'il aime. »

Q : *« Quels sont vos plans pour l'avenir ? »*

R : « J'aimerais trouver un endroit sur la terre où on ne connaisse pas encore le cinéma et trouver de meilleures façons de me servir de mes yeux. Peut-être vais-je devenir chauffeur de car. Peut-être que, quand je l'aurai mérité, je trouverai une femme bien – quelqu'un comme Sinikka – à la bonté de qui je ne pourrai croire qu'après l'avoir vue soumise à l'horreur la plus immonde... Je ne sais pas ce que je vais faire, en réalité. Je suppose que je dois trouver une façon de redécouvrir ma foi dans les gens. »

Ce texte m'a tellement absorbé que je n'ai pas vu que l'agonie de notre feu de camp coïncidait avec le lever du soleil. *La teinte rosée.* Je referme le magazine avec la sensation d'être informé, utilisé et d'avoir honte, et après un moment où je caresse la tête de la petite qui dort, je remets le magazine dans son classeur – où d'autres âmes perdues viendront peut-être le chercher. Avec ma canne et ma besace, je franchis le portail encore debout de la *fachada* démolie, et je monte les marches en ruines, dominant de ce point de vue la vallée déserte où la lumière du soleil peint des routes tortueuses. Pour la première fois, je me sens magiquement, expansivement, conscient du temps présent de ma vie. Je vois le matin et j'en éprouve de la reconnaissance, je suis reconnaissant d'y être présent.

Sur l'une des routes en contrebas, de la poussière se soulève. Il y a quelque chose là-bas qui provoque des nuages, et plus ça se rapproche, mieux j'entends le moteur geignard qui fait avancer tout ça. L'enfant l'a entendu aussi, et presque avant que je puisse imaginer comment je pourrais la défendre contre des forces qui arriveraient, elle se tient à mon côté, son petit bras m'entourant pour me protéger, moi. Je ne puis m'empêcher d'admirer sa gorge, les petites taches de rousseur sur sa veine qui bat rapidement, des taches qui s'épanouiront quand elle sera une femme, et j'ai honte. Les mêmes yeux immensément dilatés qui ont trouvé notre dîner la nuit dernière fouillent ce nuage lointain dans le paysage et se détendent.

« C'est O.K., me rassure-t-elle. C'est *paisano.* »

Mais elle a parlé trop vite. Presque immédiatement, un bruit d'activité écrasante frappe nos oreilles depuis l'*autre* côté des ruines. Elle se précipite, je boitille, vers le panorama de l'autre côté du bâtiment, où le mur grondant et désordonné d'une agression sans visage se mobilise vers nous depuis le bout de l'horizon. La *cinemateca* est le seul point de jonction possible entre l'arrivée solitaire et une attaque massive.

« *Los bomberos*, crie-t-elle en me tirant vivement vers l'autre côté du bâtiment. Les pompiers. »

Maintenant qu'il est beaucoup plus près, nous pouvons voir à l'avant du nuage de poussière solitaire un vieil autobus scolaire cabossé, qui monte poussivement à pleine puissance la route tortueuse vers le pied des marches menant à la *cinemateca.* Le bruit est ridicule comparé à celui qui monte derrière nous.

Le car s'arrête en dessous de nous, mais le moteur tourne encore. Afin de se faire entendre malgré le bruit, le chauffeur – noiraud, transpirant et mal rasé – sort d'un bond et hurle dans notre direction depuis le milieu des marches, où les ruines commencent :

« *¡ Tu allá arriba, vimos el humo de tu fuego ! ¡ Se están acercando ! ¡De prisa ! ¡ Ven con nosotros, quizás es tu última oportunidad !* »

Habituée à suivre son instinct et me faisant confiance pour que je suive le mien, la petite fille court se jeter dans les bras du chauffeur sans plus réfléchir. Il la soulève et mes yeux se remplissent de larmes en voyant ma petite rescapée coriace redevenir une enfant. Il la repose et la pousse vers le car où elle est interceptée par deux mères de substitution à la peau brune.

Le chauffeur m'adjure avec des gestes de la suivre.

« *¡ Baja, viejo !* »

L'enfant lève les yeux vers moi, encerclée par sa famille adoptive, comme si son cœur se brisait avec notre lien si court.

« Ne t'inquiète pas pour moi, *chiquita*, lui dis-je. On se retrouvera. On se retrouve toujours. » Je lui fais signe de la main de partir et je fais connaître ma décision en m'asseyant sur les marches.

L'une des femmes la transporte dans le car.

« Tu veux mourir peut-être, *viejo* ? » me reproche le chauffeur dans un anglais poussif.

L'enfant trouve un siège dans le car et elle plaque son visage et ses mains contre une fenêtre poussiéreuse. On dirait un visage à la télé, sur un écran de cinéma. Mon visage est dans ses yeux, pendant qu'ils me pressent de saisir cette dernière chance.

« *¿ Porqué él está sentado así solamente ?* hurle le chauffeur à l'enfant. *¿ Él no sabe que estarán aquí en algunos minutos, para traer este lugar hasta el infierno con ellos ?* » De rage, le chauffeur commence à remonter dans le bus – terrorisé par ces forces inconnues qui sont sur ses talons – mais les femmes remettent en cause son renoncement.

« *¿ Qué pasa ?* demandent-elles.

– *¡ Déjale !*, hurle-t-il. *¡ Déjale besar el culo del diablo !* »

Je regarde le chauffeur qui enlève le frein du véhicule et celui-ci s'éloigne bruyamment ; à la fenêtre qui s'éloigne, le visage de l'enfant brune qui m'a assisté pendant toute cette nuit, où je me cognais à tous les tournants des routes de la liberté.

Je n'ai nulle part où aller. Je suis où je veux être.

Je mets la main au fond de ma besace et je trouve le volume des *Œuvres complètes de William Shakespeare*, que je rouvre à sa page maculée. L'heure du châtiment est proche à présent. Je lis pour moi le passage qui est sous mes yeux, et j'entends, qui m'arrivent depuis un autre temps ou un autre lieu, les accents exacts de Sinikka :

« Si la Nature et toi pouvez vous séparer si douce-
[ment,
Le coup de la mort est tel le pinçon d'un amant,
Qui fait mal, et que l'on désire. »

Je ferme les yeux, occultant la clameur et le danger

des suites dans le paysage, je médite un retour au paysage originel de promesse et de bonheur.

Le moment que j'ai attendu est arrivé. J'ouvre la bouche et je baisse la tête sur la surface de papier et les caractères d'imprimerie, ma langue entre en contact avec le frottis rouge brique. Ma salive est graduellement absorbée par la page que la poussière a desséchée et j'arrive lentement à distinguer entre le goût du papier et la saveur que l'Homme aux Gants a connue juste après que ses canines eurent percé la peau de Sinikka, à sa gorge. Goûter son sang au moment où il est réactivé, sans la tiédeur mais sinon aussi présent que le jour où il a été versé, c'est comme traverser l'écran du vieux cinéma Eros, que suggèrent commodément ces ruines à l'autre bout du monde.

Son jus a un bouquet qui s'épanouit dans mes sens pour me communiquer tout ce qu'elle savait au moment fatidique : je suis submergé par des sentiments d'amour secret et d'abandon, et j'ai l'intuition d'un danger. J'entends le bruit de lourdes bottes qui arrivent en force, gravissant le coteau derrière moi. Mon instinct de conservation me dit d'enlever ma langue de cette page, de rompre le contact, de *fuir* – mais il m'a fallu tant de temps pour en arriver là ! je ne puis m'en détacher. Des images se communiquent de ma langue à mon cerveau. Je sens l'Homme aux Gants qui arrive dans mon dos... il est devenu assez réel pour occulter le soleil derrière moi... il noue le garrot autour de ma gorge d'un mouvement rapide, militaire...

FIN

... et soudain conscient de l'empathie qu'établit la courroie indigo entre notre planète bleue et les ténèbres finales, j'entends le bruit d'une caméra étranglée au moment où mon sang, le film, tout se fige dans le noir.

OUVRAGES DE LA COLLECTION « TERREUR »

Iain Banks
Le Seigneur des guêpes

Clive Barker
Secret Show
Le royaume des devins

William P. Blatty
L'exorciste : la suite

Robert Bloch
L'écharpe
Lori
Psychose
Psychose 2
Psychose 13
Contes de terreur

J. R. Bonansinga
Black Mariah

Randall Boyll
Froid devant
Monssstre
Territoires du crépuscule

Marion Zimmer Bradley
Sara

Ramsey Campbell
Envoûtement
La secte sans nom
Soleil de minuit

Cathy Cash Spellman
Dans les griffes du diable

Matthew J. Costello
Cauchemars d'une nuit d'été
La chose des profondeurs
Né de l'ombre

Martin Cruz-Smith
Le vol noir

Thomas Disch
Le caducée maléfique

Katherine Dunn
Un amour de monstres

Jeanine Faivre d'Archer
Rouge flamenco

John Farris
L'ange des ténèbres
Le fils de la nuit éternelle

Raymond Feist
Faërie

Christopher Fowler
Le diable aux trousses

Ray Garton
Crucifax
Extase sanglante

Christopher Golden
Des saints et des ombres

Linda C. Gray
Médium

William Hallahan
Les renaissances de Joseph Tully

Barbara Hambly
Le sang d'immortalité

Thomas Harris
Dragon rouge
Le silence des agneaux

James Herbert
Dis-moi qui tu hantes
Fluke
Fog
La lance
Les rats
Le repaire des rats
L'empire des rats
Le survivant
Sanctuaire
Sépulcre

Shirley Jackson
Maison hantée
La loterie
Le cadran solaire

Graham Joyce
L'enfer du rêve

Stephen King
La part des ténèbres
Salem
Dolores Claiborne

Andrew Klavan
Il y aura toujours quelqu'un derrière vous
L'heure des fauves

Dean R. Koontz
Le masque de l'oubli
Miroirs de sang
La mort à la traîne

La nuit des cafards
La nuit du forain
La peste grise
Une porte sur l'hiver
La voix des ténèbres
Les yeux des ténèbres
La maison interdite
Fièvre de glace
Lune froide
La cache du Diable

STEVEN LAWS
Train fantôme
Gideon

TANITH LEE
La danse des ombres
Le festin des ténèbres

CHARLES DE LINT
Mulengro
Symphonie macabre
Les murmures de la nuit

BENTLEY LITTLE
Le postier

CHARLES MCLANE
Le guetteur

ROBERT MARASCO
Notre vénérée chérie

GRAHAM MASTERTON
Démences
Le démon des morts
Le djinn
Le jour J du jugement
Le miroir de Satan
La nuit des salamandres
Le portrait du mal
Les puits de l'enfer
Rituel de chair
Transe de mort
Manitou
La vengeance de Manitou
L'ombre du Manitou
Le trône de Satan
Apparition
La maison de chair
Les guerriers de la nuit
Les rivages de la nuit

ROBERT MCCAMMON
L'heure du loup
La malédiction de Bethany
Scorpion
Le mystère du lac

MICHAEL MCDOWELL
Les brumes de Babylone
Cauchemars de sable

ANDREW NEIDERMAN
L'avocat du diable

John Pritchard
Les sœurs de la nuit

GARFIELD REEVES-STEVENS
Contrat sur un vampire
La danse du scalpel

ANNE RICE
Chronique des vampires
1. Entretien avec un vampire
2. Lestat le vampire
3. La reine des damnés
4. Le voleur de corps

La momie
Le lien maléfique

ANNE RIVERS SIDDONS
La maison d'à côté

FRED SABERHAGEN
Un vieil ami de la famille
Le dossier Holmes-Dracula
Les confessions de Dracula

JOHN SAUL
Cassie
Hantises
Créature

PETER STRAUB
Ghost Story
Julia
Koko
Mystery
Sans portes, ni fenêtres

MICHAEL TALBOT
La tourbière du diable

BERNARD TAYLOR
Le jeu du jugement

SHERI S. TEPPER
Ossements

THOMAS TESSIER
L'antre du cauchemar

THOMAS TRYON
L'autre
La fête du maïs

JACK VANCE
Méchant garçon

LAWRENCE WATT-EVANS
La horde du cauchemar

CHET WILLIAMSON
La forêt maudite

F. PAUL WILSON
La forteresse noire

Liens de sang
Mort clinique

Bari Wood
Amy girl
Double vie

Bari Wood/Jack Geasland
Faux-semblants

T.M. Wright
L'antichambre

Manhattan Ghost Story
L'autre pays

XXX
Michèle Slung présente :
22 histoires de sexe et d'horreur
Dernières Nouvelles de Dracula

Douglas E. Winter présente :
13 histoires diaboliques
L'année de la terreur

Cet ouvrage a été reproduit
par procédé photomécanique
par la SOCIÉTÉ NOUVELLE FIRMIN-DIDOT
Mesnil-sur-l'Estrée
pour le compte des Éditions Pocket
en décembre 1996

POCKET - 12, avenue d'Italie - 75627 PARIS CEDEX 13
Tél. : 01-44-16-05-00

Imprimé en France
Dépôt légal : janvier 1997
N° d'impression : 36784